나의 어린 시인들

내 안의 어린아이를 잃어버린 어른들에게

나의 어린 시인들

초판1쇄 2022년 4월 19일 **지은이** 오설자 **펴낸이** 한효정 **편집교정** 김정민 **기획** 박자연, 강문희 **디자인** purple **마케팅** 안수경 **펴낸곳** 도서출판 푸른향기 **출판등록** 2004년 9월 16일 제 320-2004-54호 **주소** 서울 영등포구 선유로 43가길 24 104-1002 (07210) **이메일** prunbook@naver.com **전화번호** 02-2671-5663 **팩스** 02-2671-5662
홈페이지 prunbook.com | facebook.com/prunbook | instagram.com/prunbook

ISBN 978-89-6782-158-6 03810

값 16,800원

이 도서의 국립중앙도서관 출판예정도서목록(CIP)은 서지정보유통지원시스템 홈페이지(http://seoji.nl.go.kr)와 국가자료공동목록시스템(http://www.nl.go.kr/kolisnet)에서 이용하실 수 있습니다.

*이 도서는 2021년도 한국문화예술위원회 아르코문학창작기금지원사업에 선정되어 발간되었습니다.

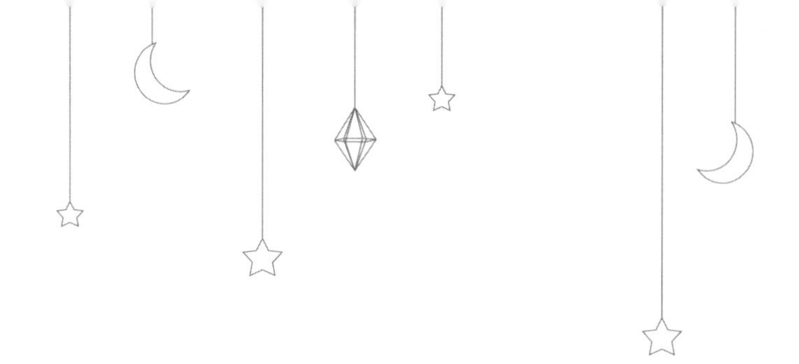

나의 어린 시인들

내 안의 어린아이를 잃어버린 어른들에게

오설자 지음

푸른향기
Prunbook Publishing Co.

프롤로그

'어린 나'를 잃어버린 어른들에게

_ 우리는 모두 한때 어린이였다

학교를 떠나온 지 벌써 4년이 넘었습니다. 35년 동안 초등학교 교사로 많은 어린이를 만났으니, 내 삶 속에서 어린이들 이야기가 제일 많다고 해도 과언이 아닙니다. 어린이들과 함께하며 울고, 웃고, 화나고, 속상하고, 애틋하고, 보람을 느끼고…. 참 많은 일이 있었습니다.

어린이들과 헤어지고 나서야 그 시절이 너무나 소중한 시간임을 알게 되었습니다. 때로는 좌절하고 무너지는 날들도 있었으나 정작 내 영혼을 지켜준 것은 나와 함께한 어린이들이었습니다. 긴 세월 동안 어린이들의 이야기를 더 세밀하게 적어 놓았더라면 좋았을걸. 그때는 일상적인 생활 속에 파묻혀 흘려보내고 말았습니다. 늘 시간에 쫓기고 허둥대며 미루고 제때 정리하지 못한 것이 아쉽기만 합니다.

이제 와 지난날을 돌이켜 보니 교사로 재직하는 동안 만난 어린이들을 그냥 잊고 지나기엔 너무 아쉬웠습니다. 어린이들이 겪는 슬픔과 기쁨, 소외와 아픔, 괴로움과 외로움… 같은 것들을 담담한 시선으로 바라보고 그들과 함께한 풍경을 남기고 싶었습니다. 그동안 드문드문 썼던 교단일기에서 가져오기도 하고 기억하는 것들을 썼습니다. 오래전 기억은 편집되었을 수도 있을 것입니다. 이야기에 등장하는 이름은 실명도 있지만 대부분 가명으로 썼습니다. 엉뚱 발랄하고 사랑스러운 어린이들의 이야기를 읽으며 그들을 깊이 이해하고 더 사랑하게 될 것입니다.

우리 모두는 어린 시절을 지나왔습니다. 하지만 힘든 현실을 살아내느라 동심을 잃어버렸습니다. 꿈으로 가득한 맑은 영혼은 어디로 간 것일까요. 이 책을 읽는 동안 기억 속에 찬란한 빛으로 기다리는 유년을 만나길 바랍니다.

나를 만난 모든 어린이에게, 그리고 '어린 나'를 잃어버린 모든 어른에게 이 책을 바칩니다.

차례

2. 햇살처럼

3. 꽃잎처럼

1 별빛처럼

천성적으로 어린이들은 시인입니다.
어린이들은 물건에 이름을 지어주고 생명을 줍니다.
생명이 있건 없건 이야기를 하고 친구가 됩니다.
날마다 벌어지는 일들이 궁금하고 재미있습니다.
어린이들은 세상 모든 것을 사랑합니다.

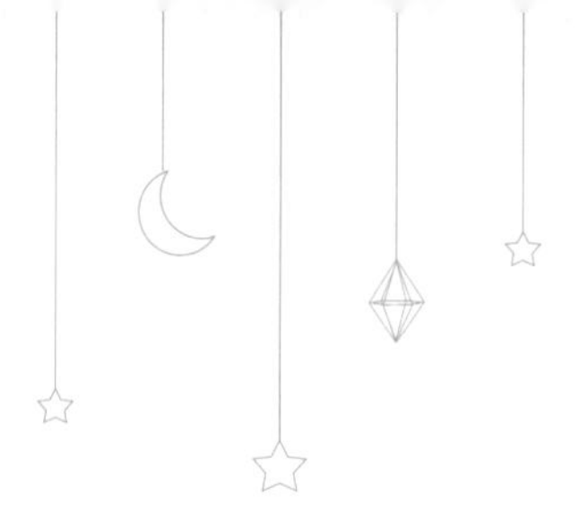

어린이라는 말

'어린이'

나는 이 말이 좋습니다.

'어린 사람'을 뜻하는 말이나, 소파 방정환 선생님이 '어린이'라고 사용하면서 높임의 뜻이 생기게 되었습니다.*국립국어원 '어린이'는 나이가 어리거나 몸집이 작아도, 세상을 조금 살아 행동이 어리숙해도, 젊은이, 늙은이, 남자, 여자 같이 동등한 존재로 인정하는 말입니다.

'아동'이라는 말이 일제 잔재라 하여 어린이라는 말을 쓰도록 하는 공문이 온 적이 있었습니다. 하지만 일선 학교에서는 여전히 '아동'이라는 말을 일상적으로 썼습니다. 어린이라는 말이 좋아서, 교실에서 어린이로 부르고 공문서나 서류를 작성할 때도 어린이라고 쓰면서 혼자 세상을 변혁하는 큰일이라도 하는 것처럼 뿌듯해했습니다.

상장에 '위 아동은' 혹은 '위 사람은' 대신에 '위 어린이는 이러저러한 이유로 상을 줍니다.' 하면 어떨까 했지요. '아동들은…'보다 '어린이들은…' 하면 더 정이 담긴 말로 들립니다. 손지혜 아동, 김윤정 아동, 박민정 아동…, 이렇게 부르는 것보다 손지혜 어린이, 김윤정 어린이, 박민정 어린이…, 이렇게 부르는 것이 훨씬 정겹지 않습니까?

세월이 흐르고 국민학교는 초등학교로 이름이 바뀌었습니다. 나는 이것도 마음에 들지 않았습니다. 초등학교 대신 '어린이학교'라고 부르면 어떨까요? 별빛어린이학교, 봄뫼어린이학교, 새나라어린이학교…. 얼마나 다정한 이름인가요. 새로 지어지는 학교는 이런 예쁜 이름을 썼으면 좋겠습니다.

김소영의 『어린이라는 세계』에는 이런 말이 있습니다.

> 어린 시절의 한 부분을 나누어 주셔서 감사합니다.
> 여러분을 아는 것이 저의 큰 영광입니다.

나는 그 말이 참 좋았습니다. 어린이를 섬기는 어른의 그 말이 반짝반짝 빛났습니다. 이런 분이 교사가 되었으면 얼마나 좋을까, 책을 읽는 내내 아쉬웠습니다. 그래도 독서지도를 하며 어린이들을 만난다고 하니 정말 다행입니다. 더 많은 어린이를 만나면서 다정함을 나누어 주시기를 바랍니다.

어린이를 섬기는 어른이 많아져야 합니다.
어린이를 섬기는 사회가 좋은 사회입니다.

아직도 내게 아이 같은 마음이 남아 있는 것은 그동안 만난 어린이들 덕분입니다.

나는 '어린이'라는 말을 사랑합니다.

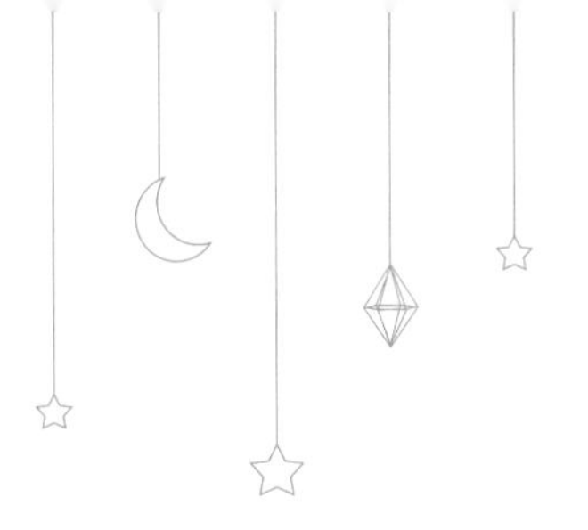

선생님의 풍경

봄방학 어느 날입니다. 내 친구 앤젤이 내려준 커피를 마시고 있었습니다.

"1학년을 다시 가르쳐야겠어."

새 학년 희망 학년에 1학년을 써냈다고 친구에게 말했더니, 그는 자기가 했던 1학년의 자료를 다 준다면서 해보라고 용기를 주었습니다. 이제 어린이들이 예뻐질 나이가 되어서일까요? 어서 1학년을 가르치고 싶은 마음이 발동했습니다.

"봉사하는 마음으로 가르쳐."

일 년 내내 그 말을 잊지 않으려고 교무수첩 맨 앞에 기록해 놓았습니다. 나는 어린이들에게 필요한 사람이지만 어린이들로 인해 내가 존재하기에 봉사하는 마음을 가지는 것은 당연한 일입니다. 여태껏 나는 봉사하는 철저한 마음이 부족했습니다.

"아가들 잘 보살펴. 그 어린것들 부서질지 몰라…."

문학 강의를 받으러 온 내게 일현 선생님이 하신 말씀입니다. 봄나들이 가는 처녀처럼 문학 공부하러 갈 때는 새 세상을 만나는 것 같습니다. 1학년 어린이들도 나처럼 새 세상을 만나러 교실로 오는 것입니다. 그러니 나는 어린이들에게 새 세상을 열어주어야 합니다. 그것이 내가 할 일입니다.

새 학년을 맡을 때마다 친절한 선생이 되어야지, 열심히 가르쳐야지, 어린이들을 사랑하고 아껴야지, 나름 비장한? 결심을 하고 새 학기를 시작하였건만 어느 순간 무너지고 맙니다. 바쁘다는 핑계로 엄격하게 규칙을 들이대며 채근했던 일들, 조금 더 참을 걸…. 학년 말이 되면 늘 후회와 반성이 밀려왔습니다. 다시 새 학년이 되면 마음을 다잡고 가다듬어 보곤 했습니다.

스무 살부터 교사로 근무한 학교 울타리가 내게는 온 세상이었습니다. 나는 아이들을 가르치는 것이 좋았습니다. 많은 꿈이 있었지만, 교사가 된 것을 천직이라고 여겼습니다. 35년 동안 그렇게 나를 길들였습니다. 학교를 벗어난 일은 생각해보지 않았습니다. 어떻게 하면 아이들을 잘 가르칠까 고민하고, 어떻게 하면 좋은 선생이 될 수 있을까, 길을 걸을 때도 생각하던 시절이 있었습니다. 아이들을 가르칠 때 나는 진정한 존재감이 들었습니다. 아마 많은 선생님들이 그럴 것입니다.

기본적으로 공부는 재미있어야 한다는 생각이었기에 퐁퐁 솟아나는 아이디어를 활용했습니다. 교육과정을 이탈하기도 하고, 통합교과가 나오기도 전에 통합을 시도하기도 하고, NIE 교육도 일찍 활용하는 등 새로운 교육 방법이 나오면 호기심으로 접목했습니다.

실패하고 좌절하면서도 열정이 넘칠 때는 스스로 만족하면서 자뻑에 빠져 살았습니다.

서서히 나도 모르는 사이에 매너리즘에 빠져들면서 젊은 시절의 열정은 사그라들고 대충 넘어가기도 하고, 주어진 일에 수동적이 되어가다가 자존감이 바닥까지 내려가는 힘든 일도 만나게 되었습니다.

어쩌면 나는 거짓말쟁이 선생입니다.

도서관에서 조용히 책을 읽는 친구들에게 천재라고 합니다. 천재멸치를 주며 머리까지 먹어야 천재가 된다고 농을 칩니다. '안천재'가 될까 봐 어린이들은 머리도 빼지 않고 먹습니다. 브로콜리를 먹으면 천재가 된다고 하고, 글씨 쓸 때 큰 소리로 말하면 글씨가 찌그러진다고 하고, 책을 안 읽으면 천국에 갈 때 안 읽은 책 모두를 머리에 이고 서 있어야 한다고도 합니다. 그렇다면 나야말로 몇 톤은 머리에 이고 서 있어야 할지도 모릅니다.

어린이들은 진짜로 그렇게 믿고 멸치도 남김없이 다 먹고, 브로콜리도 맛있다고 먹습니다. 글씨를 쓸 때 온 힘을 다하고, 책을 끝까지 읽습니다. 눈으로라도 읽습니다.

어느 날 아침, 교실에 들어온 준혁이가 준 비타민이 생각납니다.

'성장 발육엔 텐텐'이라고 적혀 있는 사탕이었습니다. 새콤 달콤한 그것을 입에 넣고 습~습~ 신맛을 삼키며 생각했습니다.

'그래, 난 더 성장해야 해. 아직도 미숙한 선생이야.'

황선미의 『나쁜 어린이 표』라는 책의 서두에 작가가 써 놓은 글이 기억납니다. 어렸을 때, 책을 좋아하는 그녀를 위해 교실에서 늦게까지 마음껏 책을 읽을 수 있도록 배려해 주신 선생님이 계셨다고 합니다. 그녀가 말한 '선생님의 모습'은 이랬습니다.

> 선생님이란,
> 무엇을 가르치는 분이면서
> 아이가 무엇이 될 수 있도록 씨앗을 심어주는 사람

수첩 맨 앞에 그 말들을 커다랗게 써 놓습니다. 이것을 모토로 삼을 작정입니다. 어린이들에게 '무엇이 될 수 있는 씨앗'을 심어주기 위해서 말입니다.

"봉사하는 마음으로 가르쳐."
"아가들 잘 보살펴. 그 어린것들 부서질지 몰라…."
그리고 '선생님이란' 이 말.

이 세 가지를 명심하여 어린이들을 가르치려 합니다.
새 세상을 만나러 오는 어린이들을 기다리는 선생님의 풍경입니다.

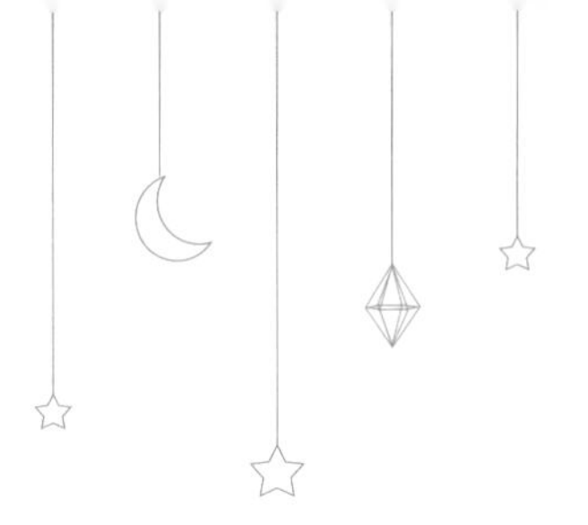

아이들은 시인

한국전쟁

아침에 학교에 오는 어린이들의 코가 루돌프처럼 반짝거립니다. 금방 세수를 한 얼굴에 아침햇살 몇 가닥씩 달고 오기에 그렇습니다. 교실로 들어오는 그 맑은 얼굴을 보면 내 얼굴에도 아이 같은 웃음이 걸립니다.

성민이가 급하게 교실에 들어오면서 나와 눈이 마주칩니다. 동그란 눈을 하고 인사를 하는 둥 마는 둥 하더니 할 말이 바쁩니다. 성민이는 혀 짧은 소리를 냅니다. 아이 엄마의 말에 의하면 병원에서 진단받은 결과, 발음 기관에는 문제가 없다는데 여전히 혀 짧은 소리를 냅니다. 아직도 유치원생에서 벗어나지 못했거나, 벗어나기 싫은 건지도 모르죠.

"던댕님, 6·25 한국전쟁이 뭐예요?"

심각한 얼굴로 묻습니다.

"음, 선생님도 태어나기 전에 북한이랑 우리나라랑 전쟁이 났단다. 원래 하나였던 나라가 갈라지고 사람들이 많이 죽고 다쳤어…. 휴전선이 생기고 지금은 전쟁을 쉬고 있어. 그러니까 빨리 통일을 해야지."

"휴전선이 뭐예요?"

1학년 아이들은 궁금한 것투성이입니다.

"응, 우리나라와 북한이 전쟁을 쉬라고 만들어놓은 경계선이야."

"왜 이렇게 오래 쉬어요?"

그러게, 왜 이렇게 오래 쉬어야 할까요. 우리는 쉬는 시간이 10분밖에 안 되는데. 너무 오래 쉬어서 한민족으로 합치는 것을 잊어버린 건 아닐까요. 너무 오래 쉬면 안 될 텐데.

성민이는 아항, 하며 어항 속 금붕어처럼 입을 벌립니다. 느닷없는 전쟁 질문에 내가 더 궁금해집니다.

"왜 그게 궁금했어?"

"아~~ 6월 25일 우리나라가 전쟁이 나는 날인 줄 알아떠요. 달력보고 알았떠요. 전쟁이 나서 죽는 줄 알아떠요. 전쟁이 안 일어났으면 조케떠요. 전쟁이 일어나면 집도 막 부더지고…."

달력에 조그맣게 '6·25 전쟁'이라고 쓰여 있는 것을 보고 그럴 만도 하네요. 전쟁이 일어나면 집이 불타고 폭탄이 터지고 사람들이 다치거나 죽는다는 것쯤은 잘 아는 눈치입니다. 그 말을 듣고 아침부터 웃음보가 터집니다.

기특하지 않습니까? 이제 태어난 지 7년밖에 되지 않은 아이가 벌써 나라를 걱정하고 인간을 사랑하는 마음이 얼마나 예쁜가요. 물론 전쟁은 일어나면 안 됩니다. 폭격으로 부모를 잃은 어린이가 펭귄 인형을 담은 봉지를 한 손에 들고 터덜터덜 피난길에 걸어가게 하면 안 됩니다. 6월 25일이 전쟁이 나고 큰일이 나는 줄 알고 있다가 그게 아니라는 것을 안 성민이는 그제야 밝은 얼굴이 되었습니다. 엄청난 고민이 사라진 거지요. 얼마나 걱정이 되었을까요. 어린이들도 고민이 많답니다. 어른들의 그것보다 훨씬 고결하고 사해동포적인 고민이지요.

수학책을 삶으면

정미가 싱글벙글 웃으며 내 곁으로 오더니 수수께끼를 냅니다.

"선생님, 수학책을 삶으면 뭐가 되게~요?"

"수학책을 삶아 뭐하게? 계란도 아닌데?"

나는 능청을 떱니다.

"그러니까 수수께끼죠."

이미 오래전 선배 형님들이 냈던 수수께끼입니다. 일부러 답을 말하지 않습니다. 너무 빨리 말해버리면 재미가 없잖아요? 눈을 감기도 하고, 고개를 들어 천정을 보기도 하고, 아이를 보며 고개를 이리 갸우뚱 저리 갸우뚱. 최대한 고민하는 척 궁금해합니다.

"음, 뭘까? 종이죽? 폐품?…."

"아~니~요~"

아이는 싱글벙글 의기양양합니다. 선생님도 모를 수수께끼를 내었으니 자기가 이긴 거지요. 내 책상에 모여 있던 어린이들도 궁금하긴 마찬가지입니다. 하정이는 내 손에 낀 반지를 만지면서 생각에 빠집니다. 지원이는 턱 괸 손을 오그리며 눈알을 굴립니다. 정식이도 고개를 돌리며 선생님을 따라 천정을 보기도 하고 손가락을 머리에 짚고 깊은 생각에 빠집니다.

"뭐야? 빨리 말해줘."

궁금한 어린이들이 채근합니다.

"수학 익힘책!"

수학을 좋아하는 수홍이는 어이없어집니다. 자기가 제일 사랑하는 수학책을 삶아버리다니요. 그런 일이 생기면 안 된다고 고개를 흔듭니다. 수학이야기를 하다 보니 재미있는 글이 생각납니다. 『나를 있게 한 모든 것들』에 다음과 같은 이야기가 나옵니다. 숫자계산을 좋아한 프랜시가 이렇게 말합니다.

> 0은 엄마 품속에 든 아기, 아기가 나타날 때마다 그냥 옆으로 옮겨놓기만 하면 되었다. 1은 이제 막 걸음마를 배우기 시작한 아름다운 여자아이로 쉽게 다룰 수 있었다. 2는 걸음마에다 말하는 법까지 조금 깨달은 남자아이였다. 이 남자아이는 이제 막 가족생활에 끼어들었지만 -계산에 끼어들었지만- 그다지 커다란 문제는 없었다. 3은 유치원에 다니는 사내아이로 약간만 관심을 기울이면 충분했다. 4는 프랜시 또래의 여자아이인데 2와 마찬가지로 쉽게 돌볼 수 있었다. 엄마는 5로서 친절하고 다정했다. 커다란 숫자를 계산할 때 엄마가 나오면 문제가 쉽게 풀려나갔다. 아빠는 6인데 다른 가족보다 엄격했지만 그래도 아주 공평했다. 하지만 7은 까다로웠다. 7은 변덕스러운 할아버지인데 이 할아버지가 나오기만 하면 계산이 비비 꼬이기 시작했다. 할머니는 8로서 어렵긴 했으나 할아버지에 비하면 훨씬 쉬웠다. 가장 어려운 수는 9였다. 9는 집에 놀러 온 손님으로서 가족과 화합하

> 는 게 어려웠기 때문이다.… 프랜시에게 산수는 인간미가 흐르는 따뜻한 공부였으며 혼자 있을 때는 외로운 시간을 달래는 좋은 놀잇감이었다.

'인간미가 흐르는 따뜻한 공부'라는 말이 참 좋았습니다. 그런 공부를 어린이들에게 가르쳤는지 모르겠습니다.

모기와 전쟁

1학년 어린이들에겐 작은 소리가 들리거나, 바람이 창문으로 불어와 커튼이 휘날려도 사건이 됩니다. 하물며 왕모기가 나타났다는 것은 일대 사건이 아닐 수 없습니다.

쉬는 시간에 화장실에 갔던 어린이들이 난리가 났습니다.

"선생님, 화장실에 왕모기가 나타났어요."

시커먼 모기 한 마리가 들어와 어린이들이 볼일을 보지 못한다는 거였어요.

"그래? 내가 모기를 쫓아 줄게."

일기장을 읽다가 얼른 모기약을 들고 보무도 당당하게 화장실로 갔습니다. 어린이들이 막 몰려서 웅성거리고 있었고, 다른 반 아이가 소리를 지르며 뛰어갔고, 영문을 모른 어린이들이 우르르 화장실로 몰려갔고, 복도는 아수라장이 되었어요. 어린이들은 부하들처럼 선생님 뒤를 졸졸 따라갔고요. 모기와 전쟁을 벌이러 가는 것입니다. 와글와글 웅성웅성 화장실에 어린이들이 가득했습니다. 진짜 시커먼 왕모기 한 마리가 형광등에 딱 붙어 있었습니다. 모기약을 샤~ 뿌리고 돌아서니 어린이들 얼굴도 샤~ 밝아졌습니다.

벌레도 바람도 꽃향기도 1학년

1층에 있는 교실 창가에는 목련과 벚나무가 있어 벌레들이 자주 들어옵니다. 그때마다 모기약을 뿌리면 되지만, 가끔 벌이 들어올 때는 모기약으로도 해결이 되지 않습니다. 한 번은 벌이 들어와 날아다녔어요. 약을 뿌려도 창문을 열어도 소용이 없었습니다. 누구라도 쏘이면 큰일이었어요.

날벌레가 교실에 들어와 날아다니면 그때부터 모든 활동은 엉망이 되고 맙니다. 어느 1학년 교실에서 학부모 공개수업을 하는 날, 난데없이 날아든 날벌레 때문에 어린이들이 일어나서 잡으러 돌아다니고 계획된 수업은 엉망진창이 되고 말았다는 이야기를 들은 적이 있습니다.

와글와글, 시끌시끌 교실은 난리가 났습니다. 무서워서 도망가는 아이, 책상 위로 올라가 책으로 휘두르는 아이, 동작 빠른 준이는 어느새 청소함에서 빗자루를 들고 적군을 덮칠 기세로 폼을 잡고 있습니다.

"말벌이야. 저거 쏘이면 죽어."

도윤이가 큰 소리로 말합니다.

"얼음!"

선생님 목소리에 어린이들은 모두 꽁꽁 얼린 '얼음'이 됩니다. 전등을 끄고 창문을 열어 놓아도 갈 곳 모른 벌은 이리저리 날아다닙니다. 선생님은 비장의 무기를 준비합니다. 벌의 움직임이 느려진 틈을 타 청소기 주입구를 갖다 대고 전원을 켭니다. "윙~~" 순식간에 청소기 안으로 벌이 빨려 들어갑니다. 어린이들은 모두 "와" 하고 얼음에서 깨어납니다.

"선생님, 벌도 우리랑 같이 뺄셈을 공부하고 싶었나 봐요."

유담이가 한 말에 어린이들이 "맞아!" 하며 맞장구를 칩니다.

소란을 잊고 금세 뺄셈 공부 속으로 빠져들지만, 궁금증이 넘치는 몇몇 어린이들은 딴 나라에 가 있다는 걸 선생님은 압니다. 벌이 사라져서 안심이 되지만, 청소기 속의 벌이 어떻게 되었을까, 계속 걱정이 됩니다. 그 속에 알을 낳고 아기 벌들이 청소기 밖으로 줄줄 나오는 상상도 합니다. 선생님은 어린이들이 딴 나라 여행을 하게 그냥 둡니다. 그러게요. 바람도 꽃향기도 날벌레도 모두 1학년이 되고 싶은가 봅니다.

상추와 방울토마토

학교에 텃밭이 생겼습니다. 텃밭이래야 작은 화단 옆 공터에 만든 곳입니다. 방울토마토와 상추를 심었습니다. 강당에 갈 때마다 우리 반 표찰이 붙어 있는 곳을 살피곤 합니다. 상추가 싹이 나더니 비가 온 후로 제법 자라서 이제 뜯어 먹을 수 있을 만큼 야들야들해졌습니다. 마침 고기반찬이 나오는 날입니다.

"얘들아, 우리 오늘 상추 따서 급식시간에 먹을까?"

"네~에~~"

복도에 줄을 섭니다. 내려가는데 하경이가 지원이를 건드려서 지원이가 울었습니다. 아이를 달래주고 났더니 야단맞은 하경이는 금방 울상이 되어 돌아섭니다. 쪼그만 녀석이 두 손으로 눈을 가리고 돌아선 채, 벽에 딱 붙어 서 있으니 마음이 짠해집니다. 하경이는 눈물을 닦고 다시는 괴롭히지 않겠다고 약속합니다. 아이 손을 잡고 계단을 내려오는데, 하경이가 내 품을 파고듭니다. 학교에서는 선생님이 엄마입니다.

상추 앞에 어린이들을 모이게 하고 상추 잎만 '똑' 따는 것을 보여줍니다. 줄을 서서 한 사람씩 조심스레 상추 잎을 뜯습니다. 상추 두 장씩 소중히 가지고 수돗가로 가서 깨끗하게 씻어 교실로 갑니다. 성민이는 씻다가 모두 찢고 말았네요. 울상이 된 성민이에게 선생님이 두 장을 나눠 줍니다. 신선한 상추로 쌈을 싸 먹으니 정말 사각거리네요. 주무관님이 옥상에서 상추를 푸짐하게 뜯어다 주셔서 씻어가지고 왔더니 너도나도 달라고 가져가서 금방 동이 났어요.

"학교서 먹으니까 맛있다요."

상추가 더 자라면 또 먹자고 약속합니다. 이렇게 직접 가꾸어서 자란 것을 먹어보는 경험이 살아 있는 공부가 아닐까요.

강당에서 줄넘기 수업을 하고 교실로 오는데, 교재원에 심은 방울토마토가 익은 것이 보입니다. 어린이들이 한 개씩 딸 수 있을까 하고 세어보았더니 몇 개가 모자랐어요.

"방울이가 모자라겠네…."

선생님이 중얼거리는 소리를 듣고 귀도 밝지, 똘순이 희진이가 제안을 합니다.

"익은 거 먼저 따고 나중에 또 익으면 따요."

희진이의 멋진 제안에 어린이들은 이구동성으로 찬성을 합니다. 오늘 못 딴 친구들은 다음에 따기로 했습니다.

"얘들아, 아프지 않게 조심해서 따."

희진이는 방울이가 아플까 봐 걱정입니다. 모자란 몇 개를 주무관님께 부탁했더니 옥상에 키우는 것에서 많이도 따서 그릇에 그득 담아 주셨습니다. 어린이들이 따온 것과 합쳐 똑같이 나누어 먹었어요. 금방 딴 거라 햇살이 배어들어 따듯하고도 싱싱했습니다. 어린이들은 방울토마토를 사탕처럼 입에 물고 볼록거립니다. 선생님 마음에도 볼록볼록 사랑이 자라납니다.

천재는 좋은 거야

점심시간에 잘 먹고 있나 돌아다니는 나에게 기범이가 한마디 합니다.

"도라지 먹으면 좋은 거죠?"

"그럼, 좋지. 그건 도라지가 아니고 우엉이야. 야채랑 고기랑 다 먹으면 천재지."

그 말을 듣자마자 기범이는 한꺼번에 우엉을 다 먹어서 토할 듯 입이 불룩했고, 승구도 천재 소리 들으려고 우엉을 다 구겨 넣었다가 눈물이 날 것을 참고 있습니다. 얼른 미역국을 떠서 입에 넣어주며 꼭꼭 씹으라고 했더니 눈짓으로 대답합니다. 현이도 천재가 되고 싶었나 봅니다. 밥 먹다가 내 자리로 뛰어왔습니다.

"선생님, 전 샐러드랑 고기랑 다 먹어요."

"그래, 현이도 천재네."

모두 천재가 되고 싶어 우엉도, 야채도 맛있게 먹습니다.

천재가 좋긴 좋은 건가 봅니다. 천재가 되면 부모님도 기쁘고 훌륭한 사람이 된다는군요. 훌륭한 사람이 되어 더 행복한 나라로 만들고자 하는 크나큰 애국심이라고 생각합니다. 모두 천재가 되었으니 이제 우리나라 미래는 보나마나 파릇파릇합니다.

이웃이 없어요

이웃에 대해 공부하고 있습니다. 이웃끼리 어떤 일이 있었는지 발표합니다. 이웃과 노래방에 갔어요, 옆집 아기를 봐주었어요, 떡을 나누어 먹었어요, 저마다 이웃끼리 지내는 이야기를 말하느라 소란스럽습니다. 부침개를 부치면 같이 나누어 먹고 김장을 할 때 도와서 같이 합니다. 이웃끼리 참 다정한 것 같아요. 어려운 대로 서로 다독이며 사는 모습이 어린이들 이야기를 통해 전해집니다.

갑자기 준혁이가 시무룩하더니 이내 눈물을 글썽이네요.

"왜 그러니? 준혁아, 어디 아프니?"

"전 이웃이 없어요…."

말을 다 하지 못하고 작은 눈에 눈물이 가득하더니 또록 눈물방울이 얼굴에 떨어집니다. 「강아지똥」에서 동그란 강아지똥이 깜박이며 눈물을 흘리는 것 같습니다. 엄마 아빠가 바쁘다 보니, 이웃끼리 교감을 나누는 장면을 보지 못한 것이겠지요. 선생님은 아이를 쓰다듬어 주고 앞집 옆집 학교에 오가며 보는 사람들이 모두 이웃이라고 일러줍니다. 문방구 아저씨도, 태권도 학원 선생님도, 떡볶이집 아주머니도 모두 이웃이라고 말해줍니다. 아이는 그제야 안심을 합니다. 영감 같은 말을 하고 어려운 말을 써도 역시 1학년입니다.

나도 봤어

오래전에 맡았던 지영이가 생각납니다. 가방을 멘 채로 내 앞에 오더니 함빡 웃으며 갑자기 치마를 휘딱 올렸어요.

"선생님 나 빤쭈 새로 샀다요. 예쁘죠?"

땡땡이 무늬가 그려진 고무줄 속옷이 보입니다.

자랑하는 아이의 치마를 내려주면서 그래, 예쁘구나 하고 속옷은 함부로 보여주는 것이 아니라고 말해줍니다.

어린이들은 모든 이야기를 들려줍니다. 엄마 아빠가 싸운 이야기, 누나와 같이 목욕한 이야기, 수학여행에서 선물을 사 온 이야기, 삼촌이 여자 친구를 데리고 왔다는 이야기….

가끔은 19금 이야기도 나옵니다. 우리 아빠가 다 벗고 엄마 옆에 자고 있었어요, 같은 말도 스스럼없이 이야기합니다. 옆에서 듣던 친구들도 맞아, 저번에 우리 아빠도 그랬어. 나도 봤어, 맞장구를 칩니다. 오로지 어른인 나만 얼굴이 붉어집니다.

기다리면

입학식이 지나고 계속되는 일정에다 첫 현장학습까지 마치는 4월 말 5월 초쯤이면 몸이 아파옵니다. 해마다 겪는 홍역입니다. 감기가 영 낫지 않습니다. 거의 3주가 넘어갑니다. 약을 먹고 주사를 맞아도 차도가 없네요. 그런데다 어린이들이 소란하면 수업을 할 수가 없습니다.

"말하는 친구는 천잴까 아닐까?"

어린이들은 이구동성으로 말합니다.

"안천재!!!!"

"음, 벌써 천재가 되어가고 있어."

이런 엉터리 말로 어린이들의 목소리를 줄입니다.

다음 날은 아예 목소리가 나오지 않아 손바닥만 쳤습니다. 결근하고 병원에 가려 해도 이 병아리들이 새 선생님과 적응하느라 혼란스러울까 봐 쉴 수가 없습니다. 고학년이면 의사소통에 문제가 없지만 1학년은 눈짓 손짓으로는 어림없습니다. 목소리가 나오지 않는 것이 그렇게 고통스러운지 정말 몰랐습니다.

어버이날 편지를 세 시간에 걸쳐 만들고, 어린이들은 길길이 뛰고…. 목소리는 안 나오고…. 거의 미칠 지경이 되었습니다. 나중에는 아예 포기했습니다. 그랬더니 오히려 어린이들이 가라앉는 것 같았습니다.

뭐든 억지로 되는 법은 없습니다. 기다리면 저절로 되는 일도 있습니다. 어린이들에게는 기다리는 시간이 필요합니다. 어린이들은 천천히 자라는 중이니까요.

달리기

운동회에서 달리기 심판을 맡았습니다.
1학년 달리기가 가장 재미있습니다.
60미터 달리기 선에는 하얀 눈처럼 횟가루가 뿌려져 있습니다.
전날도 거기서 선 따라 달리기 연습을 했습니다.
어린이들을 줄 세우고 '준비!'를 외칩니다.
두 주먹을 힘주어 쥐고 눈빛을 반짝이며 뛸 준비를 합니다.
'삑~!' 호각을 붑니다.
아이들이 열심히 결승선을 향해 달려갑니다.
엄마들은 목이 터져라 응원하고 결승선에는 흰 줄이 기다립니다.
한 아이는 자기 줄을 못 쫓아가고 엉뚱한 곳으로 갑니다.
거꾸로 달려가는 아이도 있습니다.
자기 줄로 달려가다가 응원하는 엄마에게 달려가는 아이도 있습니다.

달려온 어린이들을 붙들고 스탬프 도장을 팔목에 찍어줍니다.

작은 가슴에서 통통통 심장 뛰는 소리가 손끝에 전해옵니다.

벽을 뛰어넘지 말자

학교에서 모든 어린이에게 아침 자습으로 한자 쓰기를 강제하던 시절이 있었습니다. 학교에서 하라는 것이 많아서 교사가 재량으로 뭔가를 할 시간이 늘 부족했습니다. 3학년 어린이들에게 주어진 공책에 한자를 쓰고 나면 여백이 많아 어떤 날은 그림도 그리고 시도 지어보게 하고 낙서도 하게 했습니다.

월요일이어서 방송으로 교장선생님이 훈화를 하고 있었습니다. 한자를 다 쓰면 훈화 내용을 듣고 생각을 써보라고 했어요. 교장선생님의 말씀은 어린이를 대상으로 하는 훈화보다 선생님들에게 자랑하는 내용이 더 많았습니다.

어린이들이 하교한 뒤, 한자 공책을 검사하는데 정훈이가 이렇게 써 놓았어요.

"벽을 뛰어넘지 말고, 학교 담을 넘지 말자."

'응? 이게 뭐지? 학교 담을 넘다니?'

아이들도 그렇지만 나도 교장선생님의 말을 주의 깊게 듣지 않았습니다. 그날 교장 선생님이 한 말씀이 뭔지 궁금하여 '일일교육안내'를 읽어 보았습니다.

당시 도시와 농어촌을 연계하는 교육의 일환으로 도농 결연 교육이 이어지고 있었습니다. 그러니까 우리 학교와 지방의 어느 농촌 학교가 자매학교 결연을 맺고 1년에 한두 번 교환 체험을 함으로써

'벽을 뛰어넘는 교육'을 하게 되었다는 내용을 연설하신 거였습니다. 아이가 쓴 발랄한 생각에 웃음이 번졌습니다. 어린이를 상대로 말할 때는 어린이들이 이해할 수 있는 말을 써야 합니다.

정훈이는 '벽을 뛰어넘는 교육'을 그렇게 이해한 것입니다. 진짜 벽을 뛰어넘는 교육이었네요.

웃음이 터지는 교실

2학년 교실입니다. 가족 소개하기 시간입니다. 가족은 누구누구인지, 무슨 일을 하는지, 좋은 점은 무엇인지 말해보게 합니다. 우리 반 말썽꾸러기 세진이가 일어나 발표합니다. 모두 세진이 얼굴을 봅니다. 친구가 발표할 때는 '입 꾹! 눈 똥글!' 하고 모두가 "세진~이"라고 이름을 부르면서 세진이 얼굴을 쳐다보아야 합니다.

"우리 가족은 네 명입니다.

아빠는 일을 하시고

엄마는 밥을 하시고

형은 학교에 다닙니다."

아이들은 끄덕끄덕 동의합니다. 당연히 아빠는 회사에서 일하시지. 엄마들은 집에서 밥을 하고, 세진이 형이 4학년인 것은 친구들도 모두 압니다. 세진이는 이어 자랑을 말합니다.

"엄마는 화를 잘 안 내세요. 아빠의 좋은 점은…"

친구들은 모두 다음 말을 기다립니다.

"없습니다!"

와! 하하하~ 우리 반은 웃음바다가 됩니다.

"또 있어요. 우리 엄마는 힘이 세요."

우리는 또 와~ 하고 웃었습니다.

6학년 교실입니다.

도덕 수행평가를 보고 있습니다. '국가와 민족' 관련 덕목 평가로, '만일 우리나라에 전쟁이 난다면?'이라는 문제에 자신의 의견을 쓰고 있습니다.

여학생은 대부분 피난 가겠다고 하였으나, 일곱 명은 열심히 나가 싸우겠다는 의사를 분연히 표현했습니다. 외교관이 되어 외교 담판을 짓겠다는 여장부 '서희 장군'도 있었습니다.

남학생은 나가 싸우겠다는 의견도 있었지만 색다른 의견도 있었어요.

죽은 체한다.(아마 1분도 못 버텼을 거예요. 엄청 부산한 아이거든요.)

냉장고에 숨는다.(충분히 냉장고에 들어가고도 남았습니다. 키가 작고 귀여운 남자아이예요.)

땅굴을 파고 숨어 전쟁이 끝날 때까지 안 나온다.(조용하고 순박한 아이예요. 무서웠을 거예요.)

아빠랑 이민을 간다.(엄마는 어떡하고? 형도 있는데 형도 버리고?)

친척들과 남해의 특수기지에서 싸운다.(역시 우람이다웠습니다. 우람이는 숙제를 해 오지 않은 날, 내게 와서 능청스럽게 말하곤 합니다. "선생님, 어젯밤 열두 시까지 조사 숙제했거든요. 그런데 그때 딱 정전이 되어 컴퓨터 저장을 하지 않아 다 날아가고 말았어요." 하는 친구입니다. 여러 번 그래서 믿지는 않지만, 어쩌다 조사 과제를 해 온 것을 보면 입이 떡 벌어지게 해오곤 했어요.)

36명 중 나라를 위해 분연히 싸우겠다는 어린이는 18명이고, 나머지는 숨거나 도망가겠다는 의견이었습니다. 평가지를 읽으며 나는 또 웃고 맙니다. 이런 것으로 평가를 해야 하니 더 웃음이 나옵니다.

조용히 공부하는 1학년 교실에 지나던 바람이 구경하려고 들릅니다. 그 바람에 커튼이 날려 배가 불룩해지더니 커튼이 날아가 희진이 얼굴에 닿았습니다. 갑자기 희진이가 깔깔거립니다. 다른 아이들도 고개를 들더니 웃음이 터집니다. 웃는 아이들 따라 영문도 모르고 배꼽 잡고 웃습니다. 조용하던 교실은 금세 웃음바다가 됩니다.

아이들의 웃음소리는 팝콘이 터지는 것과 닮았습니다. 표정 없이 단단하게 있다가 어느 순간 팡팡 터지는 웃음소리는 영화 「웰컴 투 동막골」에서 수류탄이 옥수수 곳간에 터지면서 하늘 가득 내려오던 팝콘을 닮았습니다. 참 아름다운 장면입니다.

세상에서 가장 아름다운 소리는 어린이들이 웃는 소리입니다. 가장 아름다운 모습이기도 합니다. '웃음이 넘치는 교실'을 급훈으로 정한 어느 선생님은 진짜 어린이들을 사랑한 분입니다.

천사가 다녀가고

수업이 끝나고 교실 먼지를 쓸고 앉았더니 "아이고고" 소리가 절로 나옵니다. 교실에 물건을 가지러 왔던 예진이가 마침 그 모습을 보고 한마디 합니다.

"우리 엄마도 맨날 아이고고 해요. 아빠는 맨날 게임만 해요."

"그래? 아빠 혼나야 되겠구나. 엄마가 아이고고, 하면 아빠한테 팔다리 주물러 드리라고 말씀드려어~ 선생님이 그렇게 말씀하셨다고~~"

네, 하고 팔랑거리며 가는 예원이의 뒷모습에서 천사를 봅니다.

돌봄 어린이들이 운동장에 다녀오다가 교실 문을 열고 빠꼼히 들여다봅니다.

"선생니~~~~임!"

컴퓨터에 얼굴을 붙이고 일을 하다가 고개 돌립니다. 나와 눈이 마주치자 히~~ 하고 웃고 갑니다. 나도 웃음이 나옵니다. 조금 후 영진이가 벌게진 얼굴로 나타납니다.

"운동장에 사마귀가 있었어요. 일기에 사마귀 쓰고 싶어요."

흥분하며 말하는 아이에게 그래 써도 된단다.

거기에 천사가 있습니다.

노랗게 물든 나뭇잎이 팔랑팔랑 떨어지던 날,

서영이가 내게 오더니 함박 웃습니다.

"선생님, 저 이 빠졌어요. 히~~"

윗니 두 개, 아랫니 두 개 빠진 얼굴이 웃고 있습니다.

거기에 천사가 있습니다.

어린이들이 있다간 자리. 천사가 다녀간 자리.

겨울잠을 자고 오면

어린이들이 만지락(유점토)으로 겨울잠을 자는 동물을 만들고 있습니다. 이리저리 고개를 갸웃거리며 조몰락조몰락 만지락을 잘라 붙이기도 하고 떼어내기도 합니다. 만들기를 하는 동안 나는 컴퓨터 앞에서 교원평가 통계를 처리하다가 문득 고개를 들어 봅니다. 어린이들은 작은 손으로 동물을 만드느라 열중입니다. 이건 이렇게 하는 거야 소곤거리면서. 현진이는 똬리를 튼 뱀을 만들어 접시에 놓고 겨울잠을 자게 했습니다. 개구리를 만들던 진영이는 잘 되지 않아서 둥그렇게 공으로 만들어 놀이를 하고 있습니다. 곰을 만들고 뱀도 만들고 박쥐와 오소리를 만들고 생명을 불어넣어 줍니다. 어린이들은 모든 만물에 영혼이 깃들어 있다고 여깁니다.

천성적으로 어린이들은 시인입니다. 어린이들은 물건에 이름을 주고 생명을 줍니다. 생명이 있건 없건 이야기를 하고 친구가 됩니다. 날마다 벌어지는 모든 것이 궁금하고 재미있습니다. 어린이들은 세상 모든 것을 사랑합니다.

사랑스러운 우리 반 귀염둥이들.
턱을 괴고 흐뭇하게 바라봅니다.
겨울방학이 되면 겨울잠을 자러 집으로 갈 것입니다.
겨울잠을 자고 나면 부쩍 자랄 테지요.
어린이들과 헤어져야 한다니 눈물이 날 것 같습니다.
그들과 지내면서 내 마음의 때가 많이 사라졌습니다.
어린이들과 함께한 1년이 참 행복했습니다.

보석 같은 아이들

마리 앙투아네트는 생전에 엄청난 루비와 다이아몬드를 소장하였다고 합니다. 보석을 보여 달라고 조르는 사람들의 성화에 안으로 들어가더니, 자기 아이들을 데리고 나타났습니다. (그는 우리가 아는 것과는 다른 면도 있었어요.)

"이 아이들이 제 보물이랍니다."

그렇습니다. 모든 어린이는 보물입니다.

좋은 유년 시절은 보석을 수집해서 목에 걸고 다니는 것과 같다고 합니다. 나는 그들에게 얼마나 많은 보석 알을 걸어주었을지 모르겠습니다.

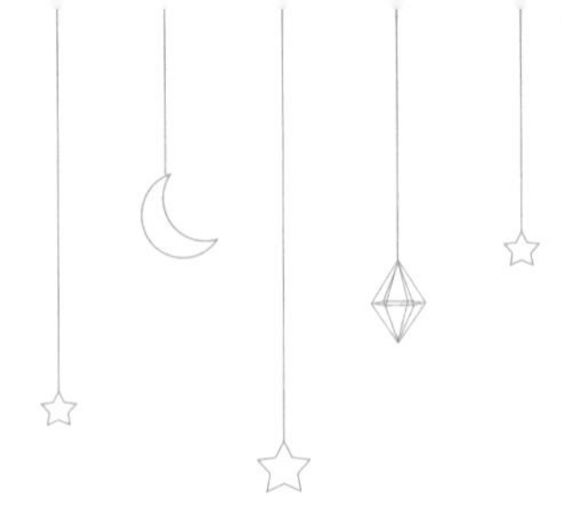

날마다 자라는 아이들

입학하고 두 번째 날이 되었습니다. 강당에서 한 시간 동안 춤도 추고 노래도 부른 후, 교실로 들어오는 날입니다. 어린이들은 짝의 손을 잡고 줄 서서 선생님을 따라갑니다. 복도에 있는 신발장에는 이미 번호와 이름을 붙여 놓았습니다. 신주머니를 놓기 전에 선생님은 신주머니를 들고 신발장에 놓는 방법을 설명합니다.

"얘들아, 신주머니는 엉덩이가 나오게 놓아야 해요. 그렇지 않으면 신발이 바닥에 떨어지고 신발이 돌아다녀요. 부츠를 신은 친구는 신발장 위에 올려놓으면 되어요."

이렇게 말해야 신발장 안에 들어가지 않는 신발을 신고 온 어린이들이 걱정하지 않습니다. 신주머니를 돌려놓아야 지나다니는 어린이들이 신발 장난을 치지 않습니다. 가끔 짓궂은 형님들이 어린이들 신발을 장난치기도 하고, 1학년 어린이들도 싸우거나 기분이 상하면 친구 신발을 숨겨 놓기도 합니다. 어린이들은 자기 이름을 찾아 신발을 정리합니다. 목이 긴 신발을 신고 온 아이는 신발장 위에 가지런히 놓습니다. 가르치는 대로 따라 하는 어린이들이 기특합니다.

교실에 들어와 자리에 앉은 아이들을 바라봅니다. 어색한 얼굴, 겁먹은 얼굴, 뭐가 뭔지 어리둥절한 얼굴, 벌써 장난을 치고 싶어 꼼지락거리는 얼굴…. 줄서기, 걷기, 앉기, 의자 넣기, 문 열고 닫을 때 동무들이 있나 보기…, 같은 것을 알려주고 연습합니다. 짝과 소곤거리는 1번, 모둠에서 의논하는 2번, 발표할 때 3번, 운동장에서 소리치는 4번까지 목소리 번호도 가르쳐 줍니다. 도구들 사용하기, 시설물 사용하기, 화장실 물 내리기…. 가르칠 것들이 산더미처럼 쌓여 있습니다. 그래도 서두르면 안 됩니다. 물건을 나누어 줄 때도 한 개씩 천천히 해야 합니다.

처음 배울 때 제대로 하면 앞으로 힘들지 않습니다. 이래서 1학년은 매우 매우 매우 중요합니다. 좋은 습관은 평생의 재산이 되기에 그렇습니다. 부모가 물려줄 수 있는 가장 좋은 유산이 좋은 습관이라고도 하잖아요. 처음 학교생활을 어떻게 하느냐가 6년을 좌우하고 나머지 학창 시절을, 나아가 사회생활까지 결정지을 수도 있습니다.

개인용품들을 나누어 주고 이름을 쓰는 날입니다. 풀, 가위, 색연필, 줄이 없는 종합장, 작은 빗자루와 쓰레받기 세트, 자잘한 학용품을 넣는 바구니 같은 물건들입니다. 학교 예산에는 1학년을 위한 비용이 따로 마련되어 있어서 봄방학 때, 1학년 선생님들이 미리 준비한 것들입니다.

하루에 다 나누어 주면 어린이들이 이름 쓰기 힘들어하기에 이틀에 걸쳐 나누어 줄 예정입니다. 바구니를 나누어 주고 책상 속에 잘 넣게 합니다. 네임펜 한 자루씩 먼저 나누어 줍니다.

"네임펜을 쓰고 나면 모자를 꼭 씌워 주세요. 모자를 잃어버리면 네임펜이 울어요."

어린이들은 모든 사물에 생명이 있다고 생각하기에 가르칠 때도 생명체로 가르치면 더 쉽게 알아듣습니다. 물건을 소중히 여기게 되고요. 종합장을 나누어 주고 이름을 쓰게 합니다. 선생님은 이름을 쓰는 것을 돌아다니며 봅니다.

모두 이름을 잘 쓰는데, 딱 한 아이가 거울에 반사된 글씨로 이름을 썼습니다. 신주머니 넣을 때는 자기 이름을 잘 찾았는데, 쓰는 것은 아직 안 되나 봅니다. 선생님은 아이의 종합장에 바른 이름을 써 줍니다. 다음에 나누어 준 물건에는 써 준 이름을 보고 바르게 '그립니다.' 한글을 모르는 아이가 없었으면 했는데. 이 아이에게는 도움이 많이 필요할 것 같네요. 그래도 바닥에 기어 다니거나 막무가내로 떼쓰거나 하염없이 우는 아이는 없어 다행입니다.

그렇게 한 가지씩 나누어주고 이름을 쓰고 책상 속 바구니에 정리하기를 마쳤습니다. 무엇이든 자기 활동이 끝나면 책을 읽도록 약속하였기에 교실 뒤 책꽂이에 있는 책을 가져와 읽고 있습니다. 그 모습이 참 아름답습니다.

학교에서 주는 통신문을 넣는 '우체통'이라는 파일도 만들어줍니다. 신학기라 안내문이 참 많습니다. 통신문을 나누어 주는데 벌써 하교 시간이 되었습니다. 어린이들은 배운 대로 의자를 집어넣고 책상을 바로 놓습니다. 활동이 있는 날부터 자기 자리 청소하는 것도 가르칠 예정입니다. 모두 반짝이는 새 가방을 메고 선생님과 친구들에게 인사를 합니다.

"선생님, 사랑합니다."

"친구야, 사랑해."

이제 교실 뒤쪽에 줄을 섭니다. 먼저 앞에 서려고 다툼이 일어나기에 키순으로 세웁니다. 키 번호를 잊은 아이에겐 똑순이들이 가르쳐 줍니다. 신발을 갈아 신기 전에 선생님은 다시 신주머니를 정리하는 법을 알려줍니다. 어린이들은 저희 얼굴 같은 하얀 실내화를 가지런히 담아 놓습니다. 모두 잘했습니다.

아이들 손을 잡고 현관을 지나 교문까지 갈 때 나는 행복합니다. 교문에는 엄마, 이모, 아빠, 할머니, 학원 선생님… 아이를 기다리는 어른들이 와 계십니다. 교문이 가까워지면 아이들은 걸음이 빨라지다가 내 손을 팽개치고 인사를 하는 둥 마는 둥 하고 막 달려갑니다. 할머니 손을 잡고 엄마 품에 안기는 어린이들을 봅니다. 누군가의 손을 잡은 아이들이 그때야 돌아서서 내게 인사를 합니다.

오늘도 어린이들은 조금 더 자랐습니다.

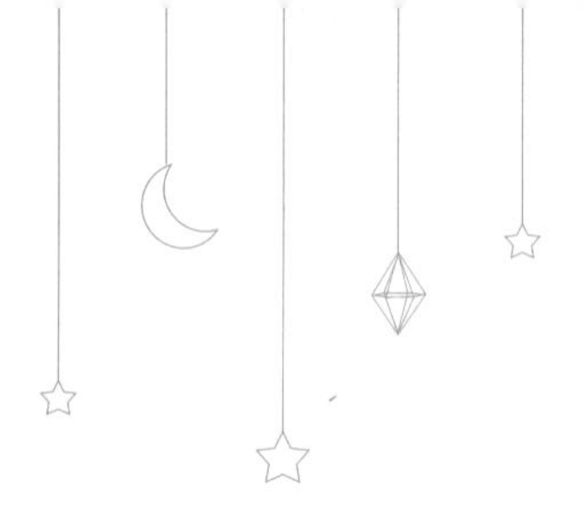

매일 시 한 편 어때요?

「나의 작은 시인에게」(The Kindergarten Teacher. Sara Colangelo 감독, 2018)라는 영화가 생각납니다. 시를 잘 지어 읊는 아이가 있었습니다. 유치원 선생님은 자기 반에 천재 시인이 있다는 것을 알게 됩니다. 그녀가 받는 시 수업에서 아이가 지은 시를 자신이 쓴 것처럼 발표합니다. 선생님은 아이에게 자꾸만 시를 꺼내려고 집착합니다. 전등을 켜서 닭에게 억지로 알을 낳게 하는 사육사 같았습니다. 그는 결국 아이를 데리고 도망가는 범죄를 저지르고 맙니다.

아들이 어렸을 때 말을 잘하지 못했습니다. 세 살이 넘어도 '엄'(엄마), '따뚜'(요구르트) 같은 오직 엄마만 통역할 수 있는 아기나라 말을 했습니다. 어머님은 기다리면 된다고 하셨지만, 현대 의학을 맹신하는 나는 기다릴 수 없었지요. 발음기관이 잘못된 줄 알고 대학병원 언어치료과에 가서 검사를 해도 아무 이상이 없었습니다. 새로운 말이 늘어나지 않으면 그때 오라는 의사의 말을 듣고서야 편안하게 기다릴 수 있었습니다.

어느 날, 못 쓰는 키보드를 가지고 놀다가 글자를 익혔어요. 컴퓨터에서 글씨가 써지는 것을 보면서 이름을 알고 읽었습니다. 화면에 깜박이는 커서를 움직이며 글자를 모두 외우게 되었습니다. 말하고 읽고 쓰기가 동시에 터져버린 것이지요. 그러느라 아들의 말은 어눌하고 잘 알아들을 수가 없었습니다.

글자를 읽을 수 있다는 것은 놀라운 일이었습니다. 세상의 모든 글이 눈앞으로 다가왔지요. 간판에 쓰인 글, 버스에 새겨진 광고, 길거리에 걸린 플래카드…. 어디를 가도 아들은 소리 내어 크게 읽곤 했습니다.

아들이 다니는 어린이집에서는 시를 외우게 했습니다. 매일 어린이집에서 보내오는 안내문 아래쪽 조그만 칸에는 그날 공부했던 시가 있었습니다. 저녁이면 우리 앞에서 귀여운 시를 외우곤 했지요. 아이는 나들이 가서 뭘 보아도 시로 만들었어요. 강물에 일렁이며 반짝이는 물결을 보아도 '해가 물에서 수영을 해요.' 나뭇잎이 바람에 흔들리는 것을 보아도 '나뭇잎이 나를 불러요.' 심지어 '화투'를 가지고도 '화투는 그림이 많아요. 탁 치면 그림이 엎어져요.'라는 시를 읊었어요. 세상 모든 것이 아이의 눈에는 시였어요. 그걸 받아 적지 못한 것이 참 아쉽습니다.

5학년 때, 리코더 연주를 하는 날이었는데, 아이는 준비를 못했습니다. 그날 일기장에 '볼이 터지고 입이 녹아버릴 때까지' 리코더를 불어주고 싶다는 시를 썼습니다. 물론 입술이 아프게 리코더를 불었고요. 어느 날은 이런 시를 써서 어린이 신문에 실리기도 했습니다.

밤

달빛 비치는 밤에
바람이 점잖이 걸어간다.
주위는 조용하고
가로등은 불빛 속에
우뚝 서 있다.
바람은 모두에게 말한다.
"잘 자"라고

중고등학교를 지나면서 시적 감성이 위축되는 듯했어요. 안타까운 일이 아닐 수 없어요. 지금은 직장생활로 바쁘고 스트레스에 휘둘리겠지만, 언젠가 마음에 여유가 생기면 다시 시를 읽고 쓰리라고 믿어봅니다.

코카서스 지방에 있는 조지아, 아르메니아, 아제르바이잔 세 나라 거리에는 시인이나 문인들의 동상이 많았습니다. 도시 곳곳에 있는 조각품들과 그림들을 보며 문화와 예술을 사랑하는 그 나라 사람들의 마음을 곳곳에서 느낄 수 있었습니다.

아제르바이잔의 수도 바쿠에는 니자미 거리가 있습니다. 니자미 박물관 2층 외관에는 여섯 명의 문인 동상이 있습니다. 맞은편 계단 위 높은 곳에 커다란 청동 동상이 또 있습니다. 용맹하게 적을 무찌른 장군이 아닙니다. 그 나라 화폐에도 들어 있는 '니자미 간자비'라는 전설적인 시인입니다.

조지아의 수도 트빌리시에는 우리나라의 명동거리쯤 되는 거리에 루스타벨리의 동상이 있습니다. 조지아 화폐 100라리(약 42,000원)에 초상이 새겨진 온 국민이 숭앙하는 시인이죠. 그가 쓴 장편 서사시 「호랑이 가죽을 입은 용사」의 서문은 조지아 초등학생들도 필수로 암기하여 평생 기억한다고 합니다. 하고 싶은 말은 바로 이거랍니다. 그 긴 시의 서문을 필수로 외우게 했다는 것.

프랑스의 어린이들은 초등학교 1학년부터 매주 한 편씩 시를 외우게 하여 고학년이 되면 난해한 보들레르의 시까지 거침없이 낭송한다고 합니다. 외우지 못하면 국어 점수에 반영하고요. 독일의 가정에서는 저녁마다 자녀에게 시를 들려주며, 영국에서는 중학생이면 셰익스피어 작품을 줄줄이 낭송한다고 합니다. 정치가들이 회의 도중에 말싸움으로 시끄러워지면 그것을 잠재우기 위해 누군가 시를 소리 내어 읽는다고 합니다. 영화 속에서 누군가 시작한 셰익스피어의 희극을 이어서 말하는 장면이 심심치 않게 나오는데 실제로도 그렇다고 합니다.

아이들을 가르칠 때, 시 외우기가 좋다는 글을 읽고 시를 외우게 하곤 했습니다. 아침마다 어린이들이 교실에 오자마자 나에게 인사를 하고 그 주에 외울 시를 외우곤 했지요. 시간을 내어 친구들 앞에서 낭송도 하게 하고요. 그렇게 일주일에 한두 편씩 외우게 했습니다. 어린이들은 신기하게도 시를 참 잘 외웠습니다.

그러나 몇 년을 못하고 말았습니다. 핑계라면 하라는 것도, 해야 할 것도 행사도 너무나 많았습니다. 교실에서 교사가 소신을 가지고 가르칠 수 있는 시간과 여유를 주지 않는 것이 참 야속했습니다. 나의 욕심 많은 성향 탓도 있겠지요. 좋다고 생각하는 것들을 욕심

껏 하다 보니 어느 것 하나 제대로 오래 하지 못한 것 같아요.

매주 시 외우기는 지속적으로 하지 못했지만, 교과서에서 시를 배울 때마다 모두 외우게 했습니다. 글쓰기도 계속 지도했습니다. 주말에 읽을거리 한 장을 주고 소감이나 생각을 써 오게 하거나, 교과서 텍스트에 대한 감상문을 쓰게 했습니다. 일기를 쓰기 싫어하는 어린이들에게는 자작시를 쓰거나 동시 한 편씩 베껴 쓰게 하면서 어떻게든 시를 가까이하게 했습니다.

아이들은 시를 좋아합니다. 시를 읽고 외우는 것은 참 좋은 교육입니다. 시를 읽고 쓰면 거칠고 비뚤어진 마음을 잠재울 수 있습니다. 실망하는 일이 왔을 때, 불만이 쌓일 때, 노래하듯 시를 읽으면 마음이 평화로워집니다. 좋은 시를 읽는 것은 아름다운 품성을 갖게 합니다. 우리 모두 시인으로 태어났다가, 자라면서 시인의 마음을 잃어버리는 것인지도 모릅니다.

나는 이제 교단을 떠나 더 이상 어린이들에게 시를 외우게 할 수는 없습니다. 그러나 이 글을 읽는 누군가는 아이와 함께 한 편의 시라도 외우는 가족이 된다면 참 좋겠습니다. 읽었던 책도, 리듬감도, 운동기능도 어렸을 때 했던 것들은 오랜 시간이 지나도 쉽게 사라지지 않고 기억의 층에 보관되었다가 흘러나오게 마련입니다. 점점 정서가 메말라 친구들과 갈등이 많은 요즘, 시를 외우는 어린이들이 많아지면 좀 더 따뜻한 마음이 자리하지 않을까 생각해 봅니다.

서양에서는 적어도 100편에서 150편의 시를 외우고 있어야 교양인 축에 낀다는 글을 읽고 나는 얼굴이 화끈거린 적이 있습니다. 글을 쓰는 작가임에도 불구하고 외우는 시는 얼마 안 됩니다. 소설가 김영하는 대학생일 때 학교에 가는 지하철에서 시를 한 편씩 외웠다고 합니다. 대단한 작가는 남다른 노력을 한다는 걸 알게 했지요.

"시를 많이 읽어라. 노트에도 옮겨 적어. 적어도 백 편은 외워야 해."

일현 선생님의 말씀은 오래전 어린이들과 했던 시 외우기에 대한 열정을 다시 살아나게 했습니다. 그날로 노트에 시를 옮기는 일을 시작했습니다. 외우기는 못해도 하루에 한 편 시를 공책에 옮겨 적으려고 합니다. 이성부의 『선등先登』을 한 줄 한 줄 쓰며 오릅니다. 넘어야 할 새로운 세계가 내 앞으로 다가옵니다.

큰 바위 벼랑 아래는
세속이 끝나는 자리여서 고요하고
떠도는 영혼들 노니는 자리여서 바람 인다
손잡을 바위 턱도
발 디딜 곳도 보이지 않는
위태로운 자리

새로운 것은 언제나
그 자리 넘어서서야 나를 가득 채우느니

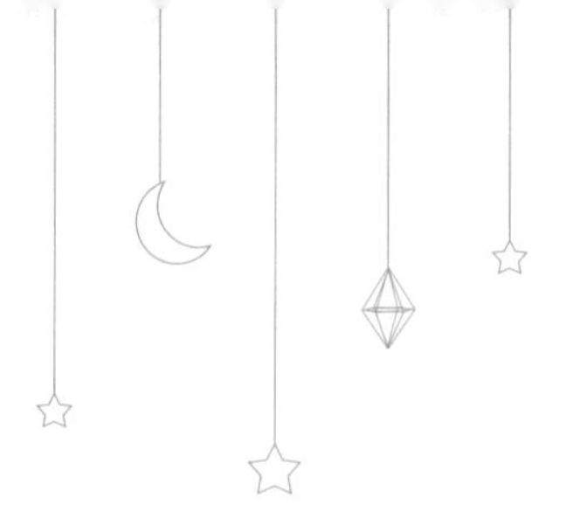

1학년의 일기

매일 아침 수업 전에 실물 화상기에 일기장을 띄워놓고 읽어줍니다. 어린이들 일기를 읽는 그 시간이 참 좋습니다. 친구들이 배울 만한 행동을 썼거나, 창의적이고 기특한 생각이나, 남다른 표현을 하거나, 묘사가 세밀한 곳에는 색연필로 물결을 그려주면서 읽어줍니다. 별도 그려줍니다. 세 개를 맥시멈으로 정했는데 점점 많아져서 벌써 일곱 개까지 늘어났습니다. 앞으로 별이 점점 늘어날 테지만 상관없습니다. 그만큼 어린이들의 일기도 재미있어질 것입니다. 나중에는 스무 개, 서른 개가 되기도 합니다. 별 그리는 일이 조금 오래 걸리지만, 어린이들이 기뻐하는 얼굴을 생각하면 더 많이 그려주고 싶습니다.

쓰기는 고도의 정신활동입니다. 머릿속에 떠오른 갖가지 생각을 문장으로 엮어 글씨로 나오기까지는 종합적인 정신활동이 필요합니다. 글을 읽고 쓸 줄 아는 것과 문장을 만들어내는 것과는 차이가 많습니다. 하고 싶은 말을 머릿속에서 문장으로 만들어 글로 나타내는 일은 쉽지 않습니다. 생각을 정리하는 사고활동을 일으키며 문제해결력을 키우기에 글쓰기는 점점 중요해지고 있습니다.

일기 쓰기는 글쓰기의 기초입니다. 1학년에게 매일 일기 쓰기를 하는 이유는 일기 쓰는 습관을 만들어주려는 뜻도 있지만, 글씨 쓰는 경험을 만들어주려는 의도도 있습니다. 이미 유치원에서 글을 배우고 왔더라도 굳어지기 전에 새로 가르쳐야 합니다. 손힘이 없기에 한 획 한 획 힘을 주어 반듯하게 쓰려는 의지가 필요합니다.

스스로 예쁘게 쓰는 어린이도 있지만, 어른이 봐주지 않으면 날림으로 쓰게 됩니다. 처음 글쓰기를 배울 때 바른 태도로 쓰는 자세가 습관이 되지 않아서 그렇습니다. 글씨 쓰기가 공부의 시작이라는 말도 있습니다. 또박또박 글씨를 쓰는 자세를 통해 급해지고 서두르는 마음이 다듬어지기도 합니다. 그런 이유로 글을 새로 배우는 1학년 어린이들에게 글씨 쓰기는 매우 중요합니다.

실제로 한 연구소의 실험에 의하면 글씨와 학습능력, 책임감, 성실성이 상관관계가 있다는 보고도 있습니다. 글씨를 잘 쓰려는 자세가 진지한 학습태도와 연관이 있다는 것이죠. 손 글씨가 거의 필요 없어지고 겨우 서명이나 하는 시대에 와 있지만, 처음 글씨를 배우는 단계는 여전히 중요합니다. 차례대로 바르게 쓰는 연습을 통하여 작은 일에도 순서와 규칙이 있음을 알게 됩니다. 순서대로 하면 어긋남이 없고 일의 진행도 순조롭고 아름다운 법이지요.

글씨 쓰기를 가르칠 때 보통 네모가 그려진 공책에 시작하는데, 이때 칸 밖에 나오지 않게 쓰도록 가르치면 정성 들여 씁니다. 교과서에는 글씨나 숫자를 네모 안에 쓰도록 하는 것이 많습니다. '울타리' 밖으로 '다리'가 나오지 않게 쓰라고 하면 잘 따라 합니다. 나중에 줄공책에 쓸 때는 선에 닿지 않게 쓰도록 하면 됩니다. 이 두 가지 원칙만 주의해도 아이들의 글씨는 몰라보게 달라집니다.

세로획을 내리그을 때, 붓글씨 쓸 때처럼 끝을 꺾어 쓰면서 "이렇게 인사하고 쓰자." 하고 가르치다 보면, 일어나서 꾸벅 인사를 하기도 합니다. 뭐든지 시작할 때 바른 태도로 길들여지면 습관으로 이어질 수 있습니다. 꾸준히 하는 것은 어렵지만, 습관이 되면 의외로 쉽습니다. 습관으로 정착이 되려면 목표를 낮고 쉽게 정하는 것도 필요합니다.

개정 교육과정에는 1학기가 종반에 되면 그림일기가 나옵니다. 그림으로 표현하는 것이 시간이 많이 걸려 힘들어하는 어린이들이 있습니다. 그리기를 싫어하면 굳이 강요하지 않습니다. 일기 쓰기를 가르칠 때 '한 일 한 줄'과 '생각 한 줄'을 쓰게 합니다. 그것을 위해서 '한 일'은 뭐고, '생각한 일'은 무엇인지 알아봅니다. 본 것, 들은 것, 내가 움직여 생긴 일… 같은 것이 한 일이고, 그때 떠오르는 생각이 없으면 '한 일'만 쓰게 합니다. 어떤 때는 일기 제목을 주기도 합니다. 그날 배웠던 것들이 소재가 됩니다. 어린이들은 수업시간에 나누었던 이야기나 자랑하고 싶은 이야기를 써 옵니다.

예준이의 일기

우리 골목에는 고양이가 많습니다. 그래서 우리 골목은 고양이 왕국입니다. 문을 열면 고양이가 있고 밤에는 또 울어대서 시끄럽습니다. 그래서 우리 식구들은 고양이를 싫어합니다. 고양이가 없어졌으면 좋겠습니다.
새끼 고양이가 있었습니다. 그런데 할머니가 새끼고양이를 비자루로 막 때렸습니다. 그래서 새끼 고양이가 주글 뻔했습니다. 새끼 고양이가 불쌍했습니다. 우리 할머니가 하지 않았으면 좋겠습니다.

어느 날 써 온 예준이의 일기입니다. 학교 공부를 마치고 집으로 갈 때, 고양이를 보았습니다. 할머니가 빗자루로 때린 것, 고양이가 죽을 뻔한 것을 이렇게 현장감 넘치게 썼습니다.

2학기가 거의 끝날 무렵 하는 학교 예술제 때, 우리 반은 부채춤 공연을 했습니다. 큰 부채 하나를 가지고 추는 춤입니다. 그때 연습에는 없던 무대효과가 문제였어요. 공연 날 무대에 뿜어져 나온 연기가 정우를 혹하게 했습니다. 정우는 무용을 하다가 갑자기 연기가 뿜어져 나오는 쪽으로 걸어가 부채를 부치며 연기를 날렸습니다. 줄이 흐트러지고 아이들은 정우야! 부르고 난리가 났죠. 정우는 그때서야 화다닥 줄에 끼어 섰습니다. 나도 생각하지 못했던 일이라 무척 당황했지만 웃음이 났습니다. 관객들도 웃음이 터졌고 체육관은 웃음바다가 되었죠. 1학년은 그렇게 예측불허입니다.

1학년 어린이들이 추는 부채춤이 상상이 되십니까? 정말 귀여웠습니다. 박수를 많이 받았지요. 눈물을 글썽인 학부모님도 있었답니다. 정우의 그 일이 있어서 공연은 더 성공적이었는지도 모릅니다. 그날 민혁이는 일기에 이렇게 썼습니다.

민혁이의 일기

> 드디어 긴장하던 예술제가 눈앞에 왔다. 특히 정우가 걱정이었다. 그러나 현실로 이루어졌다. 대기줄에서 엄마가 안 보여서 섭섭했다.
> 우리 차례였다. 처음에는 순조롭게 진행했다. 첫 번째 종종걸음에서 정우가 연기가 난다고 연기가 있는 쪽으로 가는 바람에 무대가 망할 뻔했다. 그래도 하이라이트는 성공적이었다. 너무너무 뿌듯했고, 엄마가 유트브에 올렸다고 했다.

민혁이는 책을 많이 읽어 어려운 말도 많이 압니다. 일기에 어려운 단어를 많이 써서 1학년 같지 않을 때가 많습니다. '대기줄'이나 '순조롭게', '진행' 같은 말은 1학년 어린이가 쉽게 쓸 수 없는 말입니다. 다소 까다로운 성격이라 자기가 하는 일에 완벽해야 마음을 놓는 아이입니다. 때론 그래서 과제가 늦어지기도 해서 스스로 자신을 볶기도 합니다.

어른스런 말을 곧잘 해서 놀라기도 합니다. 한 번은 5층 컴퓨터실에서 설문조사가 있다고 아이들을 보내라는 전갈이 왔습니다. 잠시 후 어린이들이 얼음이 되어 돌아왔습니다.

"설문조사 재미있었니?"

완전 선생님이 무서웠다고 다를 혀를 내둘렀습니다. 민혁이가 영감님처럼 말했습니다.

"선생님들은 다 그래. 우리가 이해해야 해."

난 그 말을 듣고 웃음이 터지는 걸 참으며 나도 그런지 물었습니다.

"아뇨, 선생님은 아니에요. 한 3학년 선생님부터 그래요."

한 줄로 시작한 일기는 1학년이 끝나갈 무렵이면 일취월장하여 읽는 재미가 있습니다. 여기 옮기지 못했지만, 한 두 장이 넘게 일기를 써오는 어린이도 있습니다. 매일 아침 일기를 읽어주고 별을 그리느라 다음 활동 시간을 까먹기도 하지만 그래도 계속합니다.

대부분의 어린이가 일기를 잘 써 오지만, 우리 반에는 전혀 일기를 '그려오지' 못하는 어린이가 둘 있습니다. 하준이와 은진이입니다. 하준이는 읽기도 쓰기도 안 되고, 은진이는 다행히도 읽을 줄은 압니다. 하진이는 나머지 공부로 글을 배우고 은진이는 일기를 쓰고 갑니다. 오늘은 은진이를 남기고 일기를 같이 씁니다. 은진이는 더듬더듬 읽을 수는 있으나 글자의 모양을 '기억해서 그리지'를 못합니다.

"오늘 공부 중에 뭐가 재미있었니?"

"무용이요."

"그래 무용으로 쓰자."

(강당에서 무용 수업이 있는 날이었습니다. 아이는 말똥말똥 선생님 얼굴만 쳐다봅니다. 무용이라는 글자그림이 떠오르지 않았던 겁니다. 선생님이 종이에 '무용'이라고 써줍니다. 은진이는 글씨를 보고 공책에 '무용'이라고 정성껏 씁니다.)

"무용에서 뭐했니?"

"거미줄이요."

"그래, 거미줄 만들었다고 쓰자."

('거미줄을 만들었습니다.'라고 쓴 것을 보고 은진이는 소리 내어 읽으

며 곱게 따라 그립니다.)

"거미줄 만들고 뭐했니?"

"기어다녔어요."

"그래, 기어다녔다고 쓰자."

'기어다녔습니다.'

"기어다닐 때 어떤 기분이었어?"

"……"

"거미줄에 누가 살지?"

"거미요."

"거미가 된 것 같았어?"

"네."

'거미가 된 기분이었습니다.'

"그다음에 어떤 생각이 들었어?"

"또 하고 싶었어요."

"그래, 그것도 쓰자."

"그런데 다음에 또 무용 있어?"

"아뇨, 오늘이 마지막이에요."

"그렇구나. 오늘이 마지막이라고 했지? 그거 쓰자."

'오늘이 마지막 시간입니다.'

"마지막이니까 어땠어?"라고 묻고, 금방 선생님은 여기까지 오는 동안 기다리는 것이 너무나 힘들어 "아쉽지?" 하고 대답해버리고 맙니다. 그러면 안 됩니다. 아이는 지금 생각을 하려고 애쓰고 있는데 내가 기다리지 못하고 초를 치고 있는 것입니다. 어린이들과 함께 이야기할 때는 무한한 인내심이 필요합니다.

"자, 이제 읽어 보자."

무용시간에 거미줄을 만들었습니다. 거미줄 사이로 기어 다녔습니다. 거미가 된 기분이었습니다. 또 하고 싶었습니다.
하지만 오늘이 마지막 시간입니다. 참 아쉬웠습니다.

은진이는 평소보다 조금 큰 소리로 읽었습니다. 글씨도 기가 막히게 잘 썼습니다. 인사해서 반듯하게 쓴다고 칭찬해주니 더 잘 씁니다. 이럴 때 나는 원래부터 1학년 선생님인 것 같기도 합니다. 여태 부끄러워 말도 못하던 은진이가 오늘은 말을 많이 했습니다. 일기 쓰면서 저 정도로 말을 한 것은 엄청 많이 한 것입니다. 말이 너무 많은 아이도 힘들지만, 말을 잘 하지 않는 어린이들을 가르칠 때, 선생님들은 더 힘이 듭니다.

은진이는 필리핀인 엄마와 한국인 아빠 사이에서 태어난 아이입니다. 가무잡잡한 피부에 까만 눈이 크고 속눈썹도 길어 스텔라 인형 같습니다. 은진이 엄마는 한국에 온 지 8년이 되었으나 별로 한국어를 배우지 못했습니다. 학교에 왔을 때도 물어보는 말에 대답은 하지 않고 빙그레 웃기만 합니다. 그래도 은진이는 엄마와 의사소통을 잘합니다. 엄마와 딸은 아바타와 같으니 눈빛만 봐도 알아들을 수 있는 거겠죠. 은진이가 한글을 좔좔 읽고 쓰게 되어 엄마를 가르치면 좋겠습니다. 오늘 배운 것을 돌봄 선생님께 자랑하라고 했더니 네, 하고 뛰어갑니다. 팔랑거리는 원피스 바람이 내 얼굴에 스치고 지나갑니다.

은진이 뒷모습을 보니 문득 내 어린 시절에 쓴 일기 생각이 납니다. 어린 시절 월요일마다 조회대에 올라가 일기를 발표하기도 하고 선생님의 칭찬에 힘입어 쓴 일기장이 꽤 많았습니다. 어린 시절에 나는 무슨 생각을 하며 살았는지 어떤 것들을 기록했는지 너무나 궁금했습니다.

언젠가 고향에 갔을 때, 그것을 찾으려 창고를 뒤진 적이 있습니다. 아버지는 난처한 표정으로 창고를 고치면서 잡동사니들을 과수원에 가져가 태울 때 같이 들어갔나 보다, 하셨습니다. 내 어린 시절이 통째로 활활 타버린 기분이었습니다. 진작 챙기지 못한 것이 너무나 아쉬웠습니다.

그 일 때문에 딸과 아들이 자랄 때 쓴 일기는 모두 모아 제본해 두었습니다. 그림, 독후감, 조사 보고서, 체험학습을 하고 기록한 것, 친구들과 나눈 롤링페이퍼 등, 아이들이 글씨가 남아 있는 학습활동 자료들은 분류하여 여러 개의 파일책자에 담아두었습니다. 언젠가 궁금할 때 척 꺼내서 읽을 수 있게요. 학부모회의를 할 때마다 그것들을 보여드리며 자녀들의 기록을 남기도록 했더니, 부모님들의 호응이 좋았습니다. 어린 시절의 추억을 지켜주는 것이 어른의 몫이기도 합니다.

학년 초가 되면 파일 한 권씩 가져오게 했습니다. 어떤 친구는 작년 것을 모두 빼버리고 가져오기도 합니다. 지난해 다른 선생님이 모아준 자료를 다 빼서 버린 것이 분명합니다. 어린이들은 그것이 소중한 추억이 되리라는 것을 잘 모릅니다.

학년말이면 일 년 동안 학습했던 자료들을 「나의 0학년 생활」이라는 제목을 붙여 파일에 담아 주었습니다. 열심히 했던 어린이는 파일이 두툼하고 어떤 어린이는 추억이 얄팍했습니다. 다른 친구에겐 있는데 "제껀 왜 없어요?" 하고 항의하는 아이도 있습니다. 완성하고 나중에 내라는 것을 못 낸 탓입니다. 학년말에 자료들을 정리할 때 아이들은 자기가 한 일 년 동안의 활동을 걷어보며 다시 읽기도 하고 서로 비교하면서 지난 시간을 돌아보곤 했습니다. 그것은 1년 동안 자란 흔적입니다. 버리지 말고 잘 간직하도록, 새 학년이 되어 자료를 빼고 다시 쓰지 않도록 어린이들에게 당부하곤 합니다.

최근에는 딸과 아들이 클 때 드문드문 썼던 육아 일기와 중학교까지 사진을 시기별로 넣어 그 시절 기억을 간단히 메모해 묶어주려고 흔적을 모으고 있습니다. 완성되면 서른이 되는 아들과 서른둘이 되는 딸의 생일 선물로 줄 예정입니다. 저들이 기억 너머에 있던 일들을 읽으며 어떤 모습일지 무척 궁금해집니다. 하긴 정리된 그것을 넘기며 아이들을 키우던 때를 돌아보고 내 젊은 날을 돌아보는 나의 기쁨을 위해 하는 일이긴 합니다.

어린이들의 일기를 읽을 때 나는 행복합니다.

그 천진한 세계로 다시 돌아가 사는 것 같습니다. 잃어버린 어린 시절을 다시 찾은 기분이 되곤 합니다.

울보 도진이

산책하고 오는데 부재중 전화가 떠 있습니다. 박도진. 10년 전 1학년 제자입니다. 벌써 고등학교 2학년. 그 아이는 드문드문 연락이 오곤 했습니다.

"아, 선생님 안녕하세요?"

"그래, 도진아, 잘 있지? 선생님 잊지 않고 있었네."

「나 혼자 산다」 프로에서 출연자가 초등학교를 찾아가는데 그것을 보다가 선생님이 생각나서 전화했답니다. 도진이는 부산에 있는 기계공업고등학교에 다닙니다.

"30년 전에는 아주 많은 과가 있었는데, 지금은 기계과랑 세 개과로 통합되었어요."

보통 제자들은 '선생님, 잘 지내시죠? 보고 싶어요.' '선생님, 편지 못해서 죄송해요.' 같은 말을 할 테지만 도진이는 엉뚱한 말을 했습니다. 목소리도 굵어지고 부산 말씨 억양이 묻어났습니다. 중학교 때는 작은 키였는데, 이제는 170센티가 넘었다면서 너털웃음을 웃었습니다. 그렇게 웃을 줄 알고 청년이 다 되었네, 했더니 또 하하 웃었습니다.

1학년 도진이는 여러 가지로 힘든 아이였습니다. 엄마가 가끔 학교에 왔는데 무슨 말인지 모르게 웅얼거렸고, 의사소통이 잘 되지 않았습니다. 우울증이 있다고 했습니다. 움직이지 않으니 몸은 자꾸 불어나고 혈압이 높았고 심장도 좋지 않았습니다. 마음도 아프다고 했습니다. 아이 아빠는 정해진 직장에 다니는 것이 아니라서 일거리가 있을 때만 일을 했습니다. 팍팍한 형편에 아이를 위한 교육은 뒷전이었습니다. 그래도 아이는 엄마를 끔찍이 생각하였습니다.

아침마다 도진이는 학교에 늦게 왔습니다. 옷에는 늘 찌든 담배 냄새가 배어 있었고요. 반지하 단칸방에 네 식구가 사는데 아빠가 방에서 담배를 피운다고 했습니다. 아이 아빠에게 방에서 절대 피우지 마라, 엄포를 놓았지만 소용이 없었습니다. 도진이 옷에서는 담배 냄새가 가시지 않았습니다. 먹성이 좋아서 급식시간이 되면 다른 아이의 세 배 정도는 먹었습니다. 1학년 어린이들은 음식을 잘 먹지 않아 돌아다니며 조금이라도 먹이려고 애쓰는데, 도진이는 너무 많이 먹어 주의를 줘야 했지요.

우리 반 스물다섯 명 중에서 글을 모르는 아이는 도진이뿐이었습니다. 매일 학교수업이 끝나면 아이를 붙들고 가르쳤지요. 전날 가르친 몇 안 되는 낱말은 다음날이면 깡그리 잊어버렸습니다. 그러면 다시 새로 시작해야 했습니다. 그렇게 더디 글을 익히면서 1

학기가 넘어가자 조금씩 글을 읽기 시작하였습니다. 간신히 글자를 기억해 음을 내는 정도여서 글을 읽고 무슨 내용인지 이해하기까지는 산 넘어 산이었습니다. 적어도 1학년 끝날 때까지 읽기, 쓰기, 덧셈, 뺄셈 정도는 하고 학년을 올려보내야 할 텐데, 그것이 해결되지 않으면 1학년 선생님들 탓을 많이 하기에 걱정이 이만저만이 아니었지요.

아이도 잘하고 싶었습니다. 배움의 욕구는 컸으나 글자를 보고 어떻게 소리 내야 할지 모르면 울고불고 떼를 썼습니다. 사탕을 주고 달래면서 다시 글자를 가르쳤습니다. 그러면 금방 '울고 나도 새 얼굴'로 해해거리곤 했어요. 때로는 야단을 치다가도 오동통하니 귀여운 얼굴로 나를 올려다보면 그만 웃음이 나곤 하였습니다. 나머지 공부를 하다가 청소를 도와주러 어른들이 교실에 오면 친구를 만난 것처럼 어른들 말로 너스레를 떨어 다들 놀라곤 했습니다. 인지 능력은 좀 떨어져도, 사회성은 상당히 좋은 아이였지요.

해가 바뀌어 나는 다른 학년을 가르쳤습니다. 어느 날 도진이와 엄마가 우리 교실에 왔습니다. 의자를 내어주었더니 도진이 엄마가 엉거주춤 앉았어요. 그새 몸이 더 불었고 안색도 좋지 않아 보였습니다.

"요즘은 어떠세요?"

"몸도 아프고… 아직도 우울해요…."

대답도 다 하지 못하고 울기 시작했습니다. 복지관 심리센터에도 다니지만 별 효과가 없다면서 건네받은 휴지로 눈물을 닦았습니다. 나를 보고 눈이 다 붙도록 웃던 도진이도 엄마가 울자 따라 울었습니다. 눈물을 훔치는 통통한 아이 팔목 피부가 빨갛게 일어나 있었습니다. 도진이는 꼬질해진 짧은 소맷부리를 자꾸 잡아당겼습니다. 어릴 때 입었던 옷이라 비 온 뒤 크는 대나무처럼 자라는 아이에게 옷이 너무 작아졌던 거예요. 엄마도 입성이 변변치 않은 것은 마찬가지였습니다. 그날 밖은 겨울 냉기가 얼어붙은 날이었는데, 얇은 옷을 입은 도진이가 너무 안 되어 보였습니다. 지갑에 있는 돈을 모두 꺼냈더니 7만 몇 천 원이 있었습니다. 아이 잠바를 사 입히라고 주었더니 엄마는 고맙다면서 또 울먹거렸습니다.

이듬해 나는 다른 학교로 옮겼습니다. 어느 날 도진이 엄마에게서 전화가 왔습니다. 서울에서는 살기가 힘들어서 친정엄마가 있는 부산에 간다고 하더군요. 오누이만 데려가고 남편은 서울에서 일을 계속한다고 했습니다. 그날도 엄마는 울고 있었습니다.

"가서 아프지 말고 몸 관리 잘하고 행복해야 해요."

옆에서 전화하는 소리를 듣고 있었는지 도진이 우는 소리가 들렸습니다. 아이를 바꾸라고 하였더니 아이는 서언~새앵~님~, 하면서 엉엉 울었습니다. 나도 눈물이 났습니다.

스승의 날이나 크리스마스 날이 돌아오면 전화가 왔습니다. 반가운 목소리로 도진이구나, 하면 "선생니임…." 하고 말을 잇지 못하고 또 울먹거리곤 했습니다.

어느 해 6학년을 담당할 때, 중학교 입학 원서를 쓰다가 도진이 생각이 났습니다. 중학생이 되는 도진이에게 선물이라도 하나 해주고 싶었습니다. 책가방 사는 데 보태라고 편지와 함께 전신환으로 도진이 학교로 보냈습니다. 몇 주 후, 아이에게서 전화가 왔고 고맙습니다, 하면서 또 울었습니다.

몇 년이 흘렀고 도진이 전화를 받은 참이었습니다.

"도진아, 이제는 안 우는 거지?"

"아, 네 그럼요. 이젠 안 웁니다. 하하하, 선생님, 엄마 바꿔 드릴게요."

"오설자 선생님, 고맙습니다."

엄마의 밝은 목소리가 들려왔습니다. 몸은 괜찮은지, 일은 어떤지 이것저것 물었고, 아이 엄마는 몸도 좋아지고 식당 일도 힘들지 않다고 밝게 대답했습니다. 밝아진 목소리를 들으니 안심이 되었습니다. 두어 해만 고생하면 도진이가 기술을 배워 취직하고 엄마 호강시킬 것이라고 했더니 네, 하며 웃었습니다.

어느 날, 카톡 메시지에 도진이 생일이라고 떴습니다. 어떻게 변했는지 궁금했지만 빈 화면인 카카오톡 프로필이 몇 년이 지나도 얼굴 사진 한 장 올리지 않았습니다. 케이크 하나를 보내 줬습니다. 엄마, 동생, 도진이, 세 식구가, 어쩌면 서울에 사는 아빠도 내려가서 네 식구가 케이크 한 조각씩 먹으면서 "우리 1학년 때 선생님은…." 하고 이야기꽃을 피우는 모습을 그려봤습니다. 그들에게 한 스푼의 달콤함이어도 좋을 것 같았습니다.

그날 오후에 도진이 전화를 받았습니다.

"오설록 케이크 막 받았어요. 고맙습니다, 선생님. 저… 선생님 만나러 서울에 가려고요. 일요일 1시요."

만나면 어떨까 궁금했습니다. 얼마나 자랐는지, 얼마나 의젓하게 말할지, 울지 않고 나를 만날 수 있을지….

도진이를 만나는 날이 되었습니다.

약속한 장소에 미리 나갔지만, 1시가 넘도록 오지 않았습니다. 전화를 했더니 이제야 아빠 집을 나선다고 했습니다. 나는 백화점 복도에 앉아 한참을 기다렸지요.

"선생님 5번 출구로 나왔는데요. 롯데 백화점이 어디죠?"

출구로 나오기만 하면 건물이 바로 보일 텐데…. 벌써 세 번째 전화였습니다. 횡단보도 앞까지 마중 나갔습니다.

신호를 기다리는 사람들 틈에 몸집이 큰 젊은이가 눈이 다 붙게 웃고 있었습니다. 눈이 나쁜 나였지만 멀리서도 도진이를 알아볼 수 있었습니다. 그 겨울에 반팔 티셔츠 하나만 입고 백팩을 메고 웃으며 걸어왔습니다.

10년이 지났지만 도진이는 하나도 변함이 없었습니다. 가끔 드라마에서 몇 년이 흐르고 만나면 서로 몰라본다는 설정은 믿을 게 못됩니다. 도진이는 어릴 적 귀여운 얼굴이 그대로 남아 있었습니다. 다만 얼굴이 커지고 몸집도 커지고 일학년 때 몸에 바람을 넣어 크기를 키운 모습이었습니다. 꾸벅 인사하는 도진이 손을 잡았더니 그새 눈시울이 붉어졌습니다. 여드름이 난 고등학생이 되어도 나를 보니 눈물이 나려 했습니다.

"하나도 변하지 않았네. 1학년 때 네 모습이 그대로네. 춥지 않아?"

더워서 윗도리를 가방 안에 담았다는 아이를 '올려 보며' 나도 모르게 얼굴을 쓰다듬었습니다. 수염 자국이 까칠했습니다.

돈까스를 먹겠노라 하여 돈까스집으로 갔습니다.

"애들이 학교에 잘 오지도 않아요. 피시방 놀러 다니고. 맨날 어지르고 간 교실을 정리하고 청소를 해요. 애들이 왜 그러는지 모르겠어요."

영감 말하듯 하는 것은 여전했습니다. 어렸을 때도 교실에 물건을 정리하고 힘이 세서 우유당번도 제일 잘했던 도진이입니다.

"친구들이 괴롭히지 않니?"

"아니요, 괴롭히지 않아요. 잘 지내요."

좀 다르다고 놀리고 괴롭힘을 당하고 있으면 어쩌나 그게 제일 걱정이었는데…. 참 다행이었습니다. 담배는 피우냐고 물었더니 쑥쓰러운 얼굴로 몇 번 피우다가 말았다고 얼굴을 붉혔습니다. 그것도 다행이었습니다. 굴삭기 자격증을 따려고 준비하고 있고, 선행상도 받았다고 하니 학교생활을 잘하는 것 같았습니다.

외할머니와 엄마가 몸이 많이 아파 그게 걱정이라며 얼굴을 흐렸습니다. 도진이가 하는 말을 종합해 보니, 오래전 부모가 이혼을 해서 부산으로 가게 된 거였습니다.

도진이는 맥락이 끊어지는 말을 많이 하면서 음식을 먹었습니다. 예전처럼 달려들어 급하게 먹지는 않으나 남김없이 다 먹었습니다. 돈까스 부스러기, 손대지 않은 내 것까지 단무지 한 조각 남기지 않았습니다.

카페에서 음료를 마시며 도진이는 또 엄마 걱정을 했습니다.

"기초수급 그거로 사는데 어렵지는 않아요. 엄마가 자꾸 아파서… 아픈 게 그게 걱정이에요."

여전히 엄마를 극진하게 생각했습니다. 기초수급으로 사는데 어찌 어렵지 않겠어요? 가지고 싶은 것도 많고 사고 싶은 것도 많은 청소년기인데…. 하지만 도진이는 요즘 청소년들 같지 않았습니다.

지하철 입구까지 데려다주고 차 안에서 먹으라고 샌드위치를 담은 봉지를 건네주었습니다.

"도진아, 당당하게 살아. 열심히 살다 보면 네 앞에 길이 있을 거야."

주머니에 차비를 넣어주자, 도진이는 갑자기 돌아서더니 벽에 두 손을 올리고 어깨를 들썩였습니다. 기어이 또 울고 말았습니다. 그렇게 덩치 큰 애가 떨어지는 눈물을 주먹으로 훔치고 있었습니다. 눈물을 닦아주고 어깨를 다독였습니다. 이제 안 운다더니 고맙다면서 울먹거리고 돌아서 가면서 또 울었습니다.

1학년 때 선생님을 만나러 부산에서 서울로 온 울보 도진이. 모두가 다 공부하지 않아도 됩니다. 누군가는 쓰레기를 청소해야 하고, 누군가는 고장 난 기계를 고쳐야 합니다. 누군가는 운전을 해야 하고, 모두가 자는 시간에 신문이나 우유를 배달해야 합니다. 수시니 정시니, 학종이니, 자기소개서니, 하는 것들은 도진이와는 거리가 멀었습니다. 그는 다만 착하게 학교에 다니면서 기술을 배우고 있습니다. 굴삭기를 운전하며 어디서든 성실하게 일 잘하고 엄마에게 효도하며 살아갈 아이입니다. 다만 이 사회에서 필요한 사람이 되어 남들에게 해 끼치지 않고 선하게 살아갈 것입니다. 나는 도진이를 믿습니다.

어른이 되어 착한 여자를 만나 결혼을 한다고 할 때도, 자기를 닮은 아이가 1학년으로 입학했다는 말을 전하면서도, 아마 도진이는 또 울지 모릅니다.

도진이를 배웅하고 집으로 오면서 그날따라 한때 그의 선생이었다는 것이 참 뿌듯했습니다. 선생이 되길 참 잘했다는 생각도 들었습니다.

늦은 밤이 되어서야 잘 도착했다는 전화가 왔습니다.

도진이가 든든하게 여겨지는 밤이었습니다.

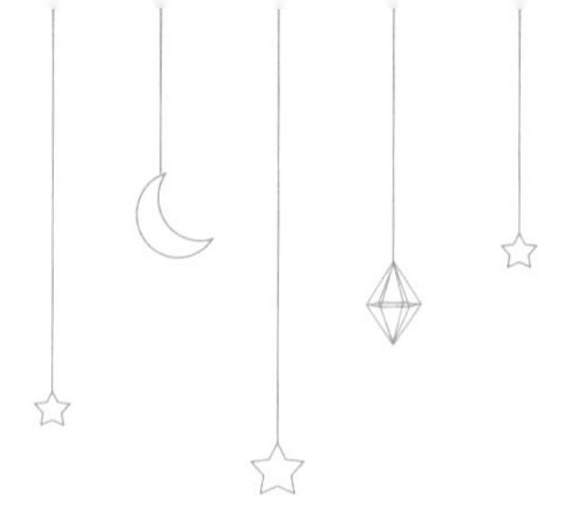

햇살과 바람이 키우는 아이들

학교에 따라서 다르지만 보통 일 년에 두 번 현장학습을 갑니다. 현장학습 외에도 학교 행사로 체험 활동을 나갈 일이 생깁니다. 어린이들을 데리고 학교 밖으로 나갈 때는 늘 긴장이 됩니다. 체험활동을 나갔다가 학교에 도착할 때까지 마음을 놓을 수 없습니다. 학교 밖으로 나가기 일주일 전부터 현장학습에 대한 여러 가지 교육을 하지만, 차를 타는 순간부터 선생님은 긴장하기 시작합니다. 활동하는 동안 어린이들에게 그 어떤 안전사고도 없이 무사히 활동을 마치고 집으로 돌아갈 수 있어야 하기에 신경은 곤두섭니다.

언젠가 현장학습 갈 때 한 아이가 멀미를 했습니다. 미처 비닐을 입에 대주기도 전에 왈칵 쏟아내는 바람에 다른 아이도 덩달아 멀미를 했습니다. 전혀 기미가 없던 아이도 그걸 보고 바로 반응을 보입니다. 멀미는 쓰나미처럼 버스 안을 덮쳤습니다. 나도 멀미를 참으며 아이를 안정시키고 토사물을 닦아냈습니다. 겨우 목적지에 도착하자 아이들은 언제 멀미했는지도 모르게 신나게 뛰어다녔습니다. 반짝이는 햇살과 신선한 공기가 치료약인지도 모릅니다. 정말 좋은 날씨에 빛나는 깃털들이 되어 뛰어놀았고, 즐거운 체험을 하고 아무런 사고도 없이 안전하게 활동을 마쳤습니다. 돌아오는 차 안에서 어린이들은 파김치가 되어 짝꿍을 베개 삼아 고개를 맞대고 쓰러졌습니다.

어린이들의 활동은 항상 세 단계를 거칩니다. 체험 전 활동, 체험 활동, 체험 후 활동, 이렇게 활동해야 밀도 있는 교육활동이 됩니다. 체험 전에 정보를 알고 예측하는 일과, 그것을 바탕으로 즐겁게 체험을 하여, 추수학습으로 되새김질을 하는 것입니다. 그 시간은 체험활동 하는 시간 못지않게 중요합니다. 체험에서 미처 생각하지 못했거나 체험하지 못한 것을 추수학습을 통해 간접 경험을 할 수 있기에 그렇습니다.

체험활동을 한 다음 날은 추수학습을 합니다. 이야기 나누기를 하고 그림으로 표현해 봅니다. 어린이들은 어제 있었던 일을 되새기면서 현장에 다시 가 봅니다. 토마토 묘목을 심었던 일을 기억하며 보드라운 흙의 감촉을 다시 느껴봅니다. 비눗방울을 크게 만드느라 불었던 것을 생각하며 입술이 나오기도 합니다. 묘목을 심고 훈장처럼 안고 온 방울토마토 화분도 그리고, 비눗방울 날리기도 그리고, 명랑 운동회를 그린 어린이도 있습니다.

모두 같은 활동을 했지만, 마음에 새겨진 기억은 저마다 다릅니다. 나는 동일하게 가르치지만, 그것도 저마다의 방식으로 각자의 마음에 새겨질 것입니다.

갑자기 형준이가 나오더니 그 큰 코를 벌름거리면서 말합니다. 코가 크면 잘 산다는데 형준이는 아마 어른이 되어서 잘 살 것입니다. 뭐든지 서두르지만, 마음이 따뜻한 아이입니다.

"어젯밤 선생님이 현장학습 가는 꿈을 꾸었다요."

"내가 현장학습을 갔어?"

"네, 선생님이 다섯 살이었다요."

그 말을 유심히 듣고 있던 소예가 뛰어나옵니다.

"저는 매일 선생님하고 공부하는 꿈을 꿔요."

너도나도 앞으로 나오고 밤마다 꿈을 꾼 이야기를 하느라 난리가 났습니다. 그럼 너희들 밤마다 선생님 생각하니, 했더니 그렇답니다. 나도 그러는데, 중얼거렸더니 어린이들이 보글보글 시끌시끌 고요했던 물이 끓어오릅니다. #$3%6&*#$%&@! 에고 말을 못 합니다….

6학년을 데리고 민속촌에 체험활동을 갔을 때입니다. 모둠별로 짝을 지어주고 따로 다니지 않기로 약속합니다. 탐험할 장소를 정해 주고 활동할 내용을 의논하여 탐험 내용을 기록하고 몇 시까지 정해진 장소에 오도록 했습니다. 어린이들은 뿌연 먼지가 날리는 드넓은 민속촌을 신나게 돌아다녔습니다. 시간이 되어 어린이들이 먼지를 잔뜩 뒤집어쓰고 돌아왔습니다.

그런데 한 아이가 오지 않았습니다. 그 모둠 아이들은 활동을 제대로 하지도 못한 채 '실종자'를 찾느라 얼굴이 하얗게 되어 있었습니다. 휴대전화가 없던 때라 우리는 몇몇 아이들과 찾으러 다녔습니다. 방송을 하고 민속촌 몇 바퀴를 돌며 아이를 찾느라 나도 기진

맥진하고 말았습니다. 다른 학교 어린이들 속에 있지나 않은지, 봄놀이를 온 수많은 인파 속에서 아이를 찾는 일은 정말 쉽지 않았습니다. 모든 아이가 내 눈에는 '실종자'로 보였습니다.

정말 큰일이었습니다. 아이를 찾지 못했을 때 생길 일이 예상하니 아득하였습니다. 혹시나 하여 우리가 탈 버스가 세워진 곳까지 가 보았습니다. 떠날 시간이 되어 버스 문이 열려 있었습니다. 차에 올라 보니 저 뒤 의자에 푹 잠겨 잠들어 있는 아이가 보였습니다. 활동하다가 모둠에서 이탈하고 찾지 못하자 집에 갈 때 만날 테니 버스로 와버린 것입니다. 아이를 찾으니 다행이었지만 정말 곤히 잠든 모습을 보니 어이가 없었습니다. 깨어난 아이에게 야단도 칠 수 없었습니다.

아이들을 데리고 밖으로 나가는 순간 선생님들에게는 긴장의 연속입니다. 하지만 어린이들에게는 또 한 뼘 성장하는 기회가 됩니다. 야외로 체험 활동을 다녀오면 어린이들이 쑥 자란 느낌입니다. 이래서 '아이들은 햇살과 바람이 키운다.'는 말을 하는지도 모릅니다.

준영이와 콩벌레

학교에 대해 배우는 3월. 세 개 동으로 나뉜 학교 곳곳에는 후미진 곳이 많고, 건물들이 미로처럼 얽혀 있어 1학년 어린이들은 길을 잃기 쉽습니다. 아이들을 데리고 학교 안 곳곳을 다니면서 어떤 시설들이 있는지, 그 시설들이 어떻게 이용하는지 배웁니다. 가도 되는 곳과 가서는 안 되는 곳, 들어가지 말아야 할 곳들을 알려주고 정해진 곳에서만 놀게 합니다.

2교시가 끝나고 20분 동안은 우유급식 시간입니다. 하루 중 점심시간을 빼고 제일 긴 쉬는 시간이라 밖에 나가서 놀 수 있어 어린이들이 많이 기다리는 시간입니다. 바깥 놀이 시간을 많이 주려고 일부러 조금 일찍 수업을 끝내고 우유를 먹입니다. 늦게 마시는 아이는 운동장에 나가고 싶어 마음이 바쁩니다. 그러면 놀고 와서 먹게 합니다. 동네 사람들 모두 사용하는 운동장이라 공설운동장만큼 넓어 어린이들이 놀다 보면 종소리가 잘 들리지 않았습니다.

"현관에 걸린 커다란 시계 알지? 긴 바늘이 10을 가리킬 때 교실에 들어와야 해."

우리 교실은 1층이고 현관 옆이라 운동장에 나가기 쉽습니다. 그래야 합니다. 운동장 가까운 곳에 교실이 있어야 어린이들이 마음껏 뛰어놀 수 있거든요. 뛰어다니며 잡기 놀이도 하고, 모래놀이도 하고, 운동장 구석진 곳 놀이터에서 그네도 탑니다. 아이들 따라 나도 밖에 나가 해바라기를 하곤 합니다. 뛰어다니는 아이들 머리 위로 따스한 햇살들이 따라다닙니다.

아이들은 많이 놀아야 합니다. 아침 자습 시간에 가끔 운동장에 데리고 나가 놀아줍니다. 1학년인데 무슨 아침 자습. 학교에 가서 책가방을 교실에 던지다시피 하고 운동장에서 땀을 뻘뻘 흘리며 놀다가 종이 울려야 교실에 들어오곤 했던 어린 시절. 그렇게 아침부터 에너지를 소진했으니 얌전히 수업에 집중할 수 있었지요.

체육 교과 외에 아예 '마음대로 놀기' 교과가 수학이나 과학 교과처럼 정규 교과로 있어야 한다고 생각해 봅니다. 그러면 어린이들이 학교에 오는 것이 얼마나 신이 날까요. '놀기' 교과가 있는 날은 어떻게 놀까, 무슨 놀이를 할까, 누구하고 어디서 놀까 이런저런 생각으로 아침부터 설렐 것입니다. 어린이들에게 학교가 천국이 되는 길은 어렵지 않습니다. 안전한 환경에서 마음껏 놀 수 있는 시간을 많이 만들어주면 됩니다. 놀이를 통해 갈등 상황에서 유연하게 대처하고 조화로운 인간관계를 만들어 갈 수 있습니다. 놀이를 통해 문제해결력을 키울 수 있습니다.

준영이 이야기를 하려다 이야기가 길어졌습니다.

준영이는 태권도를 잘하고 책도 많이 읽는 영민한 아이였습니다. 보통의 1학년보다 키도 크고 힘도 셌지만, 마음은 아기 같았어요. 준영이는 집안의 보물이었습니다. 하긴 모든 어린이는 보물입니다. 늦게 결혼한 부모가 8년 만에 낳은 귀한 아들이었어요. 하마터면 대가 끊길 뻔했다고 나보다 나이 많은 엄마가 와서 아이 자랑을 하곤 했습니다. 집에서는 곧잘 애어른 같은 말을 많이 한다는데, 학교에서도 영감님처럼 말을 해서 나도 놀란 적이 있었습니다.

준영이는 탐험가에다 호기심 천국이었어요. 온 학교를 헤집고 돌아다녔지요. 3월에 어린이들을 데리고 다니면서 가지 말아야 할 곳을 알려줄 때, 지하창고로 내려가는 계단이나 기계실이 있는 곳, 건물 뒤 후미진 곳에서 준영이 눈빛이 반짝이는 것을 보았습니다.

어느 날, 수업시간이 되었는데 자리가 하나 비어 있었습니다. 준영이 자리였지요. 가슴이 덜컥 내려앉았습니다. 아이들에게 그림을 그리게 하고 먼저 화장실로 가서 찾았지만 없었어요. 밖으로 달려 나가 운동장과 동관 서관을 다 돌았지만, 어디에도 없었습니다. 학교 후문 밖으로 나가지 않았는지 걱정이 되었습니다. 문득 스치는 생각이 있었습니다. 후문을 돌아 뒷건물 으슥한 창고 옆으로 가 보았습니다. 아니나 다를까, '금단지역' 근처에 준영이가 쪼그리고 앉아 있었습니다.

"준영아, 뭐해? 여기서 놀면 안 된다고 했지? 종소리 못 들었니?"

아이를 찾은 것이 기쁘면서도 나도 모르게 큰 소리가 나왔습니다. 준영이는 나를 보자 얼른 일어났습니다.

"여기서 뭐하고 있었어?"

"콩벌레를 잡았어요."

아이는 천연덕스럽게 말하며 웃었습니다. 오므린 손을 내 얼굴 앞으로 내밀더니 쫙 폈습니다. 작은 손안에는 잿빛 쥐며느리들 수십 개가 수많은 발을 잔뜩 오므리고 동글동글, 오글오글 모여 있었습니다. 나는 그만 웃음이 터지고 말았어요. 후미진 곳, 습하고 어두운 곳에 벌레들이 있는 것을 알고 탐색하고 다니다 이곳까지 오게 된 것이었지요. 수많은 다리로 발발 기어 다니는 벌레들을 손으로 톡톡 누르며 콩으로 변신하는 모습에 정신을 빼앗겼으니 종소리가 들릴 턱이 없었지요.

"콩벌레들을 살던 곳에 그냥 두자, 응?"

아이는 고개를 끄덕이면서도 아쉬운 듯 천천히 손을 벌리고 한 마리씩 벌레들이 있던 곳에 도로 풀어 놓았어요. 땅에 내려진 콩은 다시 콩벌레로 돌아와 발발발 이리저리 기어다녔습니다. 아이 손을 씻기고 교실로 데리고 오면서 혼자 후미진 곳에 가면 안 된다고 알려줬습니다.

나중에 알게 된 것인데, 그때까지도 나는 쥐며느리와 콩벌레가 같은 벌레인 줄 알았어요. 둘 다 등각류 쥐며느리과인데 건드리면 동그랗게 오그라드는 것은 콩벌레, 혹은 공벌레이고, 오그리지 못하는 것은 쥐며느리라고 합니다.

교실로 들어왔지만, 준영이는 딴생각을 하고 있었던 게 분명해요. 자기가 풀어준 콩벌레들이 잘 지내나 궁금했을 거예요. 그 후에도 준영이는 여러 아이들과 같이 밖으로 나갔습니다. 여전히 콩벌레가 있는 곳에 가서 놀고 왔을 테지만, 모른 척해주었습니다.

2학기가 되었어요. 작품 전시회를 하느라 어린이들은 멋진 작품을 만들고 있었습니다. 명진이는 깡통을 이은 커다란 로봇을 만들고, 진희는 가지로 만든 유려한 배를 눕히고 돛을 달았어요. 한민이는 동그랗게 만든 찰흙을 이쑤시개로 이어 붙여 공룡을 만들고, 수진이는 큰 상자 두 개를 이어 꽃종이로 커튼까지 매단 공주가 사는 집을 꾸미느라 작게 오린 종이를 하나하나 풀칠을 하고 있었습니다. 모두 골똘히 자기 작품을 만들기에 열심이었지요.

완성한 작품에는 스티커 이름표를 붙여 전시대 위에 놓게 했습니다. 이름을 붙인 자기 작품을 뿌듯하게 바라보며 어린이들은 서로 품평회를 하고 있었습니다. 그런데 돛단배에 준영이 이름이 붙어 있었습니다. 승민이가 돛을 만들어 세우고 태극무늬를 오려 붙이는 것을 보았는데 말이죠. 왜 준영이 이름이 붙어 있지? 준영이가 만들던 완성되지 않은 도시 건물에는 승민이 이름이 붙어 있었습니다.

두 아이를 불러 어떻게 된 사연인지 물었지요.

준영이는 말이 없고, 승민이는 준영이를 보다가, 나를 보다가 불안한 얼굴이 되었습니다.

"… 준영이가 이걸 주고 바꾸자고 했어요."

승민이가 기어드는 목소리로 주머니를 뒤적이더니 뭔가를 꺼냈습니다. 승민이 손안에는 콩벌레 대여섯 마리가 오그리고 있었습니다. 이상하고 귀여운 콩 같은 벌레에 마음이 빼앗긴 승민이는, 콩벌레를 주겠다는 준영이 제안에 1초도 주저하지 않고 자기가 완성한 멋진 작품을 바꾸고 말았던 거예요. 준영이를 보자 씩 웃었습니다. 그만 나도 따라 웃고 말았지요.

그동안 얼마나 많은 일에 콩벌레로 대가를 치렀을까요. 수시로 콩벌레로 거래를 하는 준영이 모습이 그려졌습니다. 급식시간에 나온 닭다리도 콩벌레로 바꾸었을 터이고, 알록달록 구슬도 콩벌레와 바꾸었을 것입니다. 어린이들 주머니에 넣어둔 콩벌레들은 어느 사이에 기어 나와 교실 바닥을 헤매다가 마룻바닥 틈으로 도망갔을 것입니다.

그렇게 콩벌레로 물물교환을 하던 준영이는 늦가을이 되자 다른 학교로 전학을 갔습니다. 우리는 전학 가는 준영이를 모두 아쉬운 마음으로 배웅했습니다. 준영이는 다른 학교에 가기 싫다는 말을 했거든요. 하지만 명랑한 준영이는 다른 학교에 가서도 친구들을 많이 사귀고 즐겁게 지냈을 거예요. 그 학교에서도 운동장 구석진 곳에서 콩벌레를 줍다가 수업시간에 늦거나, 동무들과 콩벌레로 무언가 거래를 했을지도 모릅니다.

벌써 12년 전 이야기입니다.

손바닥에 오글오글 콩벌레를 올려놓고 초승달처럼 웃던 준영이 얼굴이 떠오릅니다. 콩벌레를 사랑한 그 아이. 지금쯤 대학생이 되었을 텐데…. 혹시 생물학을 전공하지는 않았을까요. 무엇을 전공했든지 살아 있는 작은 것들을 아끼고 사랑하는 멋진 청년이 되었을 거라고 믿어요. 지금쯤 군대에 갔을 수도 있겠네요.

그런데, 군대가서도 총 들고서 하라는 보초 임무는 잊은 채, 쪼그려 앉아 콩벌레를 줍고 있지는 않겠지요?

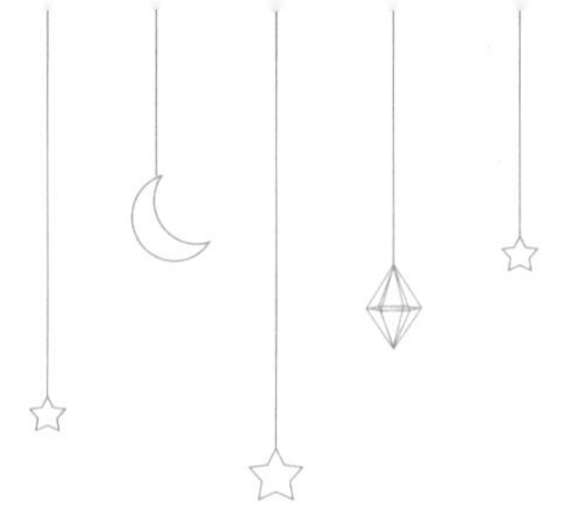

맑은 영혼 지운이

그해 1학년 남자아이는 열세 명이었어요. 잠시라도 책상에 앉아 있는 아이는 두 명 정도이고, 모두가 팔랑팔랑 날아다니는 나비들 같았어요. 어린이들의 다리에는 발이 달리지 않고 날개가 달렸는지도 모릅니다.

일찍 출근하여 교실 문을 열고 창문도 열어놓습니다. 책상 위에 밤새 쌓인 먼지를 닦고 있으면 빼꼼히 고개를 내밀며 지운이가 왔지요. 지운이는 언제나 학교에 1등으로 왔습니다. 가방을 자리에 놓고 선생님 책상에 옵니다. 간밤 집에서 일어난 일들을 내게 풀어놓느라 바쁩니다.

"어제 밤~에~에~ 명태탕 먹었따요. 매워떠요. 아빠가 끓였따요~~"

"그래? 아빠가 요리를 잘하시는구나. 선생님은 매운 걸 잘 못먹는데, 매운 것도 잘 먹고 용감하네."

아이는 신이 나서 나를 도와 같이 한다고 걸레를 들고 옵니다.

지운이는 정말 귀여운 아이였어요. 눈빛이 반짝이는 다람쥐 같았어요. 언제나 학교에 오면 내 책상으로 와서 내 손을 잡아당기고 자기 말을 들어달라고 했어요. 할 말이 너무도 많은 아이였거든요. 가는 눈에 웃음을 가득 담아 말하는 모습을 볼 때마다 나는 하던 일도 잊은 채 아이의 이야기에 빠져들곤 했어요.

아이는 어찌나 책을 많이 읽었는지 모르는 게 없었습니다. 학교에서도 틈만 나면 책에 빠지곤 했지요. 그런 어린이들이 그렇듯 자주 몽상에 젖곤 했습니다. 현실감이 빠른 어린이들에 비해 운동신경도 떨어지고 질문하면 엉뚱한 대답을 할 때도 있었어요. 그렇게 많이 읽고 아는 게 많으니 선생님이 하는 말 뒤에 이어 할 말이 많을 수밖에요. 공부 시간에 많은 기회를 주었지만, 그래도 못다 한 말이 남아 있었습니다.

지운이는 어떤 친구들에게도 악의가 없었고, 친구들을 잘 도와주었습니다.

"나 색종이 많아. 내거 써."

내가 미처 챙기기 전에 준비물이 없는 아이들에게 나누어 주는 천사의 마음을 가진 아이였지요. 엄마가 친구들과 나누어 쓰라고 충분히 챙겨 주셨어요. 지금은 어린이들 준비물 예산이 책정되어 있어서 기본적인 학습준비물이 잘 구비되어 있지만, 그때는 어린이들이 학습활동에 필요한 준비물을 가져와야 했습니다.

지운이네 가족 모두 참 따뜻한 마음을 가졌습니다. 특히 지운이 부모님은 학원이며 선행학습이며 유행하는 '때마다 해야 할 학습

리스트'에 흔들리지 않는 유기농 부모였어요. 오로지 아이가 행복하게 지낼 수 있도록 좋아하는 것을 하게 했습니다. 학부모님들을 만나면 아이를 '천연으로' 키우라고 말은 하지만, 아직도 그런 부모님이 있는 것이 놀랍기만 했습니다. 아이에게 욕심내지 않고 제대로 키우는 지운이 부모가 존경스러웠습니다.

줄넘기를 배우고 얼마 되지 않았을 때였어요. 1학년 어린이들에게 줄넘기는 넘어야 할 커다란 벽이었습니다. 줄넘기로 한 번 넘고 이어서 쉬지 않고 두 번째 넘는 모둠 뛰기는 어린이들에게는 피겨 스케이팅에서 트리플 악셀을 뛰는 거나 다름없었습니다.

그날은 운동장에서 누가 많이 넘나 개수를 세면서 내기를 하고 있었습니다. 얼마나 늘었는지 평가기록부에 개수를 적으며 줄 넘는 수를 세어 주고 있었지요. 역시나 다리에 날개가 달린 어린이들은 줄넘기도 잘했습니다. 끝날 기미가 보이지 않게 나풀나풀 잘도 넘었습니다. 100개가 넘으면 그만하게 했지요.

지운이 차례가 되었습니다. 지운이는 막 줄넘기를 배우기 시작했을 때 한두 개밖에 넘지 못했어요. 열심히 해도 나아지지 않았지요. 그래도 줄넘기 연습을 매일 한다고 자랑하곤 했어요. 저녁마다 엄마와 연습했던 것을 뽐내기 위해 내 앞에 섰습니다. 줄넘기 연습을 하던 아이들도 모두 지운이가 하는 것을 보려고 모여 섰지요.

아이는 결연한 자세로 줄을 잡고 섰습니다. 조금 흥분하고 상기된 얼굴이었어요. 아이의 쿵쿵거리는 심장 소리가 나에게까지 들리는 것 같았어요. 처음에는 몇 번 발에 걸렸습니다. 어? 이게 아닌데, 난처한 빛이 아이 얼굴에 가득했어요. 나까지 조바심이 났지요.

"지운아, 잘 할 수 있어. 천천히 해봐."

아이는 다시 자세를 바르게 하고 넘었습니다. 열 개… 스무 개… 서른 개가 넘어가고 있었습니다. 두 팔이 부채처럼 벌어져도 줄은 잘도 돌아갔고요. 나는 숫자를 더 큰 소리로 세어 주었습니다. 쉰 개가 넘었습니다. 친구들 앞에서 그동안 연습한 것을 뽐내느라 어깨와 얼굴이 더 올라가고 하늘을 날 듯 폴짝폴짝 뛰고 있었습니다.

그때였어요. 아이 바지가 훌러덩 내려오고 말았습니다. 가는 다리 사이로 하얀 삼각팬티가 드러났고요. 어린이들이 와, 하고 웃었습니다. 줄넘기를 하는 지운이도 웃었습니다. 바지가 내려와 종아리에 걸렸지만, 줄넘기를 멈추지 않았습니다. 계속 몇 개 더 돌리다가 줄이 걸려야 그만두었습니다. 나는 아이의 바지를 올려주며 안아주었습니다.

"잘했어, 지운아."

콩콩 뛰는 가슴이 내 어깨에 닿았습니다. 발그레한 아이 얼굴에는 기쁨이 가득했어요. 지친 숨소리가 내 귀에 색색거렸고요. 부끄러운 줄도 몰랐습니다.

너를 닮은 아이였으면!

해마다 어린이들을 만나고 헤어지지만, 정든 아이가 전학을 갈 때는 정말 아쉽습니다.

그해 나는 4학년을 담당했습니다. 우리 반에 아주 귀여운 여자아이가 있었습니다. 목소리가 곱고 조심성 있게 행동하는 모습이 너무나 예뻤습니다. 반짝이는 그 아이 눈을 보면 마음이 편안하고 순수해지는 기분이었습니다.

돌아가며 자리 배정을 하지만 보통 키가 작거나 시력이 낮거나 관심을 많이 주어야 할 아이를 앞자리에 앉게 합니다. 학급 인원이 줄어들면서 키가 큰 어린이도 앞으로 나와 앉게 합니다. 그때는 귀엽고 작은 유정이를 내 책상 가까이 앞자리에 앉게 했습니다. 내가 평화로워야 어린이들에게도 좋은 기운을 줄 수 있기도 했지만, 태교를 위해서도 얌전한 아이를 가까이에서 보고 싶은 마음이 더 컸습니다. 막 첫아이를 임신하고 있었는데, 담당 의사가 분홍색 아기

옷을 준비하라는 말로 이미 성별을 가려 준 상태였습니다. 나는 초롱한 눈을 가진 유정이를 닮은 아이를 낳고 싶었습니다!

어느 미술시간은 운동장 수목원에 나가서 수채화를 그리게 했습니다. 개교한 지 오래된 학교여서 운동장이 넓었고, 학교 안에 나무가 참 많았습니다. 서울에 있었음에도 숲 같은 학교였습니다. 울타리에는 커다란 은행나무들이 줄지어 있었어요. 늦가을이면 나무 아래 은행잎이 소복이 쌓여 노란 담요를 깔아 놓은 듯했습니다. 아무도 밟지 않은 그곳에 어린이들을 데리고 가서 손으로 날리기도 하고 낙엽 밟기를 하곤 했습니다.

어린이들은 이곳저곳 자기가 그리고 싶은 풍경이 보이는 곳으로 흩어졌습니다. 나는 돌아다니면서 그림을 지도했습니다. 시간이 끝날 즈음 교실로 올라와 각자가 그린 그림들을 자랑했습니다. 유정이 그림은 그릴 때는 보지 못했는데, 썩 훌륭했습니다.

다른 어린이들처럼 학교 건물을 물감으로 칠하지 않고 점묘화로 그렸습니다. 학교 건물과 유리창 앞에 서 있는 향나무와 수수꽃다리까지 작은 점으로 찍어 입체감이 나면서 풍성했습니다. 열심히 그린 그림이었습니다. 햇살이 따뜻한 오후 잔잔한 학교 정경이 그 아이 그림에 들어 있었습니다. 마치 조르주 쇠라의 '그랑 자트 섬의 일요일 오후'를 보는 듯했습니다. 굳이 제목을 붙인다면 '우리 학교의 어느 날 오후'라고 할까요. 유정이가 자기 그림을 설명한 후, 나는 그 그림이 독특한 방법으로 학교를 잘 표현했다고 칭찬을 아끼지 않았습니다. 유정이 그림은 게시판 맨 앞줄에 걸어 놓았습니다.

만나고 채 두 달도 되지 않아 유정이는 전학을 가게 되었습니다. 아빠의 직장 때문에 연평도로 가게 된 것입니다. 햇살에 반짝이는 투명한 방울토마토 같은 아이가 전학을 간다니 나는 너무나 섭섭했습니다. 이제 막 정이 들었는데….

전학 갈 때 경황이 없어 유정이 그림을 떼어주지 못했습니다. 어린이들을 모두 보내고 청소함에 널브러진 빗자루들을 정리하다가 게시판에 걸린 유정이 그림을 보게 되었습니다. 내 자리 앞에서 나를 보고 웃는 그 맑은 얼굴이 떠올랐습니다.

'눈이 참 이쁜 아이였는데….'

그해 겨울이 지나고 나는 딸아이를 낳았습니다. 예정일보다 늦게 세상으로 나와 이미 머리는 길었고 손톱도 자라 있었습니다. 동그스름한 얼굴, 삐죽 올라온 검은 머리와 감긴 눈을 보며 문득 유정이 눈이 있을까 그런 생각을 하고는 잠시 황당해했습니다. (당연히 딸은 우리 부부의 모습을 골고루 물려받았습니다.)

이듬해 나는 6학년을 가르치고 있었습니다. 어느 이른 봄날 어린이들을 하교시키고 조용한 교실에서 업무를 처리하고 있었습니다. 교무실에서 외부전화라며 연결해 주었습니다. 연평도에서 온 시외전화였습니다.

"오설자 선생님이시죠? 저 유정이에요. 개교기념일이라 옛날 살던 동네에 가려고요."

"어머나, 유정아, 오랜만이네. 잘 지내지? 아유, 착하다. 그래, 오면 만나자."

연평도에서 나를 보러 온다고 시외전화까지 한 것입니다.

며칠 후, 수업이 끝난 오후에 유정이가 교실에 올라왔습니다.

"선생님!"

작은 아이가 나를 불렀습니다. 활짝 웃으며 문에 기대어 고개를 내밀고 있었습니다. 누군지 얼른 알아채지 못했습니다. 웃으며 교실로 들어와서야 유정이인 줄 알았습니다. 뽀얗던 얼굴은 바닷바람에 검게 탔고, 길었던 머리는 단발머리로 바뀌었습니다. 그러나 건강해 보였습니다. 맑은 눈매는 여전했습니다. 그새 많이 자란 유정이를 안아주었습니다.

초코파이와 냉장고에 남아 있던 우유를 꺼내 주었더니 아이는 조금씩 잘라먹었습니다. 그러다 나를 보며 웃었습니다. 나도 하나 먹으며 같이 웃었습니다. 학교 이야기며 친구들 이야기를 했습니다. 여기서보다 좋은 친구들을 많이 사귀었다고 했습니다. 선생님이 가르쳐 준 대로 책도 많이 읽고 있다고 했습니다. 어디서든 유정이라면 어른들께 사랑받고 좋은 친구들이 생길 것이라고 믿었습니다.

유정이는 할머니를 만나야 한다면서 일어났습니다. 창밖으로 운동장을 가로질러 걸어가는 아이를 보았습니다. 유정이가 가다가 교실을 올려다보았습니다. 나는 웃으며 손을 흔들어주었지요. 분홍 줄무늬 옷을 입은 유정이가 멀어져 갔습니다.

'눈이 참 이쁜 아이였는데.'

딱 두 달밖에 가르치지 않았지만 오래 기억에 남은 아이입니다.

지금 한창 자기를 꼭 닮은 아이들을 키우는 엄마가 되었겠지만, 여전히 나에게는 눈빛이 초롱한 4학년 아이로 남아 있습니다.

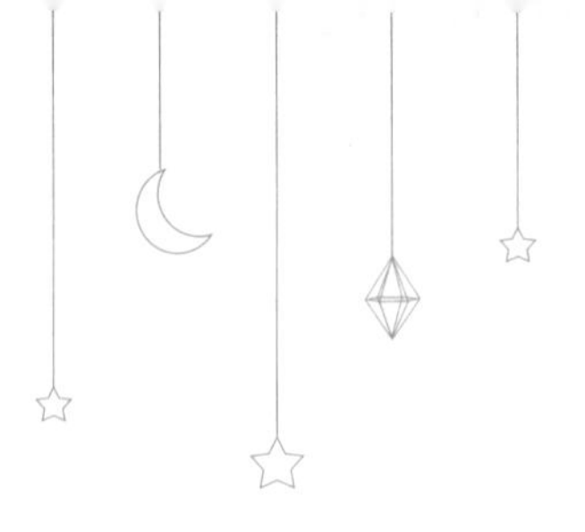

선생님, 사랑해요

행사가 많은 5월입니다. 연휴가 길다 보니 어버이날 카드도 미리 만들어야 합니다. 학급비로 주문한 어린이날 기념품으로 인형 만들기 세트를 나눠주었습니다.

부모님께 드리는 어버이날 편지를 세 시간에 걸쳐 만들었어요. 학종이를 접어 카네이션을 만들어 붙이고 부모님 얼굴도 그렸습니다. 그 옆에는 편지도 썼고요. 모두 열심히 만들었습니다. 잘 접어지지 않아 종이를 들고 나오면 하나하나 붙여주고 접어주고. '작은 선생님'들도 나서서 짝꿍과 친구들을 도와주었습니다. 드디어 완성된 것을 5월 8일이 되면 아침에 부모님께 드릴 거라고 책가방에 고이 담아 두었습니다.

어버이날이 지나고 며칠 후면 스승의 날이 돌아옵니다. 해마다 돌아오는 스승의 날이 차라리 없었으면 하는 마음도 있습니다. 우연히 스승의 날이 휴일과 겹치면 오히려 마음이 편하답니다. 스승의 날이 거부감이 드는 것은 '스승'이라는 말 때문입니다. 그 말이 주는 어감이 너무나 크고 위대해서 그것에 감히 못 미치는 나로서는 부끄러울 따름이죠.

스승의 날 아침, 교실에 갔더니 지난해 우리 반이던 예준이가 무거운 것을 낑낑대고 들고 왔습니다. 예준이는 맑은 얼굴에 예의가 바른 아이입니다. 2학년이 되니 몸집도 더 커졌어요. 아이스박스에 담긴 것을 풀어보니 찰떡이 들어 있었습니다. 엄마가 주셨다고 예준이는 신이 나서 발그레한 얼굴로 말했습니다.

아이들에게 하나씩 나누어 주고 교무실에도 몇 개 보내고 동학년 선생님에게도 하나씩 보냈습니다. 따끈따끈해서 맛이 있었어요. 아이들과 눈같이 하얀 떡을 뜯어 먹으며 우리 반까지 챙겨주신 엄마에게 고맙다는 문자를 보냈습니다. 아이가 준 편지에는 2학년이 되어 회장이 되었다면서 1학년 때 선생님이 자신감을 심어줘서 그렇다고 쓰여 있었어요. 그런 말을 들으면 정말 보람이 납니다.

1교시가 끝나자 지난해 가르쳤던 아이들이 편지를 들고 몰려왔어요. 교실은 난리가 났습니다. 집에서 가져온 매듭으로 된 라오스 팔찌를 옷 색깔과 맞추어서 팔목에 걸어주었습니다. 민이는 파란 티셔츠를 입었으니 파란색이 들어간 것을 해주고, 서진이는 빨간색을 좋아하니 빨간색이 들어간 것을 주고, 현이는 보랏빛 옷에 어울리는 핑크를 팔목에 묶어주었어요. 어린이들은 좋아서 팔랑거렸습니다. 자리에서 책을 읽던 우리 반 어린이들은 이 어지러운 광경을 바라보고 어리벙벙해졌습니다.

2학년 형님들은 이제 선배가 되었으니 동생들을 여유 있는 표정으로 바라보았습니다. 목이 쉬어서 제대로 말을 못 해준 것이 안타까웠습니다. 오랜만에 본 아이들은 1학년의 모습은 간데없고 키도 크고 얼굴도 변했어요. 1학년 1년 동안 자라는 것도 놀랐는데, 겨울방학이 지나고 몇 달 보지 않는 사이에 부쩍 자라 의젓해졌네요. 아기 같던 귀여운 모습들이 조금씩 벌써 사라지고 있어요.

'고대 문자'를 쓰던 자영이도 반듯한 편지를 가지고 왔어요. 지난 제자 중에 딱 두 명이 없네요. 서윤이는 아직도 글을 못 쓰는 것일까요. 애들을 교문에 데려다주고 오는데 주민이를 만났어요.

"주민아, 너는 선생님에게 편지 안 썼니?"

"앗, 깜박 잊고 책가방에 넣었어요. 금방 가져올게요."

주민이는 씩 웃으며 달려갔습니다. 흐흐, 옆구리 찔러서 절 받았네요.

교실로 돌아와 어질러진 자리를 정리하고 물걸레로 교실 바닥을 닦았습니다. 주민이가 들어와 편지를 주고 씩 웃고 달려갔습니다. 포동한 볼이 귀여운 아이입니다. 커피 한 잔 마시면서 어린이들이 쓴 편지를 찬찬히 읽었습니다. 내용은 달라도 모두가 이 말은 잊지 않았습니다.

"선생님, 사랑해요♡"

어느새 이렇게 자란 걸까요. 제자들이 가져온 편지가 정말 좋습니다. 그날은 사랑을 많이 받아 하루 종일 배가 불렀습니다.

편지를 모두 읽고 나니, 더 잘 가르쳐서 보내지 못한 것이 미안해졌습니다. 2학년 담임선생님들께 어린이들 편지 지도하느라 애쓰셨다는 메신저를 보냈습니다.

아들이 아기일 때, 아침마다 깨어 기지개를 펼 때마다 키가 커지라고 다리를 쭉쭉 잡아당기며 늘려 주곤 했습니다. 기다리지 못한 엄마의 조급증이었죠.

어린이들은 기다리면 저절로 몸도 마음도 자랍니다. 빨리 크라고, 더 잘하라고 잡아 늘이지 않더라도요.

나는 강물처럼 말해요

조던 스콧이 쓰고 시드니 스미스가 그린 그림책 『나는 강물처럼 말해요』를 읽었습니다. 이 책은 아픔을 가지고 있는 이에게 치유의 마음을 주고, 반대편에 있는 이들에게는 속죄하는 마음을 갖게 하여 양쪽 모두를 치유해주는 책입니다.

말을 더듬는 아이가 있었습니다. 말하고 싶어도 빨리 단어가 떠오르지 않아 더듬는 아이를 보고 주변의 아이들은 웃습니다. 그럴 때마다 아이는 상처받지요. '낱말이 목구멍에 달라붙어 버리는, 그래서 돌멩이처럼 조용한, 소리 없는 아이'가 되어갑니다. 학교에서는 맨 뒷자리에 앉아 말을 할 일이 없기를 바라지만, 선생님이 무언가 물어옵니다. 모든 아이가 바라보고, 그러면 더 말을 할 수 없습니다. 더듬더듬 말하려 애쓰는 것을 보고 아이들은 더 키득거립니다.

책을 쓴 조던 스콧은 자신의 이야기를 이렇게 아름다운 글로 승화했습니다.

내가 어렸을 때 일이에요. 가끔씩 학교에서 발표를 하는 날이면 아버지는 나를 데리러 왔어요. 그리고는 발표를 망치고 속상해하는 나를 강가로 데려갔어요. 그런 날에는 내 입이 꼼짝도 하지 않았어요. 한마디 한마디를 꺼내는 게 고통스럽기만 했어요. 같은 반 친구들의 웃음소리가 견딜 수가 없었고요. 그저 조용히 있고만 싶었어요. 아버지와 나는 아무 말도 하지 않고 강을 따라 걸으며 돌 위를 건너뛰고, 연어가 나타나기를 기다리고, 벌레를 잡고, 블랙베리를 땄어요.

어느 날, 강물이 밀려오는 걸 보며 아버지가 말씀하셨어요.

"강물이 어떻게 흘러가는지 보이지? 너도 저 강물처럼 말한단다."

조용히 돌멩이 위를 건너뛰고, 연어가 나타나길 기다리고, 블랙베리를 따는 아이. 상처받은 아이의 마음이 그대로 전해져서 마음이 아팠습니다.

아이는 마음이 약해지고 울고 싶을 때마다 말합니다.

"나는 강물처럼 말해요."

넓은 강물 위에 햇살이 쏟아지고 물결이 눈부시게 빛납니다. 그 위를 아이는 천천히 헤엄쳐 갑니다. 접어진 그림을 양쪽으로 펴면 갑자기 반짝이는 물결이 수천만으로 빛나는 널따란 강물이 눈앞에 펼쳐집니다. 이 책 중에서 가장 멋진 부분입니다.

아이를 먹이고 입히고 안전을 지켜주는 것이 아이를 키우는 부모가 할 큰일입니다. 하지만 더 중요한 것은 이렇게 마음이 아프고 힘들 때 용기를 주는 일입니다. 너는 강물처럼 말해. 그러니 강물처럼 나갈 수 있어. 때론 부딪치고 소용돌이치고 머물다 바위에 부딪치면서도 계속 앞으로 흘러갈 수 있어. 네 속에는 깊은 부드러움과 고요함이 자리하고 있고 멀리멀리 흘러갈 힘이 있어. 그렇게 말해 줄 수 있는 부모 말입니다.

이 책을 읽으면서 하루 종일 그림자처럼 학교생활을 하는 많은 아이들이 떠올랐습니다. 어떤 아이에게는 학교가 따스한 봄 같기도 하고, 어떤 아이에게는 서늘한 겨울 같기도 할 것입니다. 선생님으로부터 인정받고 친구들의 선망의 대상이 되는 아이들은 학교가 즐거운 놀이터가 되지만, 그렇지 않은 어린이들에게는 학교가 억지로 버텨야 하는 곳, 견뎌내야 하는 곳이 되기도 합니다.

심하지 않지만, 말을 더듬는 아이를 만난 적이 있습니다. 명랑하고 밝은 아이여서 다행히 친구들과 잘 어울렸습니다. 부모의 '화려한' 직업과는 달리 커서 택시 운전사가 되겠다던 아이입니다. 천천히 서두르지 말고 또박또박 말해보라고는 했으나 말 더듬는 아이에 관한 사례를 읽어보고 그 아이의 마음속으로 들어가 보려는 생각을 하지 못했습니다. 다만 아이들이 놀리지 않게, 아이가 마음의 상처가 생기지 않기만 바랐던 것 같습니다.

새로 아이들을 만날 때마다 쉽게 다가오는 아이도 있지만, 먼발치에서 나의 관심을 바라고 경계의 눈으로 바라보는 아이도 있습니다. 어쩌면 조용히 할 일을 하고 차분하게 학교생활을 하는 어린이들 중에는 진중하고 경계심이 있어, 그들 안에 상처가 있었던 것을 세심하게 바라보지 못하고 지나치기도 했을 것입니다.

아이들을 사랑하고 친절하게 대하며 이해하노라 나름 애쓰기는 했지만, 나는 그들에게 얼마나 자주 '어깨를 두르고' 괜찮다고 다독여주었을까요. 더 현명했더라면 웅크려 숨은 어린 영혼을 경계심에서 풀어주고 더 많이 보듬어줄 수 있었을 것을. 그랬더라면 좋았을 것을.

여러 가지 이유로 따돌림을 당하고 혼자 외로움을 삼키는 아이들. 공부를 잘한다고 혹은 못한다고, 다른 아이들과 외모가 다르거나, 지저분하거나, 뚱뚱하거나, 장애가 있거나. 피부병이 있거나, 얼굴이 검거나, 운동을 못하거나, 지나치게 재주가 많거나(적은 게 아니라), 이름이 이상하다거나, 발표를 자주 하거나(안 하는 것이 아니라)…, 등등의 이유를 가진 친구들을 못생겼다고, 변태라고, 냄새가 난다고, 썩었다고…, 어른들은 이해할 수 없는 이유로 놀리고 괴롭히고 상처를 주기도 합니다. 상처받는 그런 아이들에게 학교는 얼마나 지옥 같은 곳이겠습니까. 아무도 자기와 놀아주지 않고 말을 걸어주지 않는다면 말입니다.

은밀하면서도 지속적인 또래들의 괴롭힘과 따돌림 같은 것으로부터 때로 교사는 어떤 해결책을 줄 수도 없고 그들을 구출할 수 없을 때 자괴감에 빠지기도 합니다. 그렇더라도 그들에게 '혼자가 아님'을 알게 하는 것은 중요합니다. 그것으로 용기를 얻을 수 있을 것입니다.

민수가 그랬습니다. 난폭하다는 이유로 여자아이들도 남자아이들도 모두가 싫어했습니다. 잘 놀다가도 어느 순간 돌변하는 아이에게 아이들은 정을 주지 않고 다른 곳으로 가버리곤 했습니다. 다른 아이들과 친하게 지내고 싶었지만 잘 되지 않았습니다. 민수는 교실에서도 갑자기 물건을 던지거나 화를 내기도 하고 폭력적인 행동을 보이곤 했습니다. 아이가 그런 행동을 하는 것도 다른 아이들과 관계를 맺고 싶은 마음을 그렇게 표현한 것인지도 몰랐습니다. 교우관계에 충돌이 많은 어린이들은 가정에서 힘든 일을 겪고 있는 경우가 많습니다.

아이에게 집에서 가장 힘들 때가 언제인지 물었더니 두 가지를 말했습니다. 장애를 가지고 있는 두 살 터울 형이 동생을 많이 때렸습니다. 부모님은 당연히 어려움을 겪고 있는 자녀에게 더 마음 쓰게 마련이지요. 그러니 모든 책임이 민수에게 돌아오게 되었습니다.

또 하나는 만들기를 좋아해서 뭔가 집중해서 하고 있을 때 꼭 그럴 때 엄마가 청소를 시킨다거나 심부름을 시킨다는 것이었습니다. 그게 그렇게 싫고 짜증이 난다고 하더군요. 아이 엄마와 상담했을 때 아빠가 강압적이거나 엄한 편은 아니라면서 형제를 동시에 상담치료를 할 예정이라고 했습니다. 하지만 학년이 끝날 때까지 상담치료는 이뤄지지 않았습니다.

엄마를 상담하면서 드는 생각은 집안 분위기가 메말라 보였습니다. 다정하고 사랑이 넘치는 집은 평소에도 아이 얼굴에 빛이 납니다. 반면 그렇지 않은 집 아이는 얼굴이 무표정이거나 어둡습니다. 아이는 엄마에게 사랑을 원했지만, 엄마도 아빠에게도 기댈 곳이 없었습니다. 부모님이 형에게 쏠린 마음을 아이에게 이해시키고 많이 안아주라는 말밖에 할 수 없는 것이 속상했습니다.

부모님 입장도 이해가 갔습니다. 장애를 가진 자식을 돌보는 일이 얼마나 힘들고 마음이 아프겠습니까. 똑같이 사랑을 나눠준다고 생각하지만, 아이들은 그렇게 생각하지 않습니다. 자녀가 고학년이니 차분히 이야기를 하면서, 부모로서 힘든 것도 같이 이야기하면 될 것 같았습니다. 오히려 아이들은 부모가 어른처럼 동등한 위치에서 자녀에게 도움을 요청하는 것을 더 잘 받아들입니다. 가족의 중요한 일원이 되는 존재감을 느끼기에 그렇습니다.

하지만 집안 상황은 그렇게 만들어지지 않았고, 서로 마음을 열지 못한 날들은 계속 이어졌습니다. 아이는 예측할 수 없는 때에 욕설과 분노를 터트리곤 했습니다. 욕을 많이 하는 아이는 어휘가 부족하여 적당한 말을 찾지 못하고 하는 말이라고 합니다. 감정이 더 중요한 것이지요. 욕은 모든 아이들이 거쳐야 하는 단계입니다. 시간이 흘러 사람들의 관심을 끌지 못한다는 걸 알게 되면 욕은 자연히 없어지게 돼 있습니다. 욕설을 쓰는 사람이 얼마나 보잘것없는 인간인가를 보여줄 뿐이라고 말합니다.*『나를 있게 한 모든 것들』

어떻게든 별일 없이 잘 지내는 것이 중요했습니다. 하지만 아이는 끊임없이 싸움과 문제를 일으켰습니다. 학교폭력으로 신고가 들어가 학교 전담경찰관이 학교로 와서 조사하기도 했습니다. 다른 학년도 그런 신고가 이어져 전담경찰관은 수시로 학교에 드나들었고, 학교폭력위원회가 열리기도 했습니다. 학교 상담선생님은 민수 외에도 학년마다 '문제아'들을 상담하느라 진이 빠져 있었습니다. 열악한 학구가 아닌데도 그 학교는 유난히 상담이 필요한 어린이들이 많았습니다.

오랜 기간 아이들을 만났지만, 여전히 나는 문제를 겪는 아이들과 잘 지낼 자신이 없었습니다. 나아지지 않는 아이 상황이 내 책임만 같아 마냥 속을 끓였습니다. 치료를 시작하지 않는 부모가 원망스럽기도 했습니다. 그런 일로 자존감을 잃은 나는 학교에 오는 일이 날마다 힘들었습니다. 어린이들을 만나 행복하게 생활하고 애정을 나누어주어야 하는데 그럴 마음의 여유가 생기지 않았습니다. 나는 '오은영 박사' 같은 전문가가 아니었습니다.

학급에 문제 행동을 하는 어린이들이 있으면 평온한 학급 분위기를 만들지 못한다는 자괴감으로 교사는 지치고 맙니다. 물론 다른 친구들도 힘들어집니다. 학교에서 생긴 일로 인한 심리적 고통이 다른 어린이들에게 고스란히 전가됩니다.

아름다운 정원으로 되어 있는 학교라면 어땠을까, 그런 생각도 해보았습니다. 스페인 가우디 공원에 갔을 때 공원 안에 예쁜 초등학교가 있었습니다. 학교 안을 보고 싶었지만, 우리가 간 날이 휴일이라 학교 문이 닫혀 있어서 철문 틈으로 안을 들여다보았습니다. 그토록 아름다운 숲을 가진 공원에 자리한 학교에 다니는 아이들은 얼마나 행복할까, 그곳에 근무하는 선생님들은 얼마나 좋을까. 그저 부러운 마음으로 오래 들여다보았습니다. 그런 최고의 공원 안에 있는 학교는 아니어도 학교 안에 예쁜 꽃길이 있고 나무가 푸르게 자라는 조그만 동산이라도 있으면 어린이들 마음이 조금 순화되지 않을까요.

나무가 많은 학교에 근무할 때는 선생인 나도 평화로웠습니다. 아이들에게 내 나무를 정하게 하여 날마다 한 번은 내 나무에게 가서 말을 걸어주고 쓰다듬어 주라고 했던 적이 있습니다. 내 나무를 만지면서 화나고 속상한 마음을 풀기를 바라는 마음에서였지요.

민수를 만난 학교는 그야말로 삭막했습니다. 다세대 주택들이 다닥다닥 붙어 있는 동네 한가운데 있는 학교였습니다. 운동장이 넓었을 때는 그나마 뛰어놀 공간도 많았으나, 어느 해 운동장을 반이

나 잘라먹는 건물이 들어섰습니다. 공원 하나 없는 동네에 있는 학교 운동장은 손바닥만 해졌고, 화단에는 꽃 몇 포기밖에 없고 살아남은 나무도 몇 그루 안 되었습니다. 그렇게 삭막한 학교는 처음이었습니다.

어린이들은 운동장이 좁아 뛰어다닐 수도 없었고, 그나마 운동장은 고학년 차지가 되고 동생들은 구석진 곳에서 형님들을 피해서 놀아야 하기에 뛰어다니고 놀 만한 공간이 부족했습니다. 체육시간도 마음대로 하지 못해 체육관 수업을 했습니다. 많은 어린이들에게 '운동장을 늘려 주세요.'라는 희망사항이 1순위였지만, 그게 쉬운 일인가요? 일단 줄어든 운동장은 원상회복이 될 수 없었습니다. 아이들이 마음껏 뛰어놀 수 있는 공간이 넓었더라면 학교폭력 문제가 덜 일어났을지도 모릅니다.

학교가 거친 마음을 품어주고 순화해주는 기능을 해주는 공간을 가지고 있어야 하는데, 그게 없었습니다. 식물이 많은 아름다운 환경을 가진 학교가 거친 아이들의 가시 돋친 마음을 다듬어주는 완충지대가 되어야 하는데 그러지 못했습니다. 삭막한 학교에서 마음껏 뛰지도 못하니 아이들은 문제를 일으킬 수밖에 없었습니다.

녹색 식물이 사람들의 마음을 순화시킬 것이라는 믿음은 심리학자의 연구로도 나와 있습니다. 1984년 로저 엘리치라는 심리학자는 펜실베이니아 병원에서 쓸개 수술을 받고 회복 중인 환자들을 연구했습니다. 그는 환자들을 두 집단으로 나눠 한 집단에는 낙엽수 몇 그루가 보이는 방을 배정하고, 다른 집단에는 벽돌담이 보이는 방을 배정했습니다. 낙엽수가 보인 방에 있던 환자들이 비교적 빨리 퇴원했고, 부정적인 반응이 적었다고 합니다. 끈질긴 두통이나 메스꺼움 같은 합병증도 비교적 적었다고 합니다. 그에 비해 벽돌담을 바라본 환자들은 강력한 진통제 주사를 훨씬 더 많이 맞아야 했다고 합니다. 이 실험은 자연과 가까이 있으면 단순히 따스하고 보들보들한 감정만 생겨나는 것이 아니라, 우리의 신체 또한 측정할 수 있을 만큼 실질적인 변화를 일으킨다는 것입니다.*『행복의 지도』 자연과 가까이 있으면 행복도 커진다는 것이죠.

책을 읽고 나니 말을 하지 못하는 아이가 겪었을 아픔. 말들이 입안에서 달라붙는 고통이 그대로 함께 느껴졌습니다. 고요한 강물이 가득 밀려오는 것 같았습니다. 마음을 이해해 주는 어른이 옆에 있어야 한다는 전제가 있어야 하긴 하지만, 만일 민수도 조던처럼 흐르는 강물 따라 거닐면서 반짝이는 물결을 보고 조약돌을 집어 보고 그런다면 틀림없이 나아졌을 거예요. 문제를 일으키는 아이와 학교 꽃밭에 앉아 이야기할 공간이 있다면, 상담이 훨씬 쉬웠을지도 모릅니다. 집에서 기분이 상해서 학교에 왔더라도, 아무도 그 마음을 몰라주더라도, 꽃과 나무가 무성한 그 길을 걸으며 마음을 가라앉힐 수 있지 않을까요. 연못에 앉아 한가로이 오가는 물고기를 보며 불안한 마음을 달랠 수도 있지 않을까요.

어린이들은 강물처럼 자라날 것입니다. 때로는 잔잔히 흐르다가 잠시 고여 있기도 하고, 그러면서 더 맑아지기도 하고, 흐르다 길을 잃기도 하고, 때로는 풀이 많아 앞을 가리기도 할 것입니다. 급하게 흐르다가 바위에 부딪쳐 아프게 흐르기도 하겠지만, 그럴지도 모르지만, 어린이들은 강물처럼 계속 앞으로 흘러가며 강물의 꾸준함을, 강물 같은 고요함을 배울 것입니다. 강물에 사는 모든 생물을 품고 흘러가며 자라날 것입니다.

내가 민수를 만났을 때, 민수는 급하게 흐르다가 바위에 부딪치며 아프게 흐르던 시기였는지도 모릅니다.

고요한 강물처럼 그렇게 자라날 거라고 믿어봅니다.

2
햇살처럼

누구나 잘못을 저지르며 삽니다.
그리고 후회도 합니다.
아이들이 순간적인 잘못을 하였을 때,
그 상황에서 자신을 돌아보고
무엇인가를 배웠기를 바라는 마음이 되곤 합니다.
그것은 어른인 나 자신도 예외는 없습니다.

초등학교 1학년 담임의 어느 하루

어린이들이 오기 전, 창문을 활짝 열고 대걸레로 교실을 닦습니다. 어린이들과 함께 방방거리며 교실에 떠돌던 먼지는 밤새 구석구석에 쌓였다가 걸레에 묻어 일어납니다. 물기를 꼭 짠 수건을 개켜서 책상도 닦습니다. 윤이 난 책상 위에 남은 비누향기. 어린이들의 젖 냄새 같습니다.

그때쯤이면 어린이들이 하나씩 둘씩 교실로 들어오고 내게 다가와 배꼽인사를 합니다.

"어제 받아쓰기 공책 샀다요."

태경이가 자랑을 합니다.

"선생님이 마술을 건 사과야. 이걸 먹으면 똑똑해지고 멋지게 공부할 수 있어. 오늘 사과는 어떤 요술을 부릴까?"

오는 순서대로 얇게 썬 사과 한 조각을 나눠 줍니다. 큰 사과 한 알이면 우리 반 열여덟 명이 얇은 한 조각씩 먹을 수 있습니다.

언제나 요술 사과만 주는 것은 아닙니다. 어떤 때는 '요술 배', '똑똑 콩', '천재 멸치'를 주기도 합니다. 제비 새끼처럼 내가 준 사랑 한 조각을 입에 물고 오물거리며 책장을 넘기는 모습이 진짜 마법에 걸린 인형들 같습니다.

시작종이 울리면 인사를 합니다. 학급회장이 없는 1학년이라 돌아가면서 하게 합니다. 오늘은 종화 차례입니다.

"차렷!"

종화가 크게 외치면 어린이들이 똑같이 "차렷"을 따라 외칩니다. 그때서야 자동차 책에 빠져 있던 대희도 손가락에 자를 끼워 돌리던 찬우도 연필 두 개를 지우개에 길게 끼워 총을 만들던 승구도 차렷을 외치며 나를 쳐다봅니다.

"선생님께 인사!"

"선생님, 열심히 배우겠습니다."

다른 사람 방해하지 않고 집중하길 바라는 마음에서 가르친 인사입니다.

나도 인사하며 화답합니다.

"네, 열심히 가르칠게요."

열심히 못 가르친 날이 많기에 그 말을 할 때마다 나는 좀 찔립니다. 어쨌거나 그 인사를 할 때만이라도 마음을 다잡고 열심히 가르치겠다고 어린이들과 약속을 합니다.

우리 반은 매일 아침 다짐하는 약속이 있습니다. '사이좋게 지내요.' '발표를 잘해요.' '줄을 잘 서요.' 어린이들은 인사와 함께 세 가지 약속을 합창합니다.

"잘 지킬 수 있는 사람?"

어린이들은 모두 손을 번쩍 듭니다. 태경이는 두 팔을 다 올립니다. 이 약속 덕분인지 어린이들은 싸우지 않고 잘 지냅니다. 다행히 올해는 하루 종일 큰 소리로 울어대거나, 교실 바닥을 기어다니는 아이가 없습니다. 그런 어린이들이 있으면 나의 에너지를 골고루 나누어 주기도 전에 지쳐 버립니다.

공부를 시작하자마자 주민이가 나옵니다. 잘 씻은 얼굴과 코가 반짝거립니다. 아랫도리를 잡고 다리를 배배 꼽니다. 말을 하기 전에 얼른 화장실에 다녀오게 합니다.

일기를 읽어줄 시간입니다. 나는 어린이들의 순수한 세계가 열리는 이 시간을 가장 좋아합니다.

"오늘은 얼마나 재미난 이야기가 기다리고 있을까요?"

어린이들의 일기를 실물화상기에 놓고 읽어주면서 별표를 쳐 줍니다. 멋진 문장에는 물결선도 그려줍니다. 어린이들은 친구들이 무슨 내용을 어떻게 썼는지보다 제 일기에 별을 몇 개 받을지가 더 궁금합니다.

집에 가는 길에 본 새끼 고양이가 불쌍했다는 이야기, 아빠가 치킨을 사 온 이야기, 운동장에서 공을 주운 이야기도 있습니다. 누나가 키우는 새 파롱이와 포롱이가 싸워서 파롱이가 피가 났고, 파롱이 다리에 깁스를 했다는 대희의 그림일기는 제법 세밀합니다. 동생이 머리를 잘라서 도토리 같았는데, 거울을 보니 더 큰 도토리가 있더라는 유수의 일기가 오늘 가장 많은 별을 받았습니다.

다음은 오늘의 이야기를 들려줄 차례입니다. 매일 아침 해주는 일종의 인성교육 훈화입니다. 어린이들은 시작도 하기 전에 무슨 이야기인지 제목이 뭐냐고 성화입니다. '맹인의 등불' 이야기를 해줍니다.

깜깜한 밤에 앞을 보지 못하는 사람이 등불을 들고 걸어오고 있었어요. 앞을 볼 수 없는데 등불을 왜 들고 가느냐고 마주 오던 사람이 물었어요.

"당신이 나와 부딪치지 않게 하려는 겁니다."

당신을 위한 등불이라고 하더래요.

이야기를 듣자마자 승구가 손을 번쩍 듭니다.

"승구가 먼저 해볼래?"

"네, 선생님."

이름을 부르면 꼭 그렇게 대답하도록 합니다. 제대로 대답하는 데서 교육은 시작된다고 생각합니다. 승구는 일어나 의자를 소리 없이 밀어놓고 반짝거리는 눈동자를 굴리며 또박또박 말합니다.

"다른 사람을 배려해 주며언~ 그 사람도 기쁘지만 자기는 더어~ 행복해져요."

승구의 멋진 발표에 나는 푸짐한 칭찬을 해주고 다 같이 칭찬 박수를 쳐줍니다. 열네 명 정도 발표를 하고 나면 국어 교과서를 공부할 시간이 얼마 남아 있지 않습니다. 그러나 이런 것이 진짜 공부라고 생각하기에 개의치 않습니다.

1교시가 끝나자 오늘은 다른 날보다 우유를 급하게 먹였습니다. 무용 수업을 받으러 5층 꼭대기에 있는 특별실까지 가야 했기 때문입니다. 무용시간에 어린이들은 남생이 놀이를 지치도록 했습니다. 교실에 오자마자 난리가 납니다.

"선생님, 지훈이가 토했어요."

미처 소화되지 못한 우유와 음식이 무용시간에 뛰다 보니 탈이 난 것입니다. 책상 위, 교과서, 책가방, 위아래 옷 할 것 없이 토사물 범벅입니다. 눈치 빠른 현이가 휴지를 갖다 대고 걸레를 가져오고. 준혁이와 함께 몰려온 어린이들은 코를 막습니다. 이 아비규환을 빨리 수습해야 합니다. 얼른 닦아내고 창문을 열어놓고 아이를 화장실로 데리고 갑니다. 바지를 벗기고 씻깁니다. 아직 온수가 나오지 않아 아이 입술이 파래집니다. 여섯 번이나 전화를 하고 있지만, 아이 엄마도 아빠도 받지 않습니다. 어린이들은 복도로 뛰어나오고, 화장실까지 쫓아오고, 교실에선 한여름 매미들처럼 왱왱거립니다. 어린이들을 자리에 앉혀 '얼음'으로 만들어놓고 급한 대로 자료실에 있는 무용복 바지를 가져다 입혀 놓습니다.

간신히 아이 엄마와 통화하고 한숨을 돌리고 나니 쉬는 시간입니다. 날아가 버린 한 시간. 꼭두각시 바지를 입은 아이는 해맑은 얼굴로 놀고 있습니다. 역시 1학년입니다. 태경이가 갑자기 내게 달려옵니다.

"선생님, 화분이 배탈 났어요."

"응?"

지완이가 물을 준 화분에 정안이가 또 주고, 태경이가 또 주었으니 배탈이 날 만합니다. 책가방이 배고프다고 책을 잔뜩 담고 다니는 아이. 태경이는 시인입니다. 어린이들은 물을 줄 때마다 화초가 자란다고 생각합니다. 물을 많이 먹으면 뿌리가 썩어 죽는다고 백 번도 넘게 일렀건만. 화분은 매일 어항이 되고 화초는 흥건한 물속에서 헤엄칩니다. 그러나 화초는 죽지 않고 잘도 자랍니다. 화초도 어린이들의 넘치는 사랑을 알고 있나 봅니다. 화분을 기울여 물을 버리고 물뿌리개를 감춰놓습니다. 내일 또 누군가 찾아 놓을 테지만.

물을 한 잔 마시고 잠시 의자에 앉으면 그새 어린이들이 몰려와 누가 복도에서 뛰었어요, 물어보지 않고 내 물건 썼어요, 이르는 어린이들 얼굴이 바로 내 눈앞에 있습니다. 삶은 계란을 까놓은 듯한 얼굴에 돋아난 보송한 털, 반짝이는 눈동자, 가늘게 말려 올라간 속눈썹, 빠진 이에 말하는 입술은 삐삐 인형 같습니다. 그들을 쳐다보느라 어린이들이 한 말은 하나도 들리지 않습니다. 이런 때 나는 딴 나라에 가 있곤 합니다.

수학 시간입니다. 수학책에 해마 그림이 나와 있습니다. 나는 또 호기심이 발동합니다.

"누가 해마 자랑 좀 해볼래요?"

"해마는 수컷이 새끼를 낳아요."

"해마는 자신의 몸을 잘 숨겨요."

"해마는 변신을 잘해요."

서로 아는 것을 말한다고 아우성입니다. 어린이들은 동식물에 대해 해박합니다. 호기심 천국이지요. 세상이 다 궁금한 것들입니다. 질문에 대답하고 대답에 또 질문하고. 그러다가 미국 사람의 젓가락은 몇 개일까? 까지 나옵니다. 질문하다 보면 또 시간이 부족하지만, 이런 시간이 필요합니다. 질문이 죽은 나무에서는 창의성이 꽃필 수 없습니다. 위대한 사상가들은 창의성이 행복과도 연결된다고 합니다. 그러니 창의성을 키우는 질문을 막지 말아야 합니다. 우리는 동물농장에서 다시 수학으로 돌아옵니다. 받아 올림이 있는 덧셈에 꼭 필요한 10 만들기 공부를 합니다.

"10이 되는 짝,

1의 짝은 9,

2의 짝은 8

……

9의 짝은 1,

10이 되는 짝,

다 찾았다."

어린이들은 신나게 숫자 랩을 외칩니다. 나는 이렇게 어린이들하고 놉니다. 놀면서 나도 그 순간마다 초등학교 1학년이 됩니다.

4교시가 끝날 즈음이면 급식도우미 어르신들이 급식 왜건을 밀고 오십니다.

"벌써 점심시간이에요?"

"그러네, 벌써 그렇게 됐네. 이제 알림장 쓸까요?"

"네, 와! 정말 빠르다. 공부가 이렇게 재미있는 줄 몰랐어요."

현서가 큰 소리로 말합니다. 이 어린이들은 커서도 공부가 끔찍한 짐이 되지 않길 잠시 속으로 빌어봅니다. 재빠르게 알림장을 쓰고 앞에 선 유수 뒤로 어린이들이 길게 줄을 섭니다.

알림장에 '예쁜 손' 란을 만들고 읽은 책 이름과 쪽수를, '착한 손' 란에는 착한 일을 매일 써 오게 했습니다. 예쁜 손에는 '선인장 호텔 1쪽-25쪽'이라거나 '장수풍뎅이' '팥죽 할머니와 호랑이'를, 착한 손에는 '숟가락을 놓았어요.' '안마를 했어요.' '금붕어 먹이를 주었어요.' '동생과 놀아주었어요.'가 쓰여 있습니다.

어린이들이 적어 온 것을 읽고 있으면 말썽쟁이 어린이들과 씨름하며 혈압이 오르던 일들도 다 씻겨 내려갑니다. 방금 교실에서 벌어진 난리 부르스는 어느새 스르르 녹고 맙니다.

급식시간입니다. 어린이들이 싫어하는 브로콜리가 나온 날. 나는 보자마자 하나를 슥 집어 입에 넣으며 큰 소리로 말합니다.

"으~음, 완전 맛있다. 난 브로콜리가 매일 나왔으면 좋겠어."

"선생님, 전 브로콜리 좋아해요."

"나도, 나도"

"그래, 브로콜리나 야채를 좋아하는 사람은 천재가 된대."

살짝 보았더니 유빈이가 브로콜리 하나를 큰맘 먹고 입에 넣고 있습니다. 작전 성공이네요. 그런 것도 통하지 않을 때가 있습니다. 방울토마토를 싫어하는 아이가 있었는데 입에 넣기만 해도 토하려고 하는 바람에 1년이 지나도록 성공하지 못했습니다.

주스의 플라스틱 뚜껑을 열기가 만만치 않아요. 어린이들은 너도 나도 열어달라고 들고 나옵니다. 다 따주고 대충 밥을 먹은 후, 늦게 먹는 다섯 명의 어린이들 밥 먹이기에 돌입합니다. 밥을 놓고 기도하시는 분들입니다.

지완이는 고기를 잘 먹지 않습니다. 숟가락에 밥과 고기를 얹으니 앞니 빠진 입을 '아' 하고 벌립니다. 알림장에 붙일 칭찬표가 콧등과 볼, 이마에 붙어 있네요. 연지 곤지 찍은 얼굴을 바라보는 나에게 알림장을 집에 놓고 왔어요, 합니다. 농부가 되고 싶다는 지완이. 정말 귀엽습니다. 뒤에 앉은 은서도 꼬무락거리며 밥알을 세고 있네요. 지완이 한 번 먹이고, 은서 한 번 먹이고. 기범이는 앞뒤 사방을 참여하느라 밥은 뒷전입니다.

"기범이가 오늘은 밥을 다 먹으려나 봐. 다 먹으면 칭찬표가 다섯 갠데."

그때서야 먹은 밥을 삼키지도 않은 채, 볼이 터지게 다시 욱여넣고 있습니다. 찬우가 오더니 "그만 먹을래요." 합니다. 음식이 반도 넘게 남아 있습니다.

"찬우는 다섯 번 더 먹자."

아이는 들어가 다섯 번을 세면서 먹고 있습니다.

돌봄 교실에 남아 있는 어린이들은 다섯 시나 되어야 집으로 가기에 어떻게든 점심은 잘 먹여야 했지만, 급식도우미 어르신은 교실 앞문에 서서 뚱한 얼굴로 어린이들을 재근합니다. 더 기다려주지 않는 게 약속합니다.

집으로 가기 전에 또 인사를 합니다. 늘 웃는 예준이 차례입니다.

"오늘 학교에서 재미있었어요?"

어린이들은 네, 하고 이구동성으로 대답합니다. 재미있게 학교를 다니는 것만으로도 절반은 성공한 것입니다.

재미있게 공부했으니까 상으로 '사랑'을 던져줍니다. 선생님 가슴에서 하트를 마구 꺼내 아이들에게 던집니다. 교실 이곳저곳으로 뿌립니다. 아이들은 그것을 잡으려 두 손을 허공에 휘두릅니다. 두 손으로 '보이지 않는 하트'를 잡고 저희들 가슴으로 꼭꼭 집어넣습니다. 많이 넣으려고 아이들은 다른 자리까지 달려가 받아둡니다. 그렇게 받은 하트는 흘리지 않고 가슴에 새깁니다.

옷을 입던 대희가 지퍼가 꼈다고 낑낑대며 나옵니다. 천이 한참 먹혀 들어간 지퍼는 꽉 다문 입을 열 줄 모릅니다. 힘써 겨우 내립니다.

"와, 선생님이 금방 고쳤어."

대희는 그제야 얼굴이 밝아집니다. 1학년 담임선생님은 슈퍼맨이거나 슈퍼우먼이어야 합니다.

준이가 얼른 가방을 메고 차렷을 외칩니다. 블록을 가지고 놀던 아이, 색종이 접기를 하던 아이, 찰흙을 만지던 아이들도 따라 외치며 자기 자리로 돌아옵니다.

"선생님, 사랑합니다!"

나도 대답합니다.

"사랑합니다!"

어린이들은 짝끼리 마주 보며 인사를 합니다.

"친구야, 사랑해!"

이제 자리를 잘 정돈한 어린이들은 복도에 나가 줄을 설 수 있습니다. 하영이는 책상을 정리하고, 떨어진 휴지와 색연필을 줍고, 쓰다 남은 종이를 모아두는 '또또 상자'에 넣고, 아직도 가방을 못 챙긴 짝을 도와주고, 자기네 모둠을 바람처럼 정리합니다.

어린이들은 서로 선생님의 손을 잡으려고 앞자리 다툼을 하지만, 매일 번갈아 다른 아이들 손을 잡고 갑니다. 내 손에 꼭 잡힌 작은 손은 나를 말없이 올려다보고 웃고 있습니다. 빠진 이 사이로 새어 나오는 미소를 보면 아이의 심장에서 흐르는 맑은 물소리가 작은 손을 통해 들려옵니다. 현관을 지나 교문까지 갈 때 나는 북새통 같은 하루를 말끔히 잊어버립니다.

어린이들이 빠져나간 빈 교실에는 지우개 가루, 흘린 밥알, 먼지가 널려 있습니다. 주인을 잃은 주민이 옷이 덩그러니 걸려있습니다. 교실을 정리하고 어린이들이 내고 간 학습지와 수학 익힘책을 채점합니다.

'미숙이네 할아버지의 연세는 여든이고, 철희네 할머니의 연세는 예순아홉입니다. 누가 나이가 더 많을까요?'

'우리 할아버지가 더 마나요.'

승구가 자랑스럽게 써 놓았습니다. 얼마나 고민하며 썼을까요. 채점하다 나는 정신 나간 여자처럼 깔깔거립니다.

문득 이 어린이들이 그대로 자라나면 얼마나 세상이 맑아질까 생각합니다. 왜 어른이 되면 이토록 해맑았던 시절을 다 잃어버리는 걸까요. 나는 잠시 창밖을 바라보며 생각에 잠깁니다.

옆 반 선생님과 이야기할 틈도 없었네. 컴퓨터에 읽지 않은 한 꾸러미의 메신저가 깜박거립니다. 휴, 또 몇 개의 공문이 와 있을까. 재미없는 사무가 날 기다립니다. 나는 컴퓨터에 껌처럼 달라붙습니다.

자라목을 하고 모니터에 빠져 있는데 정안이가 머리를 팔랑이며 들어옵니다. 방과 후 요리교실에서 만든 얼굴 모양 쿠키를 가지고 왔습니다. 아직 따뜻합니다.

"선생님이에요."

'히' 웃으며 건네준 쿠키엔 빨간 입술이 선명합니다. 아이는 커다란 보물이나 준 것처럼 으쓱해합니다. 보물이 맞습니다.

1학년 어린이들은 날마다 새로운 드라마를 연출합니다. 그들은 주연이고 나는 조연입니다. 날마다 어린이들에게는 신세계가 열리고, 나에겐 예측불허의 드라마가 펼쳐집니다. 내일은 또 어떤 드라마가 이어질까요. 은근히 기대하며 교실 문을 닫을 때, 나의 기나긴 하루도 '멋진 엔딩'이 됩니다.

너도, 밤나무

혼자 사는 할머니
밤사이 잘 주무셨나
궁금해하던 밤나무가

뒷마당에 알밤 몇 개
던져 보았습니다.
…
날이 밝자
지팡이 짚은 할머니가
바가지 들고 나옵니다.

안심한 밤나무는
다음날에 던질 알밤을
또 열심히 준비합니다.

정나래의 동시 「밤나무」를 읽었습니다. 혼자 사시는 할머니 집 뒷마당에 있는 밤나무는 밤새 할머니가 잘 주무셨나 궁금해집니다. 혹시나 하고 뒷마당에 알밤 몇 개를 또록 던져 봅니다.

시를 읽으며 웃음이 나옵니다.

밤새 할머니 걱정으로 뒤척이던 밤나무가 바가지 들고 나온 할머니를 보고 반가워합니다. 나무 위에서 얼굴이 환하게 밝아지는 알밤의 웃음소리라도 들리는 것 같습니다. 마침 불어온 바람에 이파리를 흔들며 온몸으로 할머니를 반기는 모습이 보입니다. 땅에 떨어진 매끈하고 단단한 밤톨을 주우며 할머니는 밤나무에게 고맙다, 고맙다 하십니다.

'다음날에 던질 알밤을 또 열심히 준비합니다.'

나는 그만 여기에 눈길이 머물고 맙니다. 밤나무의 마음이 너무 예뻐서 내 마음이 떠날 줄 모릅니다. 밤나무가 힘을 내어 알밤을 살찌우고, 용을 쓰며 가시 옷을 벗어 머리를 드러내고, 땅으로 내려올 준비하는 밤톨이 보이지 않습니까? 참 사랑스럽습니다.

초여름 바람이 너울거리면 밤꽃 향기가 번져옵니다. 향기라고 부르기도 애매한 비릿한 냄새입니다. 꽃이 좋지 않은 냄새를 풍기는 것은 열매를 맺기 위한 나무들의 전략입니다. '정유'라는 물질이 꽃 속에서 만들어지고, 꽃이 자라면서 정유는 증발하기 쉽게 변하여 공기 중에 날아가면 그것이 꽃향기가 되는 것이라네요. 꽃향기는 꽃 속 깊은 곳에서 납니다. 그래야 곤충이 깊은 곳까지 냄새를 찾아 들어가 꽃가루를 옮겨줄 수 있습니다. 꽃들은 자신이 부르고 싶은 곤충이 좋아하는 냄새를 만듭니다. 그러니까 밤꽃도 그 냄새를 좋아하는 곤충을 부르기 위한 자기만의 몸부림이지요. 꽃들이 아무나 초대하는 것이 아니라 그들만의 특별한 초대장이 따로 있네요.

좋은 열매들은 크면서 성장통을 겪느라 그런 냄새를 내보내나 봅니다. 은행이 익어갈 때도 그렇잖아요. 그러니까 독특한 밤꽃 냄새는 할머니께 드릴 알밤을 맺느라 밤나무가 흘린 땀 냄새겠지요. 성장통을 많이 겪은 아이일수록 내면이 단단해지는 것과 같다고 할까요. 어쩌면 아이들도 잘 자라려고 학교에서 온갖 말썽을 피우는지도 몰라요. 모두가 살면서 좋은 열매를 맺으려고 애씁니다. 그렇게 익어가는 사람에게는 우아한 향기가 나거든요.

작년 가을에 서희네 집에서 공주 밤 한 포대를 보내왔어요. 처음에는 밍밍한 맛이다가 김치 냉장고에 넣고 숙성시켰더니 단맛이 진해졌어요. 밤을 쪄서 처음에는 열 톨만 먹어야지, 했는데…. 반으로 쪼개 찻숟가락으로 뱅글 돌려 다람쥐처럼 야금야금 먹다 보니 밤 껍데기가 쟁반에 수북했어요.

알밤을 볼 때마다 나는 초임교사 시절 가르쳤던 '1학년 밤톨'이 보고싶어집니다. 우리 반에서 제일 작은 밤톨 같은 아이. 밤송이처럼 깔끄러운 머리와 웃으면 눈이 다 붙게 웃던 귀여운 아이였어요.

학교 수업이 끝나도 교실에 남아 놀다 가곤 했어요. 그림을 그리거나 장난감을 가지고 놀다가 업무를 보는 내 책상 아래 기어들어와 스타킹을 신은 다리를 쓸어내리곤 했어요. 나는 간지럼을 많이 탔지만 참았지요. 내게서 엄마를 느끼게 하고 싶었어요. 가끔 수돗가에서 목에 낀 때를 씻어줄 땐 자라처럼 목을 내밀곤 했는데, 얼굴이 손안에 폭 들어왔어요. 그 아이, 잊을 수 없습니다.

어느 날, 수업시간에 화장실에서 갑자기 찢어지는 비명소리가 들렸어요. 사색이 되어 달려가 보니 파랗게 질린 아이가 어쩔 줄 모르고 있었어요. 바지를 급하게 입다가 지퍼에 고추 살이 물린 거였어요. 옆 반 남자 선생님이 아이를 안고 교문 밖에 있는 보건소로 내달렸지요. (열두 학급의 작은 학교라 보건실도 보건 선생님도 없고 교사가 양호담당을 겸하던 시절이었습니다.) 피가 터지는 상상을 하며 슬리퍼를 신은 채 좇아 달려갔어요.

다행히 많이 물리지 않아서 처치를 받고 나니 아이 얼굴에도 핏기가 돌아왔습니다. 손잡고 보건소에서 돌아올 때, 다음부터는 꼭 속옷을 입으라고 말해주었습니다. 나를 올려다보는 아이 얼굴 위로 내가 입은 플레어스커트가 펄럭였습니다.

"성생님한테 엄마 냄새가 나요."

나는 웃는 아이 손을 꼭 잡아주었습니다. 어디서 귤꽃 냄새가 풍겨왔습니다.

교실에서 놀던 어느 날, 아이가 하는 말을 듣고 나는 서늘해졌습니다.

"아빠가 엄마 사진에 송곳으로 막 찌르게 했다요."

어린 두 아들을 두고 집을 나간 엄마 사진을 부엌에 붙이고 형제에게 그렇게 응징하게 한 아빠. 그래도 아이들은 저들끼리 잘 자랐습니다.

이듬해, 그 아이를 두고 나는 다른 학교로 전근 가게 되었어요. 그런 줄도 모르고 '성생님'이 사라졌다고 교실마다 찾으러 다니다가, 교무실로 뛰어가서, 내가 지각한 날처럼 떠나가라 큰소리로 일렀을 거예요.

"우리 성생님 학교에 안 왔어요!"

이제 너희 선생님은 오지 않는다는 말을 듣고 밤톨은 울었을까요. 울었을 거예요. 그 작은 손으로 눈물을 훔치느라 밤톨 얼굴에 눈물자국이 얼룩졌겠지요.

밤톨이 잘 자라고 있는지 돌아보지 못한 것이 못내 아쉽습니다. 엄마가 된 즈음에 그 아이를 만났더라면, 그랬더라면 내 아이들처럼 더 가까이 보살필 수 있지 않았을까요. 틀림없이 엄마 마음이 되어 보듬을 수 있었을 거예요. 그때는 나도 너무 어렸거든요. 그 아이는 지금 어디서 무엇을 하고 있을까요. 자기를 닮은 밤톨들을 낳아 잘 키우고 있겠지요?

올가을에도 알밤을 삶으면서 어린 선생 시절에 만났던 '어린 밤톨'을 또 생각할 것 같아요. 이제는 듬직한 밤나무가 되었을 밤톨이 자기를 꼭 닮은 밤톨들 손을 꼭 잡고 산보라도 가는 그림을 그려볼 테지요.

오늘 밤도, 모두가 자는 시간에도, '할머니네 밤나무'는 부지런히 몸을 움직여 실한 알밤을 만들고 있을 것입니다.

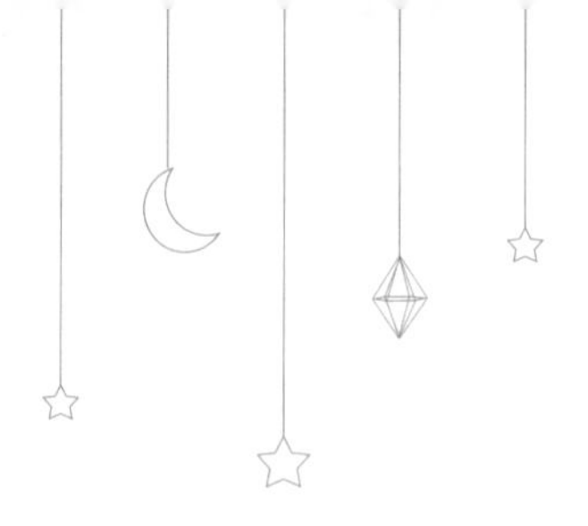

하준이의 문맹 탈출기

우리 반 하준이는 글을 모릅니다. 겨우 자기 이름 하나 그릴 줄 압니다. 세상을 제대로 알지도 못하는 스무 살 나이에 아이를 낳은 엄마는 아이에게 관심을 많이 쏟지 못했어요. 불안한 환경 속에서 아이는 시끄러운 세상으로부터 벽을 쌓는 방법을 너무 일찍 배워버렸지요. 비디오와 휴대폰에 방치된 채 밖으로부터 오는 자극을 많이 받아들이지 못했습니다.

하준이는 우리 반에서 제일 작습니다. 웃을 때마다 작은 눈은 완전한 초승달이 됩니다. 엄마에게 매달리듯 품으로 달려들어 어느 틈에 내 손을 잡고 서 있습니다. 작은 몸은 잡으면 부서질 듯 한 줌입니다. 뽀얀 얼굴에 입꼬리가 올라가게 웃으며 작은 손으로 눈을 비빌 땐 정말 안아주고 싶습니다.

글을 몰라도 하준이는 부끄러운 줄 모릅니다. 동무들이 노래를 부를 때, 입술을 뻐끔뻐끔 벌리며 노랫말을 따라 하고 싶지만 역부

족입니다. 그 아이에게 글을 읽으라고 하는 것은 나에게 꼬부랑과 점밖에 없는 아랍어를 읽으라고 들이대는 것과 다를 바 없습니다.

입학하고 처음 교실에 들어왔을 때, 풀 가위 따위를 나누어 주고 네임펜으로 이름을 쓰게 했습니다. 하준이는 이름은 썼습니다. 모두 반사된 거울상 글씨였습니다. 물론 입문기 1학년은 글을 읽고 쓰기를 배우는 단계이지만, 우리 교육과정은 이미 읽기와 쓰기를 마스터한 것을 전제로 만들어진 이상한 교육과정이라(개정 전 교육과정을 가르칠 때입니다.) 읽기와 쓰기를 못하는 어린이들에게는 험난하고 험난한 과정이랍니다.

다음날 또 나누어 준 물품에 하준이는 이름을 제대로 '그렸어요'. 고대 문자였지만 거울상 글자는 아니었지요. 선을 그리는 출발점이 달랐습니다. 가령 ㅎ을 쓰는데 동그라미를 먼저 그리고, 모자와 꼭지를 역순으로 (ㅇ ▶ ㆆ ▶ ㅎ) 그리는 식이었지요.

하준이는 학교 공부가 끝나면 매일 나머지 공부를 해야 했어요. 몸은 배배 꼬이고 가만히 있지를 못했습니다. 처음에는 단어로 시작했습니다. 과자 이름이나 음식 이름, 주변에서 많이 보는 사물들로 시작했습니다. 그림이 있는 통문자는 읽었지만, 그림이 없으면 다 잊어버렸습니다. 대부분의 어린이들은 낱말을 그림처럼 사진으로 기억하는 것이 보통인데, 하준이는 좀 달랐습니다. 낱말카드는 별 도움이 되지 못했습니다. 아무렇게나 소리를 내고 나를 보고 씩 웃었습니다. 그럴 때마다 초승달이 떠 있는 하얀 그 얼굴이 귀여워서 야단도 못 치고 나는 같이 웃고 말았습니다.

어느 날, 하준이는 나머지 공부를 하고 아래층 돌봄 교실로 갔습니다. 회의가 끝난 후, 놓고 간 알림장을 주려고 돌봄 교실에 전화했더니 아이가 오지 않았다는 거였습니다. 내려가는 것을 본 지 30

분이나 지났는데.

큰일 났습니다. 날듯이 뛰어 내려가 보니, 바깥놀이 시간이어서 문을 잠그고 어린이들을 데리고 운동장에 나갔다면서 선생님은 말끝을 흐렸습니다.

"운동장으로 오라고 쪽지를 문 앞에 써 붙였는데…."

"아이고 이를 어째, 하준이 글 못 읽어요."

어디를 헤매고 있는 것일까요. 교내 메신저로 아이를 찾는다는 문자를 보내고, 돌봄 선생님과 나는 두 갈래로 나뉘어 학교를 샅샅이 뒤졌습니다. 로봇교실에도, 운동장에도, 과학실험실도, 어디에도 아이는 없었습니다. 1층부터 5층까지 화장실도 빠짐없이 확인했습니다. 호기심 많은 하준이가 갈 만한 곳은 다 찾아보았습니다. 어린이들과 보았던 민들레와 제비꽃이 많이 피어있는 건물 뒤에도, 지렁이와 개미를 관찰했던 온실 앞에도, 주차장에도 없었습니다. 교문을 지키는 보안관님도 혼자 가는 아이는 없었다고 했습니다. 하준이가 다니는 태권도 학원에 전화해서 인근을 찾아 달라하고, 돌봄 선생님은 자전거를 타고 교문 밖으로 내달렸습니다.

운동장에는 축구하는 어른들만 있고 놀이터에는 그날따라 텅 비어 있었습니다. 그 아이는 아무 생각 없이 어디론가 가버릴 아이였습니다. 어디선가 형들이 놀고 있으면 같이 휩쓸려 앉아 있을 아이였습니다. 어린이들은 길을 잃으면 곧장 앞으로만 갑니다. 교문 밖은 시장거리가 있는 복잡한 미로 같은 길인데, 하염없이 걸어가는 하준이의 뒷모습만 그려졌습니다. 집을 못 찾아 헤매는 아이. 하준이가 사라졌다면 어떻게 한단 말인가요. 정말 무서운 생각들이 머릿속을 헤집고 다녔습니다. 못된 어른이 그 귀여운 아이를 확 안아

가버리거나 온갖 위험한 장면들이 나를 괴롭혔습니다.

시간은 자꾸 흘렀습니다. 하준이 엄마와 아빠는 아직도 연락이 안 되었고 나는 혀가 하늘에 달라붙었습니다.

그때 돌봄 선생님 전화가 왔습니다. 아이를 찾았다네요. 4시 35분. 잃어버린 지 한 시간이 채 못 되었습니다. 그리 오랜 시간이 흐른 것이 아니었는데 나는 천년을 산 듯했습니다. 온몸에 기운이 다 빠졌습니다.

이렇게 된 것이었습니다. 하준이는 나머지 공부를 하고 돌봄 교실에 갔습니다. 문이 잠겨있었지요. 문 앞에 뭐라고 쓴 종이가 붙어 있었지만 하준이는 그것을 읽을 수가 없었습니다. 다들 어디로 갔는지 궁금했습니다. 교실로 왔지만, 선생님이 안 계셨습니다. 회의에 갔으니까요. 다시 돌봄 교실에 가서 그 앞에서 기다릴 생각은 하지도 못했습니다. 5분만 기다렸으면 되었을 것을. 아무도 없는 곳에서 5분은 아이에게 막막한 시간이었지요. 하준이는 이제 갈 곳이 없었지요. 당연히 집으로 갔습니다. 집에는 아무도 없고 문이 잠겨 있는데. 거기까지 생각이 미치지 못했습니다. 보안관님은 그 조그만 아이가 지나가는 것을 볼 수가 없었습니다. 보안관실 문턱에도 훨씬 못 미치는 작은 키였으니까요.

이 모든 일이 한글 때문에 생긴 일이었습니다. 만일 하준이가 글을 읽을 줄 알았더라면, 문에 붙여진 쪽지를 읽고 얼른 운동장으로 뛰어가 미끄럼틀을 타면서 신나게 놀았을 것입니다.

다음날, 하준이에게 다음부터 교실 문이 잠겨있으면 교무실로 가라고 일러주었습니다. 그것으로는 마음이 놓이지 않아 하준이를 데려다주는 '하준이 배달 전용 비서'를 정했습니다. 방과 후 교실에 갈 때도, 나머지 공부하고 돌봄 교실로 갈 때도, 확실하게 갈 수 있도록.

그 일이 있고 나서 하준이는 글을 읽으려는 마음이 많아졌습니다. 처음으로 받아쓰기를 한 날. 하준이는 '나무'는 제대로 썼으나, 오리의 'ㄹ'은 칸 밖으로 나갔고, 아버지는 'ㅇ'만 쓰고, '타조'는 그릴 줄 몰라 연필만 만지작거리다가 알 수 없는 그림만 공책 가득 그려놓았습니다.

글자의 조합을 알기 위해 먼저 음가를 익혔습니다. 자음을 넣어 만든 자음 노래를 매일 부르게 하며 이름을 외우게 했습니다. 키읔부터는 힘들게 외웠습니다. 자음 음가를 다 외운 하준이는 내게 아주 많은 칭찬을 받았습니다. 열심히 공부한 상으로 칭찬표를 다섯 개나 받았습니다. 하준이는 자음 놀이가 아주 재미있어졌습니다. 이번엔 모음을 외울 차례입니다.

"이건 어려운데…."

자음보다 자신이 없었나 봅니다. 그게 다 'ㅣ'가 있고 뾰족이가 돋았는데 어떤 것은 '아'이고 어떤 것은 '어'인지 헷갈리기만 했습니다. 뾰족이가 두 개나 달린 것, 다리가 두 개 달린 것은 더 모르겠습니다. 아이는 몸을 비틀고 아무 소리나 내고 난리도 아니었습니다.

모음을 순서대로 늘어놓고 각 모음 앞에다 둥근 색깔 자석을 붙이게 했습니다. 붙이면서 읽고 띄어 내면서 읽고. 하준이는 겨우 이름을 다 외웠습니다. 이름을 외우는 순간 그저 선에 지나지 않았던 것이 하준이에게 글자로 보이기 시작했습니다. 이름을 외운 모음이 하준이에게 비로소 소리가 달린 글자가 되었습니다.

다음 단계로 자음과 모음을 합쳐 글자를 만들게 했습니다. 내가 불러주는 파란자음 카드와 빨간 모음 카드를 하나씩 들고 글자를 만들었습니다. 만들어진 글자의 소리를 익히고, 그 소리가 들어가는 낱말을 말해보고, 쓰는 순서를 익힌 다음, 만들어지는 것을 컴퓨터 모니터에 보여주었습니다. 하준이는 냉큼 내 무릎에 올라앉아 자판을 손가락으로 눌렀습니다. 커서가 움직이고 글자가 만들어지는 것이 신기했습니다. 글자의 이름을 알고, 그 소리대로 '그리고'.

마침내 자기 이름 외에 새로 알게 된 글씨를 읽고 썼습니다. 문장 끝에 꿀을 발라 배우는 것이 달콤하다고 가르치는 유대인의 교육방법처럼, 나도 하준이에게 '엄지 척'으로 듬뿍 칭찬했습니다. 상표를 잔뜩 받은 하준이는 탁구공 튀듯 콩콩 뛰었습니다. 경이였습니다. 글을 읽고 쓰는 것이 이렇게 재미있다니. 그 희열이 함박 웃는 얼굴에 가득했습니다. 나도 그렇게 글을 배우던 어린 시절이 있었습니다.

다섯 살이 되던 해, 마루 벽에 도배지를 바르기 전에 초벌로 신문지를 발랐어요. 사방 벽에 세로쓰기 신문으로 덮이자 크고 작은 글씨들과 이상하게 생긴 한자들이 춤을 추는 것 같았어요. 내 눈높이의 글자들을 손가락으로 짚어가며 아버지께 물어 하나씩 알게 되었어요.

처음 글자를 소리 내어 읽었을 때, 그 기쁨은 지금도 생생해요. 자꾸 읽고 싶었어요. 질문하고 기억하고 또 질문하고. 다음날 그 글자를 기억해 다 읽으면 아버지가 엄청나게 칭찬을 해주면서 안아주었어요.

"우리 딸이 천재구나."

글자를 알게 된 것은 충격이었죠. 하루하루가 신세계였죠. 매일 벽에 달라붙어 글을 읽으면서 날아갈 것 같았어요. 글을 안다는 것은 어린이들에게 천지개벽이나 같습니다. 글을 읽다가 잘 모르면 막 말을 만들어서 '맥락'으로 읽기를 했습니다. 광고에 나온 '그레이하운드'가 기억납니다. 어디론가 고개를 쳐들고 신나게 달릴 준비를 하고 있는 커다란 버스에는 '그레이하운드'라고 선명하게 쓰여 있었어요. 버스를 타고 어디로 갈까, 저 버스를 타면 미국이라는 나라에 갈 수 있을까.

벽에 있는 신문은 읽었지만, 무슨 의미인지는 잘 몰랐어요. 그저 글자의 형태와 소리를 외운 것에 불과하지요. 아마 더 많은 책이 있었더라면 이야기를 읽는 기쁨 속에 푹 빠질 수 있었을 거예요. 나이에 맞는 책이 필요했지만, 나에게는 그런 책이 없었어요. 부모님은 아직 학교에도 가지 않은 아이를 위해 책을 사 줄 만큼 여유가 없었어요. 그저 먹고 살기에 바쁜 가난한 삶이었으니까요.

대신 아버지는 밤마다 노래도 불러주고 이야기를 해주셨어요. 힘든 농사일로 쉬고 싶을 텐데 조르는 어린 딸을 위해 옛날 옛날에, 하고 입김처럼 솟아 나오는 이야기들을 들려주셨어요. 「파란 구슬, 빨간 구슬 이야기」, 「설문대 할망 이야기」, 「견우와 직녀」…. 아버지 입은 이야기 공장이면서 말하는 도서관이었어요. 맨날 들어 다 외우는 이야기도 그렇게 재미있을 수가 없었어요. 이야기를 듣다 잠이 들면 꿈속에서 쫓아오는 괴물에게 파란 구슬을 던져 바다로 만들기도 하고, 까마귀가 만들어준 다리를 건너기도 했어요.

글을 읽을 때 느꼈던 기쁨을 하준이에게서 봅니다. 그리고 내겐 또 다른 기쁨이 찾아왔습니다. 나는 설리번 선생님이 된 것 같았습니다. 키가 겨우 닿는 칠판에 손을 뻗어 한 획 한 획 기억해내서 쓰는 아이 모습이 그렇게 진지할 수 없었습니다. 하준이나 헬렌이나 글자를 모르는 새까만 세상에 있었지만, 헬렌보다는 백배나 나은 조건이 하준이에겐 있었습니다. 말을 하고, 예쁜 두 눈으로 글자를 보고, 물소리 새소리를 들을 수 있었습니다.

자음과 모음이 배열된 표를 보고 손가락으로 찾아 음가를 기억해내서 낱자를 읽었습니다. 드디어 글자를 읽을 수 있게 된 어느 날 하준이가 쓴 일기입니다.

> 오늘은 너무 튼별앖나이다. 마트를 가는 나이여서. 큰. 너무너무 재미느 날이다. 너무너무 재민다.
> (오늘은 너무 특별한 날이다. 마트를 가는 날이어서. 끝. 너무너무 재미있는 날이다. 너무너무 재미있다.)

글자를 알고 드디어 일기를 쓰게 된 것입니다! 그것이 '너무너무 재미있는' 것이 되었습니다. 하지만 아직도 험난한 과정이 더 있습니다. 받침이 어려운 글자, 읽는 소리와 쓰는 것이 다른 글자. 첩첩산중이지만 그러나, 조금 더디더라도 하준이가 좋아하는 우주 책을 읽고 내가 부르는 문장을 척척 받아 쓸 날이 올 것입니다.

하준이를 가르치면서 문득 글자를 배우는 아이와 글을 쓰는 나와 별반 다를 바 없다는 생각이 들었습니다. 삶을 깨우치는 기쁨. 새로운 세상을 그려나가는 즐거움. 그것을 느끼고 있으니까요. 내게 가르치는 기쁨을 가져다준 아이. 하준이에게 새 세상이 열리고 있었습니다.

이 글을 쓴 이후, 하준이는 책을 읽고, 쓰고자 하는 글자를 물어 가며 더 긴 일기를 쓰게 되었습니다.

"선생님, 그림만 보다가 글을 읽으니까 진짜 재미있어요."

드디어 하준이에게 책 읽는 기쁨이 왔습니다.

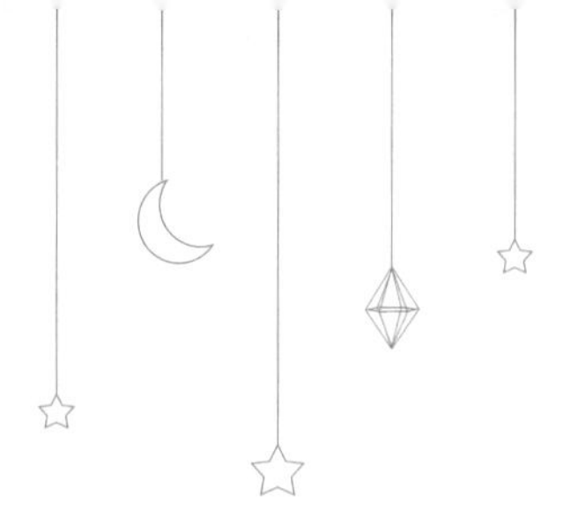

어느 날 교실에서는

이 옷 입기 싫어요

창우가 뚱한 얼굴로 교실로 들어옵니다. 평소 같으면 "선생니~임~~" 하고 달려와 인사할 텐데, 웬일인지 시무룩합니다. 자리로 가더니 책가방을 풀썩 내려놓습니다. 아침 독서할 준비도 하지 않고 책상 위에 엎드립니다.

책을 많이 읽는 창우는 아는 것도 많습니다. 특히 동물에 대해 모르는 것이 없어 친구들이 동물박사라고 합니다. 호기심이 많고 엉뚱하고 창의력이 있어 공부시간에는 멋진 발표도 많이 합니다. 그런데 정리를 잘 못한다거나 집중력이 흐려지거나 아무 때나 소리를 지르기도 합니다.

엄마의 빈자리가 그렇게 드러나는 것은 아닐까 생각해봅니다. 아이에게 들은 바로는 엄마가 지방에 있다가 주말에만 온다고 합니다. 한창 엄마 품에서 어리광을 부릴 나이인데 떨어져 사는 것이 안타깝습니다. 아빠는 늦게 오고 할머니와 할아버지가 주로 아이를 돌봅니다. 부모들의 사정을 알 수는 없지만, 아이에게 엄마와 함께 할 수 없다는 것은 크나큰 아픔입니다. 아빠와 상담해 보고 가끔 할머니와 말씀을 나누어 본 결과 창우 부모님은 쉽게 해결할 수 없는 사정이 있어 보입니다. 기운이 없는 것이 분명 무슨 일이 있습니다. 선생님은 창우를 부릅니다.

창우는 비척거리며 내 책상 옆으로 옵니다.

"창우야, 아침 안 먹었니?"

"먹었어요."

시무룩한 얼굴로 기어들면서 대답합니다.

"그런데 기분이 안 좋아 보이네?"

"… 이 바지 입기 싫은데…."

아이는 바지에 붙은 도드라진 인형 패치를 손톱으로 뜯으며 말합니다. 옅은 갈색 바지에는 노란 하마 그림이 붙어 있었습니다. 여자아이 옷이라고 생각했나 봅니다.

아들이 어렸을 때, 딸이 입던 옷을 입히고 유치원에 보낸 어머님 생각이 났습니다. 퇴근하는 나에게 달려온 아이는 가슴에 노란 해바라기가 그려진 티셔츠와 빨간 양말을 신고 있었습니다.

사태를 알아차린 선생님은 얼른 정색하고 말합니다.

"이 바지가 싫은데 할머니가 입으라고 해서 속상했구나?"

"할머니가 자꾸 입으라고 해요."

아이는 점점 울 것 같습니다.

"와, 바지 멋진데? 그림도 있고. 하마가 완전 귀엽다. 선생님도 입고 싶당~."

그래도 창우의 기분은 다 풀리지 않았습니다.

"우리 창우 칭찬표 줘야겠다. 자, 하나는 멋진 바지를 입어서, 하나는 할머니 말씀을 잘 들어서 주는 거야."

그제야 아이는 얼른 자리로 들어가 책을 꺼내어 읽기 시작했습니다. 평소 같았으면 큰소리로 친구들과 말하느라 교실은 시끌벅적할 텐데, 오늘 아침은 고요합니다.

어린이들이 우울할 때 기분을 살펴주어야 합니다. 그게 어른이 할 일입니다. 오늘 같은 상황에서 "그 옷이 어때서 그러니? 좋기만 하네. 하긴 여자 옷 같긴 하네." 이렇게 말한다면 아이의 기분은 어떻게 될까요? 그렇게 말할 선생님도 안 계시겠지만요.

며칠 후, 쉬는 시간에 창우가 이런 말을 했습니다.

"오늘은 안 서 있을 거예요. 서 있으니까 좀비가 된 느낌이에요."

그 말을 듣고 아이를 세워 놓은 것을 후회했습니다. 소란한 행동으로 수업시간을 방해하여 잠시 서 있으면서 생각하는 시간을 준 것인데, 오히려 나를 반성하게 만들었습니다. 그래, 다음부터는 서 있게 하지 않을게. 선생도 잘못하고 반성하고 끊임없이 배워야 합니다.

어느 날, 창우는 현장체험 학습에서 심은 토마토 묘목에서 열린 것이라고 방울토마토 한 봉지를 가져왔습니다. 그 한 그루에서 열린 것이라고 하기엔 양이 많았습니다. 할머니가 더 싸서 보낸 것이 틀림없었습니다. 우리는 창우에게 고맙다고 하고 사탕처럼 한 방울씩 입에 넣고 이리 볼록 저리 볼록 누구 볼이 큰가 내기하며 오래오래 녹여 먹었습니다. 창우 할머니의 사랑이 입안에서 녹는 것 같았습니다.

감자 한 알

아침마다 아이들은 지난밤 집에서 있었던 일들을 미주알고주알 이르느라 내 책상에 모여 턱을 고입니다. 현준이가 인사를 하더니 주머니에서 뭔가를 꺼내 내밉니다. 껍질은 벗겨지고 주머니 속에 들어 있던 먼지 보푸라기가 달라붙은 감자 한 알이네요.

찐 햇감자를 먹다가 선생님이 생각이 났다고 하네요. 주머니에 넣고 온기를 지키려 조몰락거리다 맨몸이 된 감자. 주머니 속에서 식지 않으려고 몸부림쳤는지도요. 아이는 자랑스럽게 그것을 내 손에 올려놓은 것입니다. 아이들은 모두 나에게 눈을 모으고 맛나게 먹을 순간을 기다리고 있습니다.

"현준이가 선생님 생각해서 가져왔구나. 아유 맛있겠다."

남아 있는 껍질을 벗겨내고 먼지를 닦아 반으로 쪼개 쩝쩝 소리 내어 먹어줍니다. 그때서야 아이들 얼굴에 안심한 웃음이 스르르 번집니다. 이 사랑스러운 아이들. 어떤 때는 사탕이나 삶은 달걀, 때로는 녹은 초콜릿, 시골에서 가져온 밤톨 몇 개. 아이들의 주머니에는 선생님을 향한 사랑이 그렇게 들어 있습니다.

결혼하고 싶어요

쉬는 시간입니다. 물을 마시고 의자에 잠시 앉았는데 수빈이가 얼굴이 발그레 상기되어 내 옆으로 옵니다. 함박웃음을 참지 못하고 귀에다 대고 속닥거립니다.

"선생님, 두현이가 저랑 결혼한대요. 키키."

두 손으로 얼굴을 가리고 큭큭 웃습니다. 그게 싫지 않은가 봅니다. 손가락 사이로 얼굴은 발갛게 일렁이고 있습니다. 나도 웃음이 나옵니다.

두헌이는 공감능력이 우수하고 선생님을 많이 좋아하는 귀여운 아이입니다. 벌써 여자 어린이들을 쫙 파악하고 점을 찍었다니 용자勇者임에 틀림이 없습니다. 뭐든지 잘하는 수빈이가 단연 눈에 띄었나 봅니다.

수빈이는 학교생활을 잘하는 아이입니다. 선생님의 말에 빛의 속도로 반응합니다. 재주도 많고, 글도 잘 쓰고, 책도 많이 읽고 발표도 똑 부러지게 합니다. 이 아이와 말할 때는 전혀 1학년이라는 느낌이 들지 않습니다. 그러나 오늘 하는 것을 보니 1학년이 맞네요.

서희가 책상 위에 종이를 붙이고 동성이를 사랑한다고 네임펜으로 써놓았어요. 동성이도 서희를 좋아한다고 해요. 서희는 그것을 써 놓고 '히' 웃네요. 서로 아끼는 학용품을 나누어 쓰기도 하고, 운동장에 나갈 때는 손잡고 갑니다. 선생님 책상 앞에서도 둘은 나란히 고개를 내밀고 있습니다. 안경을 낀 기석이가 옆에 있다 말합니다.

"나도 좋아하는 애 있는데, 근데 걔는 날 좋아하지 않아요."

참 슬플 텐데 아주 담담하게 말합니다.

"그래도 네가 친절히 대해주고 진실하면 네 마음을 알아주지 않을까?"

그렇게 말해놓고 혼자 웃고 맙니다. 선생님은 가끔 애정전선 상담가도 됩니다.

남자아이는 여자아이에 비해 대부분 공감능력이 현저히 떨어지지만, 그렇지 않은 아이도 있습니다. 가정에서 충분한 사랑을 받은 아이는 학교에서 그 사랑을 표현하고 싶어 합니다. 마음에 드는 아이의 몸을 만지거나 심지어 뽀뽀를 하기도 합니다. 동성이든 이성이든 가리지 않습니다. 그것은 애정 표현과 다른 또래의 친밀한 표현입니다.

이런 과도한 신체 접촉은 민감한 사안이라 오해를 불러일으킬 수 있기에 다른 사람을 만지거나 뽀뽀를 하는 것은 하지 않도록 가르쳐야 합니다. 나쁜 마음이 없이 다가갔으나 받아들이는 아이는 기분이 상할 수 있습니다. 집에 가서 부모님께 '누가 나를 만졌어요.'라고 말한다면 어느 부모가 안심하고 학교에 보낼 수 있겠어요?

어느 날, 개구쟁이 승민이가 해정이를 스쳐 지나갔습니다. 승민이는 몸을 부산하게 움직이는 아이입니다. 해정이는 자기표현이 아주 분명한 아이입니다. 그날 집에 가서 승민이가 가슴을 만졌다는 말을 부모님께 했습니다. 아이 아빠는 예민하게 반응하였고, 다음날 무척 흥분한 상태로 전화를 했습니다. 당연하지요. 어느 부모가 그런 일에 가만있겠어요?

학부모의 말을 듣고 충분히 공감하고 면밀히 조사한 후에 처리하겠노라 했습니다. 어린이들의 이야기를 종합해 보니 승민이가 장난감을 잡으려 몸을 굽혔다 일어나 돌아서려는데, 주변에 서 있던 해정이 가슴을 스쳤나 봅니다. 승민이가 일부러 그런 것이 아니었지만, 해정이 기분이 상했기 때문에 일단 사과하게 했습니다. 물론 부모님께 일에 대한 자초지종을 알려드렸고 오해는 풀렸습니다.

해정이 부모님이 선생님을 믿는 마음이 있었기에 그 일이 잘 해결된 거라고 봅니다. 만일 평소에 교사에 대한 믿음이 많지 않았다면, 상황을 충분히 이해시켜도 그 정도로 마무리가 되지 않았을 것입니다. 하마터면 양쪽 학부모끼리, 선생님과 큰 앙금이 생길 뻔했습니다.

학부모님도 위급한 사안이 아니라면, 아이의 말만 듣고 흥분할 일이 아니라 상황을 파악하고 학교에 항의해도 늦지 않습니다. 학부모님들의 마음을 모르지 않지만, 선생님들은 아주 사소한 일에도 항의하고 문제를 일으키는 학부모님들에게 시달리는 일이 적지 않습니다. 그런 일에 휘말리면서 어린이들에게 온전한 애정을 쏟을 수 있을까요?

그 일로 어린이들은 친구가 좋아도 다른 사람의 몸을 함부로 만지면 안 된다는 것을 배웁니다. 자기 기분을 확실하게 표현하는 법도 배웁니다. 사과하고 받아주는 법도 배웁니다.

"해정아, 내가 너의 몸을 만져 기분 나쁘게 해서 미안해. 다음부터는 조심할게."

"괜찮아, 네가 내 몸을 일부러 만진 것 같아서 기분이 나빴어. 다음부터는 조심해줘."

무엇을 잘못했는지 행동에 대해 구체적인 사과를 하고 기분을 살핍니다. 또 사과를 받아주는 방법도 구체적으로 배웁니다. 그런 경험들이 모이면 기분을 정확하게 전달하는 방법을 터득하고 상대의 기분에 적절하게 처신하여 오해가 생기지 않습니다.

수업 중에 걸려온 전화

그렇게 멋지게 사과하기, 사과 받아주기 수업을 하는데 전화가 왔습니다. 가끔씩 그렇게 수업 중에 전화가 걸려옵니다. 학부모회의 때, 수업 중에는 전화하면 여러 가지로 방해가 되니 급한 사항은 교무실로 연락하라고 안내합니다. 퇴근 후나 주말에는 가급적 문자로 남기고, 교사에게 전할 말은 알림장에 메모를 남겨도 된다고 안내합니다. 학부모님들의 잦은 전화로 인해 선생님들은 '업무용 전화기'를 따로 쓰기도 합니다. 어떤 부모님은 센스 있게 포스트잇에 메모하여 알림장에 붙여 보냅니다. 그것을 잘 보이는 곳에 붙여 놓으면 잊지 않고 처리할 수 있거든요.

전화 내용도 다양합니다.

"아이에게 학교가 끝나면 이모네 집으로 가서 기다려 달라고 해주실래요?"

"방과 후 요리수업 가라고 말해주실래요?"

어떤 때는 아이를 바꾸어 달라고 하는 일도 있습니다. 급한 일인가 하여 들어보면 그렇지도 않습니다.

받아보니 수정이 엄마입니다.

"감기 기운이 있어서 약 넣어주었거든요. 약 좀 먹여 주세요."

아이 가방에서 약을 찾아 먹여 줍니다. 점심 먹고 또 약을 먹여야 하기에 잊지 않도록 아이에게 당부합니다.

입학하고 한 달쯤 지나면 몇몇 아이들은 아프기 시작합니다. 어린이들도 나름대로 긴장하고 학교생활을 하다가 서서히 면역력이 약해지기 때문입니다. 3월 햇살이 반짝 빛나는 날씨에 예쁘고 멋진 옷을 입히고 싶은 부모 마음에 치마를 입히거나 보온이 떨어지는 옷을 입혀 감기에 걸리기도 합니다. 복도와 화장실 등은 난방이 되는 교실과 온도 차이가 많이 나기에 감기에 걸리기 쉽습니다. 수정이도 약한 몸으로 학교생활에 최선을 다하다 보니 몸에 무리가 왔나 봅니다.

수업하다 전화를 받는 순간, 수업활동에 리듬은 깨지고 어린이들은 날아다니는 깃털이 되고 맙니다. 수업은 망한 거지요.

고자질

전화를 받고 돌아서는데 동희가 나오더니 나를 툭툭 칩니다.

"선생님, 등 긁어 주세요."

순간 빵 터집니다. 나를 향해 등을 돌린 아이 옷을 올리고 살살 긁어 줍니다. 아이의 작은 등이 오므렸다 폈다 움직입니다. 전화 때문에 어두워진 마음이 싹 사라지고 맙니다. 대희가 들어가자 준영이가 나옵니다. 아빠가 술에 취해 밤새도록 엄마를 못살게 했어요, 라고 이릅니다.

"왜 그랬는데?"

"담배 내놓으라고요."

"아이고, 저런. 아빠가 무서웠어?"

"별로요. 아빠는 매일 술에 취해 있어요."

이어서 주민이가 나옵니다. 밤새 한숨도 못 잤다고 합니다. 왜 그랬어, 했더니 아빠가 휴대폰을 해서 눈이 부셨어요, 합니다. 이제 어린이들이 너도나도 앞으로 나옵니다. 하던 활동으로 돌아가기는 글렀습니다. 결국 아이들 말을 들어주기로 합니다. 종이 울릴 때까지 놀기로 했습니다. 노래도 부르고 종이접기도 하고 만지락도 하면서 시간을 보내기로 했습니다.

선희가 우리 아빠는 잠을 안자고 휴대폰만 봐요, 하고 고자질을 합니다. 나는 정색하고 아빠를 혼내주어야겠다고 말합니다. 그랬더니, 선희도 정색하고 대답합니다.

"그런데 이젠 안 해요."

방금 했던 고자질을 취소하고 맙니다.

나중에 주민이 알림장에다 초록색 색연필로 편지를 써 줍니다.

"어젯밤에 아빠가 휴대폰을 해서 주민이가 잠을 못 잤어요. 눈이 부~셔서요^^"

주민이가 편지 쓰는 것을 보더니 씩 웃습니다.

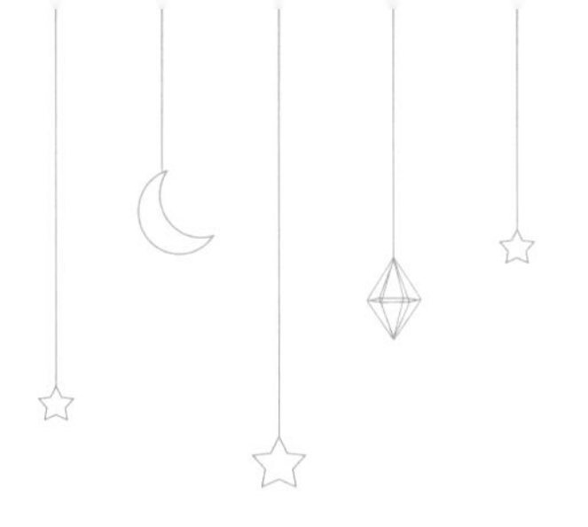

나만 왜 검어요?

4학년 수지는 크고 깊은 눈을 가졌습니다. 고요하고 경건한 눈빛이 멕시코 바야돌리드에서 본 세노떼 우물 같습니다. 눈빛만 고요한 것이 아닙니다. 행동도 그러합니다. 늘 조용조용히 움직이고 또래 어린이들처럼 부산스러움이 없는 아이입니다. 모든 일을 알아서 척척 하고 약속을 잘 지키며 소리 없이 친구들을 도와주는 굉장한 아이입니다. 그런 수지 옆에는 친구들이 많습니다.

하지만 수지는 고독해 보입니다. 5월이 지나고 어린이들과 친해질 시기가 되었을 무렵, 수지에게는 아무도 모르는 고민이 하나 있다는 것을 알게 되었습니다. 어느 날 쓴 일기에서였지요.

매일 일기를 쓰도록 가르쳐 왔습니다. 어린이들의 마음을 기록하는 것은 개인의 역사도 되지만, 마음을 다독이는 일종의 힐링 도구가 될 수 있으리라는 믿음이 있었습니다. 교사로서 일기에 드러난 고민이나 문제에 적절한 대응을 해주고 다독이고 싶은 마음도 있었습니다.

4학년이면 자신을 둘러싼 상황과 자신의 정체성, 사회 현상에 대한 비판 의식을 갖게 되는 나이입니다. 저학년과 고학년의 과도기를 거치는 시기이기에 대부분의 어린이들은 숨기지 않고 자신의 마음을 털어놓습니다. 일기장은 교사와 아이가 마음을 나누는 상담 도구이기도 합니다. 교사가 알지 못하는 학교 밖 일이나 어린이들 속에서 일어나는 상황을 알고 대처할 수도 있습니다. 일기 쓰기를 싫어하는 어린이들에게 숙제처럼 쓰도록 종용했던 일을 생각하면 지금도 미안해집니다. (일기 쓰기가 짐이 되었던 친구들아, 정말 미안해.) 바쁘고 시간이 없어도 매일 확인을 하고 한 줄이라도 꼭 댓글을 써 주곤 했습니다.

어느 날 수지가 써 온 일기를 읽다가, 수지의 그 깊은 세노떼 우물에 커다란 돌을 던진 것처럼 파문을 일으킨 일을 읽게 되었습니다.

> 나는 왜 다른 아이들처럼 얼굴이 희지 않은지 모르겠다. 나도 다른 아이들처럼 얼굴이 희었으면 좋겠다. 다른 아이들처럼 얼굴이 희고 싶어 수세미에 비누를 묻혀 박박 문지르기도 했다. 그렇게 세수하고 나도 여전히 나는 얼굴이 검었다. 왜 나만 검어요? 나는 내 얼굴이 싫다….

수지의 일기를 읽으며 눈을 뗄 수가 없었습니다. 아이 얼굴빛이 흰 얼굴에 비해 조금 검은 편이긴 했습니다. 갸름한 얼굴형에 긴 속눈썹과 쌍꺼풀진 큰 눈으로 살짝 미소를 지을 때는 참 예뻤습니다.

하지만 수지는 그런 피부색이 불만이었습니다. 한창 외모에 신경 쓸 나이에 어쩌면 지극히 당연한 일이었습니다. 수세미로 얼굴을 밀었다는 말을 읽으며 마치 내 얼굴에다 날카로운 수세미 결이 닿아 벌겋게 달아오른 피부가 화끈거리는 것 같았습니다.

수지네는 다문화 가정입니다. 지금은 아시아가 한 동네처럼 서로 결혼하고 오가며 이웃처럼 살지만, 그때만 해도 다른 나라에서 온 엄마를 가진 아이가 흔하지 않았습니다. 우리 학년 120명 중에 딱 한 명이었으니까요. 수지 엄마는 필리핀에서 왔습니다. 생활기록부에 기재된 엄마 이름으로는 다른 나라 사람이라는 것을 몰랐습니다. 어린 나이에 코리안 드림을 이루기 위해 한국에 왔고, 수지 아빠와 결혼을 하고 오누이를 낳아 알뜰살뜰 살고 있었습니다.

나중에 만나본 수지 부모님은 참 다정했습니다. 엄마에게 그 말을 할 수가 없었습니다. 수지 엄마도 이 나라에 와서 살면서 겪었을 파도가 엄청났을 텐데, 그런 일까지 얹을 수는 없었습니다. 딸에게 그런 고민이 있다는 것을 엄마가 알게 되면 얼마나 마음이 아플까요.

자신의 외모와 정체성에 대해 생각하게 된 수지에게 사춘기가 시작되고 있었습니다. 피부가 그런 것은 사실 남과 다른 차이이지 결손은 아닙니다. 어떻게 답글을 써 주어야 할지 망설였습니다.

'수지야, 친구들과 얼굴빛이 달라서 속상했구나. 친구들 얼굴을 자세히 보렴. 모두 같은 것 같아도 조금씩 다른 색을 가지고 있어. 네가 얼마나 초롱초롱한 눈과 건강한 얼굴을 가지고 있는지 몰라. 선생님은 네 얼굴이 참 매력적이라고 생각해. 너를 볼 때는 고요한 네 얼굴로 빠지는 것 같아. 남들과 다른 것이 신경 쓰이는 것은 선생님도 잘 알아. 선생님도 어릴 때 곱슬머리여서 그게 너무 싫었단

다. 자라면서 피부색도 달라지고 더 예뻐질 거야….'

도움이 되길 바라며 그런 내용을 써 주었습니다.

평소 수지의 얼굴은 환하지 않았지만, 밝은 빛을 발할 때가 있었습니다. 연극을 할 때였습니다. 환하게 웃는 수지의 얼굴은 평소보다 정말 반짝였습니다. 학급에서 역할극 활동을 할 때도 대본을 쓰고 역할을 정하여 주도적으로 활동했습니다. 타인을 연기하면서 나로부터 벗어날 수 있어 그러는 걸까요. 연극반에서 동아리 활동을 할 때는 다른 사람이 된 것처럼 한껏 기분이 고양되곤 했습니다. 지역사회 지원 단체에서 연극 활동을 하게 되었다는 자랑을 하기도 했습니다. 연극을 하면서 자신의 세계에서 벗어나 타인의 세상을 살아 보는 경험을 하고 연극 활동에 에너지를 쏟게 되어 참 다행이었습니다.

이후로 아이는 그런 일기는 쓰지 않았습니다. 그렇다고 그 마음이 사라진 것은 아니었을 것입니다. 내가 가르치던 1년 동안 수지가 처한 현실에 자책하지 않기를 주의 깊게 살피곤 했지만, 수지를 볼 때마다 그 일이 떠올라 마음이 쓰이곤 했습니다.

아이들에게 무슨 고민이 있어, 하고 쉽게 넘어가는 어른들이 많습니다. 어린이도 어른만큼이나 삶의 기쁨과 슬픔이 있고, 깊은 고민과 방황을 합니다. 어쩌면 아이에게 닥친 고민은 존재를 전부 걸 정도로 크게 다가올지도 모릅니다. 목숨을 건 고민을 하고 있는 어린이들이 주변에 있을지도 모릅니다. 어른들은 그것을 잘 살필 의무가 있습니다. 어린이의 고민을 잘 다듬어 슬픔의 골에 빠지지 않도록 돌봐주어야 합니다. 그게 어른들이 할 일입니다.

웃을 때 정말 예뻤던 수지는 지금 어떻게 살고 있을까요. 이제 대학생이 되었겠네요. 지금은 얼굴빛이 문제가 되지 않고 오히려 그것이 독특한 아름다움으로 다가올지도 모릅니다. 자신의 정체성을 받아들이고 스스로 인생을 개척하는 멋진 청년이 되었기를 바랍니다. 자기만의 매력으로 건강한 젊음을 마음껏 발산하며 살고 있기를 바라는 마음입니다.

외모가 아름다움의 전부가 아니라는 것을 이미 수지는 깨달았을 것입니다. 조용하고 기품이 있으며 섬세한 마음을 가진 수지는 내면을 더 사랑하는 사람이 되었을 거라고 믿습니다. 어쩌면 자기가 좋아하는 연극을 공부하고 있을지도 모르겠네요. 틀림없이 그러고 있을 것입니다.

수지를 생각하면 맑고 깊고 우수에 어린 눈으로 내 주변을 감돌던 일이 떠오릅니다.

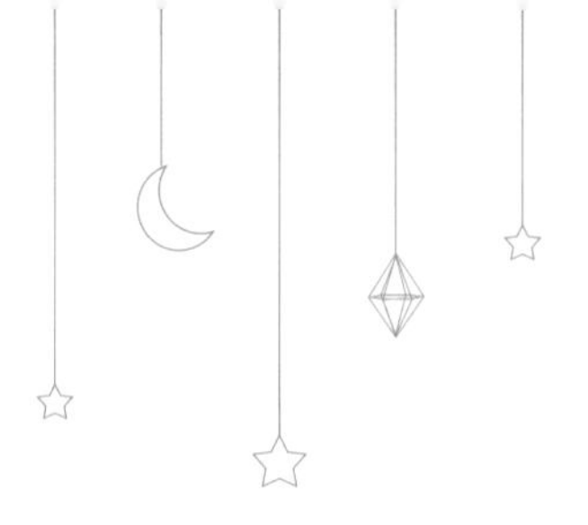

민준이와 올챙이

어린이들은 호기심천국입니다. 주변의 자연환경을 통해 과학에 눈을 뜨고, 조그만 자연현상에도 신비함을 체험합니다. 동식물을 키우며 태어나고 자라는 모습에 환호하고, 생명의 유한함을 알고 슬퍼하기도 합니다.

초등학교 3학년 과학책 「동물의 한살이」 단원에는 개구리알을 관찰하는 과정이 나옵니다. 개구리는 비교적 성장단계가 빨라 변화과정을 쉽게 볼 수 있기에 동물의 한살이 과정을 관찰하기에 적당합니다.

학교에 연못이 있어 개구리알이 생기고 부화하는 것을 보면 좋으련만, 도시에서는 가능한 일이 아니기에 교육청에서 분양한 개구리알을 과학실 선생님이 받아와서 3학년 각 반에 나누어 주었습니다.

산소 발생기가 달린 어항에는 우무질에 싸인 개구리알이 수북했습니다. 개구리알은 조금씩 크기와 모양이 달라지더니 며칠 지나지 않아 꼬리가 길어지고 까만 올챙이가 되었습니다.

어항을 설치한 다음 날부터 어린이들은 교실에 오자마자 책가방도 못 내린 채, 어항에 달라붙어 막 알에서 부화한 올챙이들을 보느라 정신이 없습니다.

"야, 올챙이가 똥 쌌어."

"아직도 자나 봐."

"올챙이가 죽었어요! 안 움직여요!"

울상이 되었다가도 금세 밝아지며 소리를 지릅니다.

"아니다! 살았다!"

늦잠을 잔 올챙이가 나중에야 움직이자 환호성이 터졌습니다. 아침마다 어항 주변은 소란했습니다.

작은 어항에 까맣게 부화한 올챙이들이 떼지어 돌아다니는 것을 보니 걱정이었습니다. 개구리들이 어항에서 탈출하여 교실 안을 뛰어다니는 모습이 보이는 것만 같았습니다. 동학년 선생님들과 의논하여 관찰용으로 몇 마리만 남기고, 어린이들에게 분양하기로 했습니다. 집으로 가져가 올챙이를 키우면 훨씬 생태학습 효과가 클 것 같았습니다.

올챙이를 나누어주는 날, 어린이들은 빨리 받으려고 정신없이 알림장을 쓰고 후다다닥 가방 정리를 했습니다. 종이컵을 하나씩 나누어 주자 어린이들이 샤샤삭 줄을 섰습니다. 차례가 오면 종이컵을 내미는 아이 눈이 반짝반짝 빛났습니다. 뜰채로 떠서 한 마리씩 종이컵에 담아 주고 물도 넣어주었습니다. 서로 자기 올챙이가 잘생겼다느니, 더 크다느니, 꼬리가 더 길다느니, 귀여운 논쟁을 벌이며 보물처럼 품에 안고 집으로 갔습니다.

이튿날 아침 교실에 들어서는데 노랗게 맥가이버 머리를 한 진혁이가 나를 뒤쫓아 달려오더니 헉헉거리며 일렀습니다.

"선생님, 민준이가요, 올챙이 머리를 눌러서 뇌가 나왔다요."

뒤이어 들어오는 민준이 얼굴이 어두웠습니다. 선생님께 이르지 말라고 했는데 진혁이가 한 발 빨랐던 거였습니다.

"민준아, 올챙이 어떻게 된 거니?"

아이는 머뭇거리다가 기어드는 목소리로 말했습니다. 만져보고 싶어 손바닥에 올려놓았는데, 움직이지 않아 건드렸더니 죽었다는 것입니다. 그래도 머리를 누른 것은 심한 행동이었다고 나무랐습니다. 민준이는 뾰루퉁해져서 항변했습니다.

"저도 올챙이를 키우고 싶었단 말이에요."

민준이 눈에 금세 눈물이 고였습니다.

짐작이 갔습니다. 컵 속에서 움직이는 올챙이를 보니 집에까지 가기에는 참기 힘든 호기심이 일었습니다. 손바닥에 올려놓은 올챙이가 꼬물거리는 것이 신기했고 피부를 만지다 보니 혼절하였을 것이고, 이리저리 살리려 하다가 얇은 피부 밖으로 이물질이 흘러나왔을 것이고, 이것을 본 아이들이 '뇌가 나옴'으로 판정을 내린 거겠지요.

짐짓 목소리를 가다듬고 말했습니다.

"민준아, 올챙이들에게 너희 친구를 하늘나라에 가게 했다고 사과해얄 것 같은데? 그래야 오늘 올챙이 친구를 다시 집으로 데려갈 수 있어."

민준이는 그 말을 듣더니 어기적거리며 어항 앞에 섰습니다. 어린이들 모두 숨을 죽이고 민준이를 바라보았습니다.

"올챙이야, 내가 잘못했어. 너희 친구를 괴롭혀서 하늘나라로 보낸 거 정말 미안해. 다시 친구를 데려가면 소중하게 잘 키울게."

나는 웃음이 나오려는 것을 참고 있었습니다. 사과하라고는 했지만, 그렇게 진지할 줄은 몰랐거든요. 3학년 치고는 제법 키가 큰 민준이가 작은 어항 앞에서 진심으로 미안해하는 것을 보니, 간절한 마음이 전해왔습니다.

그날 아침 매일 어린이들에게 들려주는 '오늘의 이야기'는 생명에 관한 이야기를 하기로 했습니다. 당시 『술 취한 코끼리 길들이기』에 취해 있었습니다. 거기 나오는 108가지 이야기들을 쉽게 풀어서 한 가지씩 들려주고 있었거든요.

"어느 날, 신이 천국 연못 사이로 인간들이 사는 세상을 내려다보게 되었단다. 지옥에 빠져 허우적거리는 사람들 틈에 낯익은 사람을 보게 되었어. 그는 누구에게 쫓기고 있어 도망가면서도 기어가는 한 마리 개미를 밟지 않으려고 발로 치워주던 사람이었어. 신은 그 행동이 기특하여 지옥에서 구출해주기로 했단다."

어린이들은 눈을 반짝이며 들었습니다. 이야기는 거기까지만 했지만, 무서운 사실이 남아 있었습니다.

신이 내린 아주 단단한 거미줄을 잡고 거의 올라왔을 때, 갑자기 아래 세상이 궁금하여 내려다본 도둑은 수많은 사람들이 거미줄을 잡고 올라오는 것을 보게 되었습니다. 그는 줄을 마구 흔들어 사람들을 떨어지게 했습니다. 그 이기적인 마음을 본 신은 그를 다시 지옥으로 빠트리고 말았습니다. 준엄한 심판을 받은 이야기까지는 차마 들려주지 못했습니다. 거기까지 이야기하면 개미 한 마리를 살린 긍휼함이 흐려질 것 같아서였습니다.

그날 민준이는 새로운 올챙이 친구를 데려갔습니다.

어린이들 일기장에는 온통 올챙이 이야기였습니다. 저희에게 생명의 소중함을 가르쳐주려고 그날 선생님이 그런 이야기를 한 것이었다고 쓴 어린이도 있었습니다. '올똘이' '초롱이' '꼬물이'라고 이름을 지었다고도 하고, 개구리가 되어 튀어나오면 어떡하나 하는 걱정 반 호기심 반도 썼습니다. 올챙이를 어항에 옮겨주고 정성스레 먹이를 주며 개구리로 변신하길 간절히 기도했다는 내용도 있었습니다. 아마도 올챙이가 개구리가 되어 자연으로 되돌아가는 날까지 어린이들의 이야기는 계속될 것 같았습니다.

여름 방학을 보내고 2학기가 되자, 민준이는 1학기와는 달리 난폭하게 변했습니다. 방학 동안 무슨 일이 있었기에 그렇게 달라진 것인지 당황스러웠습니다. 어린이들을 괴롭히고 폭력적인 행동을 해서 나를 힘들게 했습니다. 친구들과 잘 지내다가도 어느 순간 아이는 폭발했습니다. 엄마가 와서 아이를 데려간 적도 여러 번이었습니다. 여러 차례 상담을 하고 아이와 마음을 열어보려 애썼지만, 아이는 분노를 가득 안은 용광로 같았습니다.

아이 엄마에게 들어 보니 아빠가 직장을 잃고 병이 깊은 데다 심한 우울증을 앓고 있었습니다. 하루 종일 집안에만 있다가 아이들이(5학년 누나가 있었습니다.) 학교에서 오면 입에 담지 못할 욕을 하고, 다 나가 죽으라며 괴롭히고 식구들을 협박한다고도 했습니다. 아이는 아빠로부터 심각한 상처를 받고 있었습니다. 생활비와 병원비를 감당하려고 아침 일찍 나가 식당에서 일하고 밤늦게 오는 엄마는 아이들을 지켜주지 못했습니다.

엄마에게는 고분고분했던 아이가 그때서야 이해가 갔습니다. 아빠 이야기를 할 때는 눈에 힘을 주다가도 엄마 이야기만 하면 눈물을 흘리곤 했습니다. 아빠에게 늘 약자인 엄마는 아이가 지켜주어야 할 '불쌍한 사람'이 된 것이었습니다. 학교에 와 있는 동안에는 아버지로부터 벗어나 있었지만, 방학 동안 많이 시달린 거였습니다. 아이에게 아버지는 없어져야 할 존재가 되고 있었습니다. 1학기에 있었던 올챙이 사건은 어쩌면 그런 마음의 신호가 아니었나 하는 생각도 들었습니다.

점점 아이는 반항심으로 뭉쳐졌고, 공부 시간에 아무것도 하지 않았습니다. 공책도 교과서도 텅 비어 있었고, 언제 터질지 모르는 시한폭탄 같았습니다. 청소 시간 잠깐 나간 사이에 대걸레를 가지고 아이들과 싸우기도 했습니다. 아이와 이야기를 해보고, 상담 선생님께 연결해 주기적으로 상담을 하고, 지역 상담도 받게 했지만 별 도움이 되지 못했습니다. 단시간에 치료가 될 것 같지 않았습니다. 아빠로부터 분리하는 일만이 해결책일 것 같았습니다. 하지만 그럴 형편이 되지 못했습니다.

민준이가 난리 칠 때는 교실 분위기는 엉망이 되었고, 아이들은 공포에 떨었습니다. 어린이들과 함께하는 시간이 즐겁지 않고 학교가 행복하지 않았습니다. 아이를 다독이며 어떻게든 보듬어주려 했지만, 나아지지 않았습니다. 상처받은 10살은 더 이상 아이가 아니었습니다.

3학년인데 그렇게까지 심한 아이를 가르쳐 본 경험이 없었던 나는, 혹시 내가 아이에게 뭘 잘못한 것은 아닌지, 아이를 온순하게 돌려놓지 못한 자괴감으로 마음이 무거웠습니다. 나는 아이의 상처를 어루만져 주지 못한 채, 어떤 도움도 되지 못하는 것 같아 교사로서 자격이 없는 것은 아닌지 자존감이 바닥에 떨어지는 상실감을 겪어야 했습니다.

그 일은 내게 커다란 상처를 남겼습니다. 이듬해는 담임을 지원하지 않고 교과 담당을 지원했습니다. 새 학년이 되고 한두 달쯤 지나고서 민준이 담임을 만나 아이가 어떤지 물어보았습니다. 학년 초라 그런지 아직은 특이할 만한 일 없이 잘 지내고 있다는 말을 들었습니다.

"아빠는 어때요?"

"아, 얼마 전에 돌아가셨어요."

복도에서 민준이가 나를 보자 얌전히 인사했습니다. 좀 놀랐습니다. 아이 얼굴이 3학년 후반기의 분노에 찬 표정이 아니었습니다. 보통의 열한 살 어린이의 얼굴로 돌아와 있었습니다. 편안한 얼굴을 보니, 아이가 문제행동을 하는 것이 내 잘못만 같았던 마음의 상처도 가라앉았습니다. 이제 문제가 없겠다는 안도감이 들었습니다. 돌아가신 분이 안 되었지만, 민준이에게는 그렇게 아빠와 분리된 것이 어쩌면 다행스러운 일인지도 몰랐습니다. 나는 민준이 머리를 쓰다듬어 주었습니다. 아빠 이야기는 하지 않았습니다.

어느 날, 운동장에 체육활동을 하느라 모여 앉은 어린이들 틈에 민준이가 보였습니다. 의젓했습니다. 수업이 끝날 때쯤 그 반으로 초코파이 두 상자를 배달시켜줬습니다.

지금 고등학생이 되었겠네요. 잘 자라고 있을 것입니다.

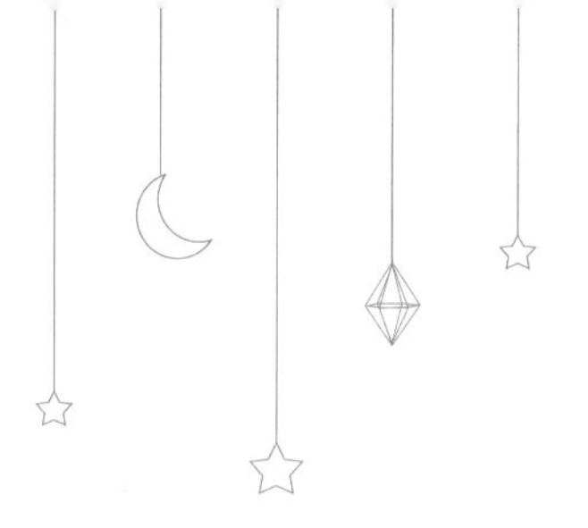

이해의 선물

세상에는 민준이 아버지의 경우처럼 아이들에게 상처를 주는 어른보다 그렇지 않은 어른이 훨씬 많습니다.

아이들이 학교에 다닐 때, 교과서를 새로 받아오는 날은 내가 더 신이 났습니다. 중고등학교 국어 교과서는 읽을거리가 참 많았습니다. 학창 시절 읽었던 교과서의 글과 아이들의 교과서 글을 비교하며 읽는 재미도 쏠쏠했습니다. 아이들이 받아온 교과서는 코팅이 되어 있고, 도색기술과 출판기술의 발달로 선명한 그림에 삽화도 세련되었습니다. 교과서를 읽을 때마다 어린 시절이 떠올랐습니다.

새 학기가 되어 교과서를 받아오는 날은 책을 싸는 날이었습니다. 교과서마저 후배들에게 물려주며 써야 했던 팍팍한 시절이었습니다. 아버지는 커다란 숫자가 쓰인 달력 종이는 교과서를 싸기에 안성맞춤이라서 소중하게 보관했습니다. 교과서에 맞게 오려내고 남은 종이도 귀퉁이를 반듯하게 잘라 메모지로 만들어 서랍에 넣었다가 거기다 무엇인가를 쓰곤 하셨습니다. 종이가 그렇게 귀하던 시절이었죠.

"책을 내 몸같이 해야 돼."

옷을 입히듯 교과서를 싸주면서 하신 말씀은 오래 내 가슴에 남아 아직도 책을 함부로 버릴 수가 없습니다. 달력 종이를 반으로 잘라 책을 종이에 올려놓고, 겉면을 눌러 싼 다음, 책 등 모서리에 칼집을 내어 귀퉁이를 이불보 접듯이 마무리하면 깔끔한 하얀 책이 되었어요.

앞표지에 '국어 2학년 1학기 덕수국민학교 2학년'이라고 붓글씨체로 써 주시면 이름은 내가 썼습니다. 이름을 얻은 하얀 교과서를 벽돌처럼 쌓아놓고, 한 권씩 조심스레 열어 차근차근 읽고 그림도 찬찬히 보았습니다. 교과서의 글이 그렇게 재미있을 수 없었습니다. 읽은 책은 다시 쌓아놓았습니다. 다리를 뻗고 앉아 왼쪽의 책들이 오른쪽에 다 넘어가면 더 읽을 것이 없어 아쉬웠습니다.

읽을거리가 귀하던 시절 교과서는 나에게 최고의 텍스트였습니다. 오빠가 받아온 교과서는 아버지가 먼저 다 읽으셨어요. 아버지 따라 나도 읽었어요. 초등학교 3학년 때 읽었던 오빠의 중학교 교과서에 나온 「인연」이나 「가난한 날의 행복」 같은 글은 오래 남았습니다. 신발장에 얹어진 아사코의 하얀 실내화를 그려보며 뾰족지붕에 사는 스위트피 같은 아이를 동일시해 보고, 밥 한 그릇과 찬 보시기가 있는 작은 개다리소반, 그 위에 얹어진 '왕후의 밥, 걸인의 찬'이란 고아한 쪽지를 그려보며 가난한 부부가 마음에 남기도 했습니다. 가끔 도시락 반찬 국물이 흘러 하얀 표지에 얼룩이 지고 책 귀퉁이가 붉게 부풀었던 교과서에서 퀴퀴한 반찬 냄새가 올라오는 것 같기도 했습니다.

세월이 흘러 아이들이 교과서를 받아오면 나도 아버지처럼 교과서를 싸 주고 싶었지만, 세련된 재질에 포장할 필요가 없어져서 문득 아쉬워지곤 했습니다.

아이들이 자랄 때 동식물을 집에 키우는 것이 어린이들 정서에 도움이 된다기에 예쁜 어항을 사서 작은 열대어를 키운 적이 있었습니다. 아침마다 아이들은 물방울 따라 하늘거리는 열대어들을 보며 어항에다 입을 맞추고 말을 걸곤 했습니다. 가만히 있다가 꼬리를 휙 돌리며 유영하는 금붕어들을 볼 때마다, 알록달록 열대어가 담긴 비닐봉지를 꼭 쥐고 환하게 웃고 서 있는 이야기 속 아이들 얼굴이 떠오르는 것이었습니다.

폴 빌리어드의 『위그든 씨의 사탕가게(Growing Pains)』에 나오는 「이해의 선물」은 아이들의 순수함을 지켜주려는 따뜻한 가슴을 가진 어른의 이야기입니다. 엄마가 물건을 살 때마다 무엇인가를 내미는 것을 본 폴은 사탕을 사고 싶어 체리 씨를 가져갑니다. 위그든 씨는 은박지로 잘 싼 체리 씨 여섯 알을 받고 잠시 생각에 잠깁니다.

"모자라나요?"

"아니다, 돈이 조금 남는구나. 거스름돈을 내주마."

손바닥에 사탕과 거스름으로 2센트를 내어줍니다.

세월이 흘러 어른이 된 폴은 열대어 가게를 운영했습니다. 어느 날 열대어를 사러 온 아이가 "모자라나요?" 할 때 어린 시절 자신의 모습을 떠올립니다.

그 순간 아주 오래전 위그든 씨가 내게 해주었던 일이 어떤 것이었는지 충격으로 다가왔다. 이제야 내가 위그든 씨에게 던졌던 도전이 무엇이었고, 그것을 그분이 얼마나 지혜롭게 받아들였는지 깨달았다. 나는 다시 한 번 위그든 씨가 바라보던 눈빛을 의식하며 작은 사탕가게에 서 있는 것 같았다.

위그든 씨가 준 선물이 사탕만이 아니었음을 비로소 깨닫게 됩니다. 폴은 아이들이 주고 간 동전이 자신이 어렸을 때 위그든 씨에게 내밀었던 체리 씨로 보였습니다. 두 아이의 순수한 마음을 지켜준 힘은 위그든 씨에게 이어받은 선물이었습니다.

그 이야기가 아들의 중학교 교과서에 실려 있었습니다. 그토록 아름다운 글을 아이들이 읽을 생각을 하니 흐뭇해졌습니다. 그 이야기를 읽으면서 어른이 지켜주려 했던 진실한 마음을 알고 그런 어른이 되려는 마음을 가지길 바랐습니다.

'내 어린 시절의 추억 중 가장 행복했던 기억은 위그든 씨의 사탕가게에 관한 추억이다.'로 시작하는 글을 읽으며 내 어린 시절에 행복했던 기억은 뭘까 생각해보았습니다.

아버지가 교과서를 싸 주면 나는 그 옆에서 몰입하여 책을 읽던 순간이 아니었을까 하는 생각이 들었습니다. 고된 농사일로 뭉툭해지고 거칠어진 손으로 교과서 귀퉁이를 접어 꾹꾹 눌러 반듯하게 선이 남게 싸는 모습. 성스러운 물건을 다루듯 정성을 다해 딸이 공부할 교과서를 싸는 아버지. 방바닥에 엎드려 교과서에 정성을 다해 글씨를 써 주신 것은 당신이 사랑을 담아 주신 선물이었습니다. 그 옆에서 다리를 뻗고 앉아 글을 읽는 그 그림이 행복한 풍경으로 남아 있습니다. 나도 그런 풍경을 선물해주고 싶지만, 이제는 교과서를 포장할 필요가 없어졌습니다. 아이들이 교과서를 받아올 때마다 나는 그 행복했던 시절을 잃어버린 듯하여 아쉬워지곤 하였습니다.

체리 씨앗으로 물건과 바꿀 수 있다는 마음을 가진 어린이는 이 세상에 많고 많습니다. 하지만 그 마음을 고이 지켜 줄 수 있는 어른은 많지 않아 보입니다.

'체리 씨를 가져간 아이의 마음'을 온전히 지켜 줄 수 있는 '위그든 씨'들이 많아져야 합니다. 그러면 세상의 많은 어린이들은 체리 씨를 가져간 마음에 상처받지 않고 오래 지킬 수 있을 것입니다. 어른이 되면서 옅어진 동심의 그 자리에 '2센트의 이해심'이 가득했으면 좋겠습니다. 그러면, 위그든 씨의 선물을 또 다른 '체리 씨 아이'에게 전할 수 있었던 것처럼 '2센트의 마음'은 또 다른 어린이들에게 소중한 이해의 선물이 되어 전해질 것이기 때문입니다.

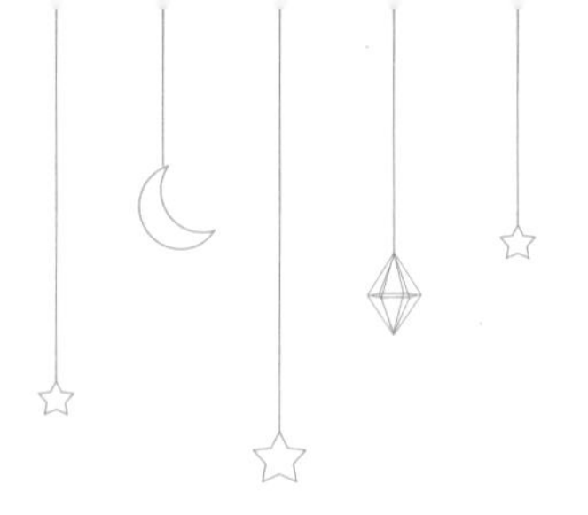

울다가 웃으면 엉덩이에 털 나요?

안전한 생활

어린이들이 학교에서 생활하는 동안 즐겁게 공부하는 것 못지않게 모두가 안전하게 지내는 일은 정말 중요합니다. 안전교육시간이 따로 있기도 하지만, 거의 모든 생활에서 안전에 대한 교육을 반복 또 반복합니다. 생활지도의 핵심은 '반복 교육'입니다. 몇 번의 교육으로 체화가 된다면 교육이 힘들 이유가 없겠죠.

선생님들은 학교에서 어린이들이 안전하게 생활하도록 늘 세심히 신경을 씁니다. 어린이들은 예측불허인 행동을 할 때가 많고 언제 어디서 무슨 일이 일어날지 알 수 없기에 무엇보다 예방 교육에 힘을 씁니다. 도구를 사용할 때, 화장실, 놀이기구, 교실 문 같은 학교 시설을 이용하는 방법을 알려주고, 제대로 사용하지 않았을 때 어떤 일이 일어나는지에 대해 수시로 지도해야 합니다.

종이를 오리는 활동을 하다가 자기 머리카락이나 짝의 머리카락을 자르기도 합니다. 식판을 들고 있다가 친구의 얼굴에 스치기도 합니다. 화장실에 가다가 미는 문을 열고 살피지 않고 놓는 바람에 뒤따라오던 친구 머리나 이를 다치게도 합니다. 운동장 구석에서 막대기나 나뭇가지를 휘두르고 놀다가 옆에 있는 친구를 다치게도 합니다. 생각만 해도 아찔하지만, 학교에서 생활하는 동안 크고 작은 사고는 언제나 일어날 수 있습니다. 학교에 있는 동안 아이가 다치지 않게 잘 보살피는 것이 교사의 첫째 의무이자 책임입니다. 아무리 잘 가르쳐도 한 번 사고가 나면 그 파장은 아이에게나 부모에게나 교사에게 너무나 크고 어두운 그림자로 다가오고, 평생의 트라우마가 될 수 있습니다.

학교생활에서 주의해야 할 점에 대해 공부하는 날입니다. 안전교육에 관한 동영상을 보여주고 이야기를 나누기로 했습니다. 동영상 속에는 한 계단씩 한쪽으로 내려와야 하는데, 두세 계단씩 내려오던 아이가 굴러떨어져 피가 나는 장면이 나왔습니다. 어린이들은 피를 보자 귀를 가리고 눈을 가렸습니다. 겁이 많은 정이가 갑자기 통곡을 하며 울어대기 시작했습니다.

"왜 그래? 정이야"

"앙, 앙, 무서워요."

선생님은 얼른 정이를 안아줍니다.

열 번 말로 위험을 설명하는 것보다 동영상을 보여주는 것이 훨씬 효과적일 때가 있습니다. 왜 뛰면 안 되는지, 밀면 어떤 일이 일어나는지, 똥침은 하면 왜 위험한지, 의자는 빼면 다음에 무슨 일이 생길지 생활 속에서 보여주기에 그렇습니다. 그러나 그런 영상이 심약한 아이에게는 계속 잔상으로 남아 있을 수 있습니다. 특히 정이 같이 여린 아이에게는 더욱 그렇지요.

동영상을 보고 나서 생각을 말하는 시간을 가집니다. 모두 한마디씩 하느라 소란합니다. 종이를 나누어 주고 위험한 장난에 대한 그림을 그리고 있었습니다. 극성맞은 철이가 큰 소리로 말합니다.

"아, 선생님 또 생각나요, 계단에서 넘어진 거요. 선생님 왜 뛰면 안 되는지 알겠어요."

철이는 계단에서 제일 많이 뛰는 아이입니다. 이후로 뛰는 일이 조금은 줄어들 거예요. 철이는 그림을 그리다가 다시 끔찍한 장면이 생각났는지 얼굴을 찡그립니다.

활동을 마치고 보니 책상 주변에 지우개 가루와 종이를 자른 쪼가리들이 눈처럼 널려 있습니다.

"얘들아, 옆집 눈을 치워주자."

어린이들이 책상에 걸려있는 작은 빗자루를 들고 쓸어 담고 있습니다. 철이는 쓰레받기에 담은 쓰레기를 자랑하느라 내 코앞에 내밉니다. 현민이가 다 쓸고 밝게 웃었습니다.

"쓰레기통에 밥을 주니 맛있다고 해요."

어린이들을 교문까지 데려다주는데 큰일 날 뻔했습니다. 또래에 비해 덩치도 크고 힘이 센 철이는 언제나 힘든 일에 앞장서곤 합니다. 선생님이 들고 있는 빈 우유 상자를 철이가 빼앗아 가져갔습니다. 선생님을 도우려고 한 행동입니다. 상자를 들고 빨리 가져가려다가 그만 보도블록에 걸려 넘어졌습니다. 상자는 통행로 바닥에 나동그라지고 아이는 천둥 같은 목소리를 내고 울어댔습니다. 나는 아이 얼굴이 다친 줄 알고 하늘이 노래졌습니다. 얼른 아이를 안고 살폈습니다. 안아줘도 울음을 멈추지 않았습니다. 활동적이고 성격이 급하여 좌충우돌하는 아이라 늘 조마조마했는데 사달이 난 것입니다. 아무 일이 없어서 천만다행입니다. 선생님은 가슴을 쓸어내립니다. 다음부터는 철이 손을 꼭 잡고 다녀야 하겠습니다.

아이들은 보는 대로 자라요

우리나라에 대해 공부하고 있습니다. '우리나라'는 통합교과과목 『겨울』에 있는 단원입니다. 통합교과에는 『봄』, 『여름』, 『가을』, 『겨울』이 있고 각각 교과안에 과학, 도덕, 사회영역을 통합적으로 다루도록 되어 있습니다.

'우리나라' 단원에는 우리나라 꽃, 우리나라 노래, 우리나라를 대표하는 훌륭한 사람들, 옷과 음식, 건물 같은 것들에 대해 알아보는 활동이 있습니다. 숭례문과 경복궁이 있는 그림을 보고 하나하나 이야기를 나누고 그곳에 갔던 경험도 발표합니다. 숭례문이나 경복궁은 쉽게 갈 수 있는 곳입니다. 그러나 그곳에 다녀온 어린이들이 많지 않습니다. 이러니 학교에서 현장체험학습으로 가주어야 합니다. 학교에서 가지 않으면 고학년이 되도록 민속촌에도 못 가 본 아이가 있기도 합니다. 모든 곳을 학교에서 데리고 다닐 수 없기에 부모님과 함께 다니는 것이 좋지만, 생활에 쫓기다 보면 그게 쉬운 일은 아니지요. 아이들은 나갔다 들어오기만 해도 자란다고 하잖아요. 나들이 갈 때마다 여러 가지 체험도 하고 다양한 경험을 하게 해주면 더할 나위 없겠지요.

교과서에 나온 건물 그림마다 말주머니를 만들어 이름을 씁니다.

모든 물건에 이름을 붙이기를 좋아하는 어린이들은 이름을 아는 순간 가깝게 느낍니다. 수학 도형 단원에 구, 삼각형, 직육면체 같은 평면과 입체도형을 배울 때도 용어로 배우지 않습니다. 도형을 보고 이름을 지어보는 활동을 먼저 합니다. 어른들이 생각하지 못하는 뿔돌이, 뾰족이, 공, 납작이, 큐브 같은 이름을 지어내곤 합니다. 그렇게 이름을 지어보면서 개념을 형성해가는 것이지요.

우리나라를 대표하는 건물에 숭례문도 있고 청와대도 있고 국회 건물과 종합운동장도 있습니다. 다른 건물들은 어린이들이 많이 알고 있었지만 하나는 쉽지 않았습니다. 국회 건물을 알아맞혀야 합니다. 아는 친구가 없네요.

"힌트를 줄게. 국회의원들이 일하는 곳이야."

종희가 큰 소리로 대답합니다.

"아, 새누리당!"

기발한 이름에 나는 한바탕 웃고 맙니다. 새누리당이 한창 텔레비전에 오르내릴 때였습니다. 그렇게 또 웃는 시간이 되었습니다. 새누리당이라는 이름이 있었네요.

울다가 웃으면

어린이들이 식물과 동물을 키워보는 일은 무척 중요합니다. 생명이 자라고 변하는 것을 보며 그것에 애정을 갖게 됩니다. 살아 있는 것들이 태어나서 자라고 죽음을 맞이하는 생명의 유한성을 자연스럽게 배우고 생명의 소중함을 깨닫게 되지요.

점심 간식으로 나온 요플레를 먹고 씻어 창가에 말려 두었다가 거기에 무씨를 심는 날. 손바닥에 무씨 여러 알을 나누어 주자, 작은 무씨를 소중하게 안고 자리로 돌아가 무씨를 관찰하고 이야기 나누기를 합니다. 요플레 통에 솜을 깔고, 물을 조금 넣어 솜을 적시고, 씨앗을 솜에 밀어 넣고 심으며 보석을 다루듯 애지중지합니다. 나누어준 스티커 종이에 자기 이름과 심은 날짜를 쓰고, 동글이, 초록이, 쏙쏙이, 같은 무씨 이름도 예쁘게 지어 통에 붙입니다. 이틀이 지나자 벌써 싹이 올라옵니다. 초록으로 빼족이 얼굴을 내민 열무싹이 꼬물거리는 우리 반 어린이들 같습니다.

관찰 일지도 만듭니다. 종이 세 장을 접어 넘기기 책으로 만들어 앞에는 이름을 지어 쓰고 그림도 그립니다. 정해진 날짜에 관찰하고 내용을 적을 것입니다. 싹이 트고 생명의 신비를 공부할 날을 기다립니다. 싹이 자라듯 아이들도 쑥쑥 자라나겠지요.

쉬는 시간에 준이가 나오더니 큰 소리로 말합니다.

"선생님 울다가 웃으면 엉덩이에 털 나요?"

"누가 그래~에?"

"동네 형아가 그랬어요."

준이를 겁준 그 짓궂은 형아가 귀엽습니다. 준이가 또 나를 웃게 만드네요. 언제나 엉뚱한 준이. 진지하게 물어보는 아이 얼굴을 보니 울다 웃어서 털이 날까 걱정하는 마음이 가득합니다. 아무래도 선생님이 결정적인 해답이 필요해 보입니다.

"글쎄, 진짜 그럴까? 선생님은 울다가 웃은 적 엄청 많았는데, 털이 없던걸?"

아이는 그제야 불안한 얼굴이 가라앉습니다.

준이는 달리기를 잘합니다. 눈이 크고 손도 크고 목소리도 엄청 큽니다. 교실 뒷문에서 말해도 다 들릴 이야기를 선생님 귀에

다 대고 터질 듯 말합니다. 위험한 행동이라고 어제도 일렀건만. 성격이 급하다 보니 잘 넘어지지만 그래도 울지 않는 씩씩한 어린이입니다.

"비 온다!"

준이가 갑자기 소리를 지릅니다.

5교시인 날은 점심을 먹고 운동장에서 노는 바깥놀이가 있는 날입니다. 그런데 비가 오니 준이가 제일 실망스런 얼굴이 되었습니다. 점심을 먹고 나니 다행히 비가 멈춰서 어린이들은 장화를 신고 밖에 나가 놀 수 있었습니다.

준이가 땀을 삐질삐질 흘리며 교실에 들어오더니 시무룩한 표정으로 내 앞으로 왔습니다.

"선생님! 과거로 돌아가고 싶어요."

준이가 어제 새로 산 장난감을 친구에게 빌려줬다가 망가졌다고 큰 코를 벌렁거리며 하소연을 합니다. 어떡해, 조심하라 했어야지, 했더니 풀죽은 목소리가 됩니다.

"과거로 돌아갔으면 좋겠다요."

과거로 돌아가고 싶은 게 어디 준이뿐일까요.

과거로 돌아가 잘못된 과거를 고치고 새로운 미래를 만들 수 있다면 얼마나 좋을까요.

이 글을 쓰면서도 과거로 돌아가 어린이들에게 못다 한 것들을 해주고 싶습니다. 지나고 나면 모든 일이 그립고 아름다운 풍경이 되나 봅니다. 귀여운 어린이들이 보고 싶습니다.

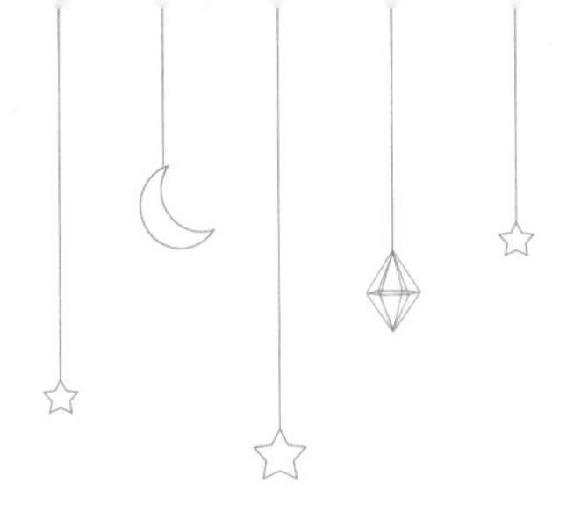

아침마다 들려주는 이야기

새 학년이 되어 어린이들과 처음 만나면 꼭 들려주는 이야기가 있습니다. 마음속의 별, 신이 주신 입과 눈, 귀와 입, 손과 가슴, 그리고 신이 주신 머리입니다. 이런 이야기로 시작하여 날마다 이야기 하나씩 해줍니다.

마음속의 별

"우리가 태어날 때 신께서 마음속에 별 하나씩을 넣어주신대. 그 별은 옳지 않은 일을 할 때마다 뱅그르르 돌아간단다. 그러면 마음을 콕콕 찌르겠지. 양심이 찔린다는 말은 그래서 생긴 말이래. 착한 일을 할 때마다 별은 뾰족한 구석이 닳아 없어진대. 착한 일을 많이 하다 보면 모서리가 점점 닳아져서 결국은 우리 마음이 하트 모양이 된대."

그 말을 듣는 어린이들은 가슴에 손을 댑니다. 별이 잘 있나 확인하고 싶은가 봅니다.

신이 주신 입

"우리 입술은 원래 이런 모양이었어. (약간 납작한 하트를 그립니다. 거기에 가로로 선을 그리면 입술 모양이 됩니다.) 고운 말, 배려하는 말을 하면 사랑이 넘쳐 하트 모양이 그대로 되지만, 거친 말을 하다 보면 나쁜 냄새가 나고 그러면 사랑하는 마음이 작아지고 하트가 찌그러지겠지?"

어린이들은 원래 입술 모양이 하트처럼 다정한 모양이었다는 것을 알고 나쁜 말을 쓰면 안 되겠다고 손을 들고 발표합니다. 모두가 상대의 마음을 배려하는 말을 하기로 약속합니다. 다음날이면 다 잊겠지만 그 순간만이라도 다짐을 합니다.

어린이들을 가르칠 때 말에 대해 예민하게 반응했습니다. 서로 좋지 않은 말을 들으면 촉수가 일어 지나치지 못했습니다. 대부분 아이들 사이의 갈등은 말에서 시작되기 때문입니다. 그런 말을 들려주면서 나도 좋은 말을 해야겠다는 다짐을 합니다. 좋은 말로써 아이들의 용기를 북돋아주는 그런 선생이 되고 싶었으나, 때로 감정에 치우쳐 상처가 되는 말을 하기도 했을 것입니다.

어렸을 때, 엄마가 나를 목욕시키다가 가슴에 점이 있는 것을 보고 관운이 있어 녹을 먹게 될 거라는 말을 한 적이 있습니다. 목욕할 때마다 점을 만지며 나는 '훌륭한' 사람이 될 거라는 생각을 했지요. 아버지는 동짓날마다 토정비결로 가족들의 새해 운을 보셨습니다. 자, 축, 인, 묘…. 하면서 손가락 마디를 짚으며 운세를 보다가 나에게 일찍 결혼하면 두 번 할 팔자라고 했습니다.

그 말을 듣고 나는 의아했습니다. 딸의 장래가 그렇다는데 아무런 저항도 없이 말씀하시는 아버지가 야속했습니다. 좋게 풀어 말해도 될 텐데. 가령 너는 할 일이 많으니 결혼을 늦게 하는 것이 좋겠다, 정도로. 그 말이 계속 마음에 남았습니다. 일찍 결혼하면 그런 일이 생길 것만 같았지요. 지금으로 치면 늦은 나이는 아니지만 '늦은 나이 스물아홉'에 결혼을 했고, 어찌어찌 한 번 결혼으로 살고 있습니다.

어린이에게 어떻게 말해야 하는지 어른들은 진짜 고민해야 합니다. 무심코 한 말이 아이에게는 커다란 흔적으로 남을 수도 있습니다. 어린 시절 만난 선생님의 한마디, 부모님의 한마디가 인생을 가로지르고 결정지을 수 있습니다.

다음 날은 아름답고 좋은 것만 보라는 신이 주신 눈, 그 다음 날은 남을 이끌어 주고 도움을 주며 창조적인 것을 만들라는 신이 주신 손, 좋은 소리만 들으라고 신이 주신 귀, 생산적인 일을 생각하고 좋은 생각만 하라고 신이 주신 머리, 넓은 가슴이 되라고 따뜻한 마음으로 사랑하고 용서하라고, 신이 선물을 주셨다는 이야기를 하나씩 들려줍니다. 그렇게 시작한 이야기는 매일 아침 이어집니다. 어린이들은 이야기를 듣고 난 생각을 발표하기도 하고 알림장에 그날 이야기 제목을 적고 감상을 한 줄 정도 적어 봅니다.

어느 해 1학년은 유난히 장난꾸러기들이 많았습니다.

입학식 날, 운동장에 어린이들을 줄 세우고 입학식을 하는데 교장 선생님의 길고 긴 축하 말씀이 이어졌습니다. 새로 산 옷을 단정하게 입고 반짝이는 눈빛으로 서 있는 어린이들을 보던 나는 얼굴이 하얗게 되었습니다. 뒤쪽에 서 있던 남자아이 둘이 투다닥 싸움이 벌어진 것이었습니다. 얼른 달려가 싸움을 말리고 타일렀는데, 여전히 두 녀석은 씩씩거리면서 서로를 째려보고 있었습니다. 첫날부터 그해 1년이 암담해지기 시작했습니다.

그 어린이들 중에 도무지 1학년 같지 않은 아이가 있었습니다. 단정한 얼굴에 양복을 입고 흐트러지지 않은 자세로 서서 교장선생님의 지루한 말씀에도 꼼짝도 하지 않았습니다. 선생인 나도 지루한 교장선생님의 축사에 구두코로 모래를 파고 몸을 비비 꼬는데…. 승일이는 높은 분들 앞에서 막 사열을 받는 사관학교 생도 같았습니다. 입학식 날 부모를 비롯해 할머니 할아버지 이모 삼촌 무려 일곱 분이 꽃다발을 들고 왕자의 입학을 축하하러 왔습니다. 돌아가면서 인사를 하는데, 할아버지가 한학자이고 고모는 유엔에서 근무하고 친척들의 직업도 화려했습니다. 대단한 집 아이구나, 좀 신경이 쓰일 수 있겠다는 생각이 잠깐 들었는데, 아이 부모가 어찌나 공손하고 품위 있는지 선생을 하늘같이 대했습니다.

여자아이들은 대체로 얌전했지만, 남자아이들은 가만히 있질 못했습니다. 수업시간에 바로 앉아 있는 아이는 딱 한 명 승일이뿐이었습니다. 싸우고, 장난치고, 뛰어다니고, 도무지 집중하지 못했습니다. 팔랑팔랑 날아다니는 종달새들 같았습니다. 시간이 지나자 어린이들은 조금씩 내 안으로 들어왔고, 퍼덕이던 날개를 조금씩 접었습니다. 그렇게 하는 데 이야기가 많은 역할을 했습니다. 천성적으로 어린이들은 이야기를 좋아합니다.

아침마다 어린이들에게 이야기를 들려주고 알림장에 제목만 쓰게 하여 집에 가서 부모님께 들려 드리게 했습니다. 학교에서 어떤 활동을 했는지 전달하면서 익히고 체화하는 게 목적이었지요. 가령 교통규칙을 배운 날은 그것을 부모님께 전달해야 합니다. (3월 한 달은 알림장 내용을 프린트해서 알림장에 붙여주고, 4월부터는 어린이들이 스스로 알림장을 썼습니다. 전자 알림장이 있지만 어린이들이 글씨 쓰는 연습을 위해서 적게 합니다. 알림 내용이 세 줄이 넘으면 프린트를 해서 붙여줍니다.) 학교에서 배운 노래도 부모님 앞에서 불러야 합니다. 그게 숙제였습니다. 학교에서 배우고 익힌 것을 부모에게 전달하려면 잘 들어야 하고, 이야기의 내용을 기억해야 합니다. 듣고, 기억하고, 사고하고, 재구성하여 말하기까지 일련의 과정을 숙련하기 위한 쉽지 않은 숙제였습니다.

아이가 이러저러하더라는 내용을 알림장에 피드백해야 하는 것이 부모님 숙제였습니다. 학부모회의 때 미리 안내하였기에 학부모님들도 적극적으로 협조해 주었습니다. 돌이켜보면 나는 부모님들을 많이 괴롭힌 선생이었습니다.

승일이 부모님은 하루도 빠지지 않고 아이가 어떤 말을 들려주었는지 알림장 반쪽이 넘게 써서 보내왔습니다. 그 이야기를 듣고서 어떤 가르침을 얻었는지까지 자세하게 썼습니다. 아이가 교사로부터 들은 말을 잊지 않고 전했다는 것을 알 수 있었습니다. 엄마가 주로 썼지만, 어떤 날은 아빠가 써주기도 했습니다. 온 집안이 아이를 바르게 키우기 위해 애를 쓰는 것이 보였습니다.

승일이는 선생님이 가르치는 것을 한마디도 놓치지 않고 스펀지처럼 받아들이고 행동하는 아이였습니다. 가끔 그림을 그리거나 만들기를 할 때면 쉬고 싶을 때도 있었지만, '근엄한' 승일이 얼굴을 보면 눈치가 보이기까지 했습니다. 어린이들은 어른을 보고 배웁니다. 그 아이는 그대로 배우는 아이였습니다. 나는 조심해야 했습니다.

이야기를 많이 들려주려 했습니다. 그러다 보면 늘 시간이 부족했지요. 어린 시절, 풀밭에서 송아지 풀을 뜯기며 흘러가는 구름을 보며 노래도 부르고 책도 읽었던 이야기를 하면 어린이들은 꿈꾸는 얼굴이 되곤 했습니다.

교육적이고 가르침이 있는 이야기만 해주려고 했던 것이 안타깝습니다. 메시지가 없어도 교육적인 훈화가 아니어도 그저 할머니가 옛날이야기를 들려주듯이 더 많은 이야기를 해 줄걸. 그땐 왜 그렇게 해야 할 것들이 많았는지요. 가르칠 것도 많고 학교에서 해내라는 것도 많았습니다. 지나고 나면 교과서에서 배운 것보다 어느 날 선생님이 해준 이야기를 턱 괴고 넋 놓고 듣던 추억밖에 생각나지 않는데, 그렇지 않나요? 뭘 그렇게 머릿속에 많이 집어넣으려고 했는지, 그저 공부를 가르치기에 바빴습니다.

화롯불 앞에 둘러앉아 화로 턱에 손을 올려놓고 따스한 기운을 쬐는 시간들이 있었습니다. 어른이 들려주는 호랑이 담배 먹던 시절의 이야기를 듣다 보면 밤이 깊어갔고, 빨갛게 타오르는 불씨를 뒤적이며 호랑이 눈이 그렇게 빨갰을지도 몰라, 하면서 이야기를 듣곤 했지요. 어른들에게서 가족들의 어린 시절을 듣는 것만큼 재미있는 것도 없습니다. 어른들로부터 기억 너머의 이야기를 듣는 것은 언제나 즐거운 추억이었습니다.

이야기가 사라진 시대가 되는 것만 같아 안타깝습니다. 아이들은 이제 어른들에게 이야기를 들을 시간이 없습니다. 티비나 휴대폰이 그 자리를 대신하지요. 집에서도 학교에서도 이야기를 들을 기회가 그리 많지 않습니다. 어린이들이 해야 할 것들이 너무 많아서입니다.

아이의 삶에 많은 이야기가 저장될수록 아이의 자아감(sense of self)이 풍부해질 가능성이 높아진다고 합니다. 아이들은 이야기를 좋아합니다. 아이들은 상상하며 이야기를 즐깁니다. 이야기 속의 시련을 들으며 같이 힘들어하고, 복잡하고 다양한 문제에 맞닥뜨리고, 상상 속에서나마 시련을 해결하는 즐거움을 얻곤 합니다. 이야기를 들으며 미래와 과거를 날아다닙니다. 메리 파이퍼는 『나는 나이 드는 것이 좋아』에서 이런 말을 합니다.

> 삶은 이야기다. 어떤 감각은 고통과 슬픔을 가져오지만 어떤 감각은 즐거움을 불러일으킨다. 좋은 이야기는 좋은 삶을 만든다. 신중하게 고른 우리의 이야기는 과거의 고통에서 벗어나 현재의 삶을 활기차게 살게 해준다. 지혜란 좋은 이야기를 선별해내는 능력이다. 이야기는 삶을 깨끗하게 정화한다.

어쩌면 어린 시절 이야기가 적은 아이가 가장 가난한 아이일지도 모릅니다. 어린 시절은 책 읽고, 친구들과 마음껏 뛰어놀고, 악기 하나쯤 하고, 운동 한 가지쯤 즐기고…. 그렇게 시간을 보내게 해야 제대로 키우는 것이라는 생각이 들곤 합니다. 어린이들이 행복해지는 것은 물론이고요.

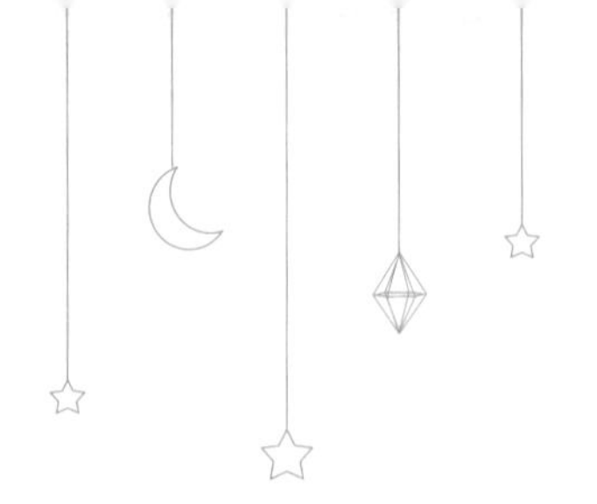

축구를 사랑한 '복도파' 강석이

사십 대 중반, 그해 나는 새로 옮긴 학교에서 6학년을 맡게 되었습니다. 모두 열한 반이나 되는 6학년 어린이 중에는 거친 아이가 몇 명 있었습니다. 언제나 첫날 교실에 들어가 어린이들을 죽 둘러보면 느낌이 오는 아이들이 있습니다. 강석이가 그랬습니다. 잔뜩 웅크리고 눈빛이 강했습니다. 평온한 얼굴이 아니었습니다. 이 아이, 주의 깊게 보살펴야겠다는 생각이 들었습니다.

남자아이들은 어떤 방법으로든지 순서를 정하곤 합니다. 보통 저학년 때는 공부나 학업적인 것으로, 중학년 때는 운동을 잘하거나 어린이들을 이끌고 다니는 리더십으로, 고학년이 되면 힘과 권력 같은 물리적인 힘으로 순위가 정해지곤 합니다.

그 아이는 소위 어린이들 사이에서 '짱'이었습니다. 내 앞에서는 함부로 행동하지 않아 교실에서는 별로 티가 나지 않았습니다. 다부진 몸에 벌써 얼굴에는 사춘기 성징으로 여드름이 돋아나고 눈에서는 강한 기운이 뿜어 나왔습니다. 교실 맨 뒷자리에 책상 밖으로 다리를 내놓고 항상 삐딱하게 앉았다가, 제대로 앉으라고 할 때만 마지못해 다리를 책상 안으로 집어넣곤 했습니다.

국어는 다른 교과보다 나았고 글도 곧잘 썼습니다. 하지만 수학은 많이 부족했습니다. 잘하고 싶은 마음은 있었지만, 그게 쉽지 않았습니다. 계통학문인 수학은 이미 여러 단계를 놓친 후여서 쉽게 만회하기 어려웠습니다. 학년이 높아지면서 어느 순간 맥락을 잃었고, 자존심이 무척 상해 있었습니다. 어떤 어린이도 잘하고 싶어 하고 인정받고 싶어 합니다.

6학년을 여러 번 담당했기에 어린이들의 심리를 비교적 잘 이해한다고 자부하고 있었지만, 솔직히 강석이는 부담스러웠습니다. 차라리 발랑발랑 까부는 장난꾸러기들이 마음을 열기 쉬웠습니다. 강석이는 달랐습니다. 아이 내면에 분노가 꽁꽁 뭉쳐진 것이 느껴졌습니다. 말없이 앉아 선생의 행동을 감시하는 듯한 눈빛은 늘 뒤통수를 무겁게 했습니다.

5월이 지나자 담배를 피우는 아이들과 어울려 동네에서 물건을 훔치기도 하고 후배들을 때린다는 둥 행실이 나쁜 어린이들과 어울려 다니면서 나쁜 짓을 한다는 소문이 들려왔습니다. 교실에서는 숨죽이고 있다가 교실 밖으로 나가기만 하면 고삐 풀린 망아지가 되는 것이었습니다. 몇몇 어린이들은 일기에서 그 아이에게 억울한 일을 당했다는 말을 용기를 내 하기도 했습니다. 하지만 다 말하지는 않았습니다. 모두가 입을 맞추어 강석이를 감싸주었습니다. 자신들이 발설한 일로 보복을 당할까 봐 조심스러워했습니다.

나는 어린이들이 내 품에 들어와야 마음이 편안했습니다. 때문에 신경을 곤두세우고 아이를 유심히 관찰했습니다. 중학생 아들이 사춘기 절정을 지나고 있었기에 남자아이를 잘 다룰 수 있다고 생각했습니다. 다정하게 대하고 인정을 해주며, 짐짓 어른 대접을 하면서 내게 마음을 열게 할 수 없을까 고민했습니다. 당번인 때는 남겨서 내 일을 같이 돕게 하면서 이야기를 나누었습니다. 하지만 강석이는 쉽게 내 안으로 들어올 것 같지 않았습니다. 남자 교사였다면 달랐을지도 모릅니다. '남자 대 남자'로 마음을 여는 따끈한 상황을 만들 수 없어 속상했습니다. 아이는 물 밑에서 오락가락하며 모습을 드러내지 않는 고래처럼 지내고 있었습니다. 선생님들은 가끔 농담을 하곤 합니다. '학습지도는 10%이고 생활지도가 90%다.'라고요. 그만큼 생활지도가 어렵습니다.

어느 날 아이들이 음악실에 다녀오고 나서 분위기가 심상치 않았습니다. 무슨 일이 있었는지 물어보는 내 말에 아무도 대답하지 않았습니다. 회장도 부회장도 입을 다물었습니다. 그 아이 앞에서 공개적으로 입을 열만큼 용기 있는 어린이는 없었습니다. 교실은 얼어붙었고, 나중에서야 음악실에서 교실로 오던 중에 어떤 아이를 괴롭혔는데, 모든 아이들을 꼼짝 못 하게 하고 입을 닫게 했다는 걸 알게 되었습니다. 협박하는 것도 아니었습니다. 그냥 아이들 얼굴에 대고 눈만 한 번 째리면 되었습니다. 아이들은 고양이 앞에 바들거리는 쥐처럼 얼음이 되었으니 불러서 물어본들 사실을 말할 리 없었지요. 하루가 멀다하고 다른 학년 선생님들의 민원이 이어졌습니다. 다른 학년 어린이들까지 괴롭혔고, 문제의 중심에 늘 강석이가 있었습니다.

방학이 지나고 나면 어린이들이 좋아지기도 하지만, 더 나빠지기도 합니다. 개학하고 2학기가 되자 반마다 두세 명씩 몰려다니는 '복도파' 어린이들은 더 거친 행동을 했습니다. 보통 가정에서 방치된 어린이들이 단합하여 몰려다니며 말썽을 부렸습니다. 동네에서 민원이 올라왔고, 학교에서도 끊임없이 말썽이 일어 동학년 선생님들은 매일 회의실에서 대책을 세웠습니다.

급기야 복도파를 위시한 '힘이 남아도는' 어린이들로 구성하여 축구부를 만들어 아침마다 축구를 하게 했습니다. 남자 선생님 두 분이 매일 봉사를 했지요. 그나마 그렇게 힘을 빼니 좀 나아지긴 했지만, 근본적으로 해결되지는 않았습니다. 방과 후가 되면 갈 곳 없는 어린이들이 교문 밖에서 다시 뭉쳐 나쁜 행동을 했습니다.

강석이도 본격적으로 말썽을 부리기 시작했습니다. 아이를 불러 야단도 치고 사정도 해보았지만, 소용이 없었습니다. 내 앞에서는 고분고분한 듯했지만, 다만 행동으로 보여줄 따름이었지요.

강석이는 미용실을 운영하는 엄마와 함께 살았습니다. 2학기가 되면서 건축 일을 하는 아빠는 지방으로 내려갔다는 이야기를 들었습니다. 사정이 있는 것 같았지만, 학부모들은 다 이야기를 해주지 않기도 합니다. 바쁜 운동회가 끝나자 아이는 반항심이 더 거세졌습니다.

공부시간에는 거의 방관하고 있었지만, 체육시간에는 존재감으로 충만했습니다. 힘이 좋고 몸이 다부진 데다 민첩하여 운동신경이 남달랐습니다. 하지만 운동할 때 혼자 독차지하여 다른 아이들의 원성을 받기도 했습니다. 당시 체육중학교 선생님들은 졸업반 어린이 중에 운동에 소질이 있는 어린이들을 스카우트하기 위해서 학교마다 돌아다니며 인재를 찾고 있었습니다.

어느 날, 방과 후에 운동장에서 축구를 하던 강석이에게 축구 중학교에 가겠느냐는 제안을 받았다는 말을 듣게 되었습니다. 이것을 기회로 삼아야겠다고 생각했습니다. 수업이 끝난 후, 아이를 불렀지요.

"강석아, 너 축구 중학교 가고 싶니?"

"네."

어떤 말에도 잘 대답하지 않던 아이는 고개를 들고 곧바로 대답했습니다. 여러 말이 필요 없었습니다.

"강석아, 축구 중학교 가려면 담임선생님 추천서가 있어야 된다는 것 알고 있니?"

"……."

"너는 운동을 좋아하기도 하지만 잘하기도 해. 잘하고 좋아하면 성공할 확률이 매우 높지. 내가 너를 어떻게 추천해 줄까?"

그 말에 아이는 고개를 들어 나를 보았습니다. 나는 깜짝 놀랐습니다. 얼굴에 가득하던 반항기가 사라지고 반짝이는 얼굴이 있었던 거예요. 열두 살 아이 눈빛에는 축구부가 있는 중학교에 가고 싶은 열망이 가득했습니다. 축구 중학교에 꼭 보내달라는 절절한 눈빛이 읽혀졌습니다.

"강석아, 나와 한 가지 약속하자."

아이는 처분을 기다리는 얼굴이었습니다. 소위 '복도파' 아이들과 어울리지 않고 착실하게 행동하면 그대로 추천서를 써 주겠노라 아이와 약속했습니다.

아이는 단단히 결심했지만, 여태 어울려 다니던 아이들과 갑자기 분리된다는 것은 사실 어려웠습니다. 같은 동네인데다가 가까이 살고 있으니 방법이 없어 보였습니다. 결국 아이 엄마에게 도움을 요청했습니다. 방과 후에 집으로 가지 않고 어울려 거리에서 시간을 보내는 것을 원천 봉쇄하기로 했습니다. 교사의 손길이 미치지 못하는 교문 밖의 일은 부모만이 도와줄 수 있었습니다. 학부모님은 수업이 끝날 때쯤 학교로 아이를 데리러 오겠다고 했습니다.

아이 엄마는 그날 이후 아들을 데리러 그 가파른 길을 걸어서 학교로 올라왔습니다. 하루도 거르지 않았습니다. 일하다가 하교 시간이 되면 서둘러 학교로 와 복도에서 기다렸지요. 아이는 순한 양처럼 엄마를 따라 집으로 갔습니다. 하나뿐인 아들을 수렁에 빠트리지 않으려고 애를 쓰는 엄마의 마음은 지극했습니다. 엄마와 약속은 했지만, 그렇게 매일 데리러 오리라고는 생각하지 못했습니다.

2학기가 끝나가고 있었습니다. 아이는 축구 중학교에 갈 티켓을 따기 위해 담임의 말을 고분고분 따랐습니다. 눈에 띄게 성적이 향상되지는 않았지만, 예전처럼 삐딱선을 타거나 나를 힘들게 하지 않았습니다. 무사히 졸업을 했고, 강석이는 그토록 원하던 축구부가 있는 중학교로 스카웃 되었습니다.

중학교에 가서 열심히 축구를 하고 있다는 소식을 가끔씩 들었습니다. 기숙사에 살면서 운동을 열심히 한 보람으로 한 축구 고등학교에 추천입학을 할 수 있었습니다. 고등학생이 되고 어느 날 강석이가 학교로 나를 찾아왔습니다.

아이는 그 사이 청년처럼 달라져 있었습니다. 키도 커졌고 어깨도 벌어지고 운동으로 다져진 몸은 건강해 보였습니다. 여드름이 많이 나 있었고 목소리도 굵어졌습니다. 어렸을 때 늘 불만과 반항심이 가득하던 얼굴은 찾아볼 수 없었습니다. 얼굴색이 밝았고 말씨도 순해졌습니다. 기숙사에서 살면서 축구를 하고 수업도 받는다고 했습니다.

우리는 교실로 군만두와 짜장면을 불러 함께 먹으며 이런저런 이야기를 했습니다. 강석이와 이렇게 좋은 관계로 만나 같이 음식을 먹으며 웃으면서 이야기를 하고 있는 것이 꿈만 같았습니다. 퇴근하려고 같이 운동장을 걸어 나가는데 강석이가 내가 든 짐을 달라고 했습니다. 강석이가 그리 의젓할 수가 없었습니다. 강석이는 함께 걷다가 나를 보며 말했습니다.

"선생님, 가끔 집에 와서 같이 어울렸던 아이들 볼 때마다 정말 한심하더라고요. 집에 온 때마다 같이 놀자고 했지만, 그러고 싶지 않았어요. 그때 그 아이들과 같이 어울렸으면 전 망가졌을 거예요. 잘 가르쳐 주셔서 고맙습니다."

나는 그 말을 듣고 가슴이 울렁거려 눈물이 나려 했습니다.

당시 몰려다니던 '복도파' 아이들은 우리 학교 근처 중학교로 진학했습니다. 강석이가 축구를 하지 않았다면 다녔을 학교였지요. 당연히 그 아이들과 또 어울렸을 것이고, 소위 '노는 선배들'과 이어진 고리에서 벗어나지 못했을 것이 틀림없습니다. 더구나 짱이었던 강석이를 선배들이 가만두지 않았을 것이고, 아이는 헤어 나오지 못했을지도 모릅니다. 6학년 때 어울렸던 '복도파' 중의 한 아이는 소년원에 들락거린다는 소문이 돌기도 했습니다. 강석이 말이 맞을지도 몰랐습니다.

"강석아, 내가 아니라 엄마에게 고마워해야 해. 엄마가 너를 잘 키우기 위해 얼마나 고생했는지 내가 너무 잘 알아. 넌 엄마를 참 잘 만났어. 난 너희 엄마가 존경스러워."

한 번도 불평을 하거나 늦지 않고 학교에 아들을 데리러 왔던 엄마. 교사의 말을 믿어주고 적극 협조한 엄마가 정말 고마웠습니다. 뿐만 아니라 형편이 닿는 한 최선을 다해 아이가 운동에 전념할 수 있도록 지원했습니다. 그리하여 이렇게 멋진 아이로 자랐습니다.

"교육이란 어린이들에게 옳은 것에서 즐거움을 찾는 방법을 가르치는 것이다."

플라톤이 한 말입니다. 강석이는 옳은 것에서 즐거움을 찾았습니다. 스승의 날이나 추석 명절이 돌아올 때마다 강석이와 엄마는 감사하다는 전화를 하거나 문자를 보내옵니다. 문자 뒤에는 축구를 하며 운동장을 누비고 있는, 유니폼을 입은 강석이 사진이 서너 장 따라왔고요. 나는 그 사진을 보면서 가슴이 뜨거워지곤 했습니다.

"잘 가르쳐 주셔서 고맙습니다."

이 말을 들을 때 선생 하기를 잘했다, 하는 생각이 들곤 합니다. 그 이상의 보답은 없습니다.

축구를 사랑한 강석이는 고등학교를 졸업하고 지방 대학 축구팀에 선수로 발탁되어 갔습니다. 대학생이 되어도 여전히 때가 되면 소식을 보내옵니다. 운동을 하면서 자신을 다스리고, 부모의 고마움을 알고, 자신의 꿈을 향해 더 열심히 살고 있는 강석이에게 아낌없는 박수를 보냅니다.

"강석아, 멋있어!"

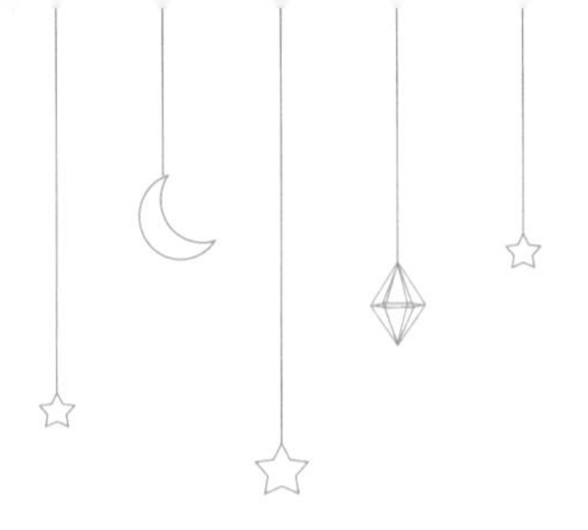

마음이 쓰이는 아이들

어린이들을 가르칠 때 특히 마음 쓰이는 아이들이 있습니다. 아프거나, 부모가 없거나, 장애를 가진 어린이들에게는 더 마음이 갑니다. 아이를 감싸거나 주의를 기울이면 편애한다는 불만이 돌아오기도 하지만 어쩔 수 없습니다. 그런 어린이들을 보면 모성이 발동합니다.

아토피가 심한 별이

어느 해 2학년을 담당할 때였습니다. 얼굴이 가무잡잡하고 큰 눈에 속눈썹이 길었던 별이는 아토피가 심했습니다. 자식들 키우며 소아과에 드나들면서도 그렇게 심한 아토피로 고생하는 아이는 보지 못했습니다. 얼굴은 덜했지만, 목과 손이 특히 심해서 늙은 코끼리 피부처럼 검고 딱딱했습니다. 밤새 긁어서 목주름 군데군데 피가 나온 자리는 낮에는 딱지가 앉았다가, 밤이 되면 피가 나게 긁어 댔기에 날마다 상처가 나 있었습니다.

아침마다 약을 먹고 온 아이는 약기운으로 하루 종일 문어처럼 흐물거렸습니다. 어른도 피부약을 먹으면 어지러운데 여덟 살 아이는 이겨내지 못했어요. 먼 산을 바라보듯 정신이 없었고, 책상에 엎드려 자기도 했습니다. 재미있는 이야기를 듣는 시간에도, 모둠끼리 의논하며 무엇인가를 만들 때도, 즐거운 놀이 활동 시간에도 그저 어지러이 시간을 보냈습니다.

그러다가도 그림을 그리는 시간에는 정신을 차렸습니다. 2학년이라 크레파스와 물감을 주로 썼는데, 대부분 어린이들은 대상을 조그맣게 그리고 여백을 물감으로 채워버리곤 했습니다. 하지만 별이는 색감이 뚜렷하고 그리고자 하는 대상을 과감하게 표현했습니다. 선이 굵고 속도감이 있는 표현으로 도화지 가득 그린 그림은 생생했습니다. 그림 그릴 때만은 활기가 넘치고 가려운 것도 약기운도 잊은 듯했습니다. 아이의 대담한 그림을 아낌없이 칭찬했습니다. 그림그리기 대회가 있을 때 나는 별이 그림을 추천했습니다. 상을 받을 자격이 있었습니다.

아이들은 별이와 짝이 되는 것을 꺼렸습니다. 몸이 아프다 보니 공부도 따라갈 수 없었고, 느린데다가 모든 일이 의욕이 없었습니다. 아이들도 그런 아이와 놀아주지 않았습니다.

"별이가 아프고 힘드니까 너희들이 많이 도와줘야 해. 약을 먹고 많이 힘들어. 우리가 조금씩 도와주자."

"별아, 우리 운동장에 가자."

거북등 같은 손을 잡고 밖으로 나가는 아이들을 보며 마음이 놓였습니다.

급식으로 닭튀김이 나오는 날은 닭다리 하나씩 물고 아이들은 행복해했습니다. 하지만 별이는 먹으면 안 되었습니다. 엄마가 와서 절대로 고기는 먹지 않게 해달라고 간곡하게 부탁했거든요. 다른 아이들이 먹는 닭다리를 부러운 눈으로 쳐다보곤 했지요. 학교에서도 집에서도 먹어서는 안 될 음식들로 둘러싸여 있었습니다. 어린이들이 좋아하는 음식 위주로 성장기에 맞게 육식이 자주 나왔는데, 고기가 조금이라도 들어 있는 음식은 먹으면 안 되었습니다. 별이에겐 급식 시간조차 고통이었습니다.

약을 먹고 온 날은 넋이 나간 듯 몽롱했습니다. 약이 독하고 식욕까지 떨어트렸습니다. 가끔 엄마는 그런 별이가 안쓰러워 약을 먹이지 않았습니다. 하지만 약을 먹지 않은 날은 온몸이 가려워 몸을 비비 꼬고 여기저기를 끊임없이 긁어댔습니다. 온몸을 긁어대는 아이를 보고 있으면 나조차 몸이 불편해지고 간지러움이 올라왔습니다. 세상에서 제일 참기 힘든 가려움 속에서 고통받는 별이를 보면서 어떻게 해볼 수 없는 것이 안타까웠습니다.

아들이 걱정되어 아이 엄마가 학교에 자주 왔습니다. 병원에도 다니고, 연수기를 쓰고, 좋다는 음식을 먹이고…. 온갖 방법으로 아토피를 고치려고 노력한다는 엄마를 보고 공기 좋은 시골로 가는 건 어떻겠냐는 말은 삼켜야 했습니다. 그럴 상황이 아니었습니다. 방학 때만이라도 친척이 있는 시골에 보내라는 소극적인 말을 할 수밖에 없었습니다.

"과자를 끊고 유기농 음식으로 먹이고 천연 비누를 쓰시는 게 어떨지요?"

"유기농으로 먹일까요? 비누는 어떤 게 좋을까요?"

아이들이 자랄 때 남편은 매일 퇴근길에 과자 두 봉지를 들고 왔습니다. 오늘은 어떤 과자로 아이들을 기쁘게 할까, 고민하는 아빠의 기쁨을 빼앗고 싶진 않았지만, 과자는 아이들에게 치명적이었습니다. 아이들과 함께 과자를 먹고 났더니 다음 날 빨간 알갱이들이 피부에 올라왔습니다. 약을 바르고 잊힐 만하면 또 돋아났습니다. 어김없이 과자를 먹은 날이었습니다. 알 수 없는 수십 가지 화학 물질, 향신료와 설탕, 방부제 덩어리라는 것을 알지만, 영원히 아이들에게 차단할 수는 없었습니다. 하지만 집에서만이라도 되도록 그런 것에서 멀어지게 하고 싶었습니다. "과자를 주려면 차라리 아이에게 담배를 피우게 하라."는 말을 책에서 읽고 되도록 과자를 주지 않고, 음료도 토마토나 천도복숭아 같은 것들을 요구르트에 갈아 먹였습니다.

후에 아밀리아 안토네티 이야기를 읽게 되었습니다. 그녀가 아이를 낳았을 때 탄생의 기쁨도 잠시, 피부 발진과 호흡곤란으로 매일 사지死地를 오락가락하는 아기를 보며 고통에 휩싸였습니다. 의사들은 포기했으나 그녀는 내면의 목소리를 따랐습니다. 집안의 물건들을 면밀히 조사했고 세제와 청소에 쓰는 각종 제품들에서 염산과 암모니아 화학 성분들이 아기에게 치명적인 것을 알아냈습니다. 그 제품들을 모두 없애자 아기는 마침내 울음을 그치고 증세가 호전되었지요. 그 후 그녀는 천연 비누를 만들어 거대 기업으로 키워냈습니다. 아토피로 고생하는 수많은 아이들에게 좋은 비누를 제공하고 고통에서 벗어나게 한 것은 물론이고요.

집안에 있는 온갖 화학제품들이 별이 몸을 공격하고 있었던 것일지도 몰랐습니다. 그해 10월쯤, 별이네는 양평으로 전학을 가게 되었습니다. 부모는 아들을 위해 대단한 결정을 한 것이었습니다. 정말 다행이었습니다. 별이 부모가 존경스러웠습니다.

전학 가는 날, 별이를 아이들 앞에 세우고 친구들에게 인사를 하게 했습니다. 별이에게 쓴 아이들 편지에는 하나같이 같은 염원을 담았습니다.

"별아, 많이 아파서 힘들었지? 아픈 거 빨리 나아서 우리랑 놀자."

아이들의 진심 어린 편지를 읽으며 나는 눈물이 나오려 했습니다. 어린이들도 마음으로 별이의 고통을 함께 겪고 있었습니다.

그동안 학습활동을 했던 것들을 담은 봉투와 친구들 편지, 새 스케치북과 크레파스를 선물로 담았습니다.

"별아, 이제 좋은 곳에 가서 살면 나을 수 있어. 엄마 말씀 잘 듣고 씩씩하게 뛰어놀 거지? 이거는 친구들이 주는 편지야."

두 개의 봉투를 주며 별이를 안아주었습니다.

"선생님, 안녕히 계세요. 건강하세요."

별이와 엄마가 인사를 했습니다.

이제 아이가 좋아질 일만 남았다고 엄마 손을 잡았습니다. 별이 엄마도 나도 눈시울이 붉어졌고요. 아픈 아이를 돌보는 엄마 마음은 엄마만이 압니다.

이제 별이도 서른이 넘은 청년이 되었겠네요. 아토피로 겪던 고통에서 벗어났으리라 믿어봅니다.

뇌전증을 앓던 경진이

어느 해 뇌전증이 있는 1학년을 맡게 되었습니다. 학년 초에 학부모님이 긴 편지를 보내왔습니다. '본 자식 00이는 경驚이 있사오니…'로 시작하는 장문의 편지였습니다. 아이는 걸음걸이도 편치 않고 초점을 맞추지 못해 눈이 제멋대로 돌아가기도 했습니다. 뭐든 열심히 하려고 하고 마음씨가 정말 고운 아이였습니다. 하지만 친구들은 코를 흘리고 얼굴이 이상하다고 짝이 되는 것을 싫어했습니다. 한 번도 교실에서 경기를 일으킨 적은 없지만, 늘 마음이 쓰였습니다.

그보다 더 오래전, 6학년을 맡았을 때 뇌전증을 앓고 있던 경진이를 만났습니다. 경진이는 1학년 아이보다 훨씬 증상이 심했습니다. 몸은 자라나는데 마음은 아기 같은 아이였습니다. 말도 어눌하고 글씨는 날아다녔습니다. 그래도 공부시간에 잘 따라왔습니다.

조용히 수업을 하고 있으면 갑자기 '쿠당탕' 교실 바닥에 쓰러졌습니다. 거품을 물지는 않았지만 기절한 것처럼 쓰러져 있어 나는 혼이 나가곤 했습니다. 아이를 문지르며 정신이 돌아오길 기다렸습니다. 미리 학부모님께 그런 일이 있을 때 어떻게 하라고 언질은 받았지만, 무서웠습니다. 그런 증상을 눈앞에서 보기는 난생처음이었습니다. 몇 번인가 그렇게 쓰러졌는데, 특히 조용한 시간이거나 뭔가 긴장된 상황에서 일어나곤 했습니다. 느닷없이 근육에 힘이 빠지면서 넘어지다가 아이가 죽기라도 할까 봐 살이 떨리고 겁이 났습니다.

오히려 아이와 6년을 함께한 반 친구들이 그 상황에서 어떻게 대처해야 하는지 잘 알고 있었습니다. 친구들이 경진이를 정말 잘 보살펴주었습니다. 다치지 않도록 주변의 책상과 의자를 치워주고 잠시 기다렸습니다. 아이는 다시 원래대로 돌아왔습니다. 놀리거나 괴롭히지 않고 도와주는 우리 반 친구들이 늘 고마웠습니다.

극진하게 아이를 보살피는 경진이 부모님도 정말 존경스러웠습니다. 어떻게든 야외 활동에 참여시키고 싶은 것이 부모 마음인데도 수학여행이나 오래 차를 타야 하는 단체 이동에는 참석시키지 않았습니다. 당시 네 살과 두 살 아기들을 키우고 있던 나는 자식이 건강하게 자라는 것이 얼마나 큰 축복인지 새삼 깨닫곤 했습니다.

경진이를 볼 때마다 측은한 마음이 드는 것은 어쩔 수 없었습니다. 아무 탈 없게 1년을 잘 돌봐야 하겠다는 마음이 들었습니다. 하지만 나는 그렇게 아픈 경진이에게 잘해주지 못했습니다. 고집을 부리기도 하고 힘이 세서 때로는 야단도 치고 어떤 때는 힘들어서 속상하기도 했습니다. 지금 만난다면 그때보다 더 잘해줄 수 있을 텐데.

'20년 후 나의 모습'을 쓰는 시간, 경진이는 '의사가 되어 간질이란 병을 알아내어 수십 명을 고쳐서 세계 평화상을 타서 우리 대한민국이란 나라를 널리 알리고 여러 나라들이 초청장을 보내게 만들 것이다.'라고 썼습니다. 삐뚤빼뚤 하늘로 날아가게 글을 썼지만 간절한 아이 마음이 드러나 있었습니다. 경진이는 자신이 아픈 것 때문에 부모에게 짐이 되지 않을까 걱정했을 것이고, 부모 또한 기나긴 시간을 아이 간호를 도맡아야 하는 것이 안타까웠습니다.

졸업식 날, 교실에 올라와 졸업장을 나눠주고 어린이들과 마지막 인사를 하며 앞으로 살면서 마음에 새겨야 할 말을 해주고 있었습니다. 경진이 엄마가 다가와 꽃다발을 내밀었습니다.

"선생님, 그동안 우리 아이를 잘 보살펴 주셔서 정말 고맙습니다."

아이와 엄마와 나, 우리는 껴안고 울었습니다. 주변에 있던 친구들도 엄마들도 눈시울이 붉었습니다. 고마웠다는 말에 정말 미안하고 더 잘해주지 못한 것이 마음에 걸렸습니다.

마흔이 다 되어가는 경진이. 어떻게 살고 있을까요. 결혼하고 아이도 낳았겠네요. 그 사이 건강이 좋아졌기를 바랍니다. 바라던 대로 의사가 되어 좋은 의술을 펼치고 있을지도 모르겠네요.

엄마가 없는 유선이

아픈 아이도 안타깝지만, 엄마가 없는 아이는 더 안 되어 보입니다. 자라면서 공유해야 할 모녀간의 섬세한 감정이나 여자들만의 영역을 챙기고 다독일 엄마의 빈자리는 아이에게 커다란 상처가 될 수 있기에 그렇습니다.

유선이에게는 엄마가 없습니다. 할머니와 아빠 손에서 자랐지만, 구김살 없이 명랑합니다. 논리적으로 자기표현을 하는 매우 적극적인 아이입니다. 학급의 일에 앞장서고 친구들을 잘 도와주고 성적도 좋습니다. 학교에 오면 내 책상으로 와서 밤새 생긴 일을 미주알고주알 수다를 떨곤 했습니다.

학년 초에 유선이 할머니가 오신 적이 있었습니다. 할머니는 복도에서 서성대며 교실에 들어오길 머뭇거렸습니다. 컴퓨터에 코를 박고 업무를 보다가 무슨 일로 오셨는지 물었습니다.

"선생님, 저 유선이 할머니 되는 사람입니다."

할머니는 허리를 90도로 굽혀 내게 인사를 했습니다. 당황하여 나도 같이 두 손 모아 인사를 했습니다. 유선이를 맡겨 놓고 송구하다는 말부터 했습니다. 할머니는 유선이를 어릴 때부터 맡아 키우셨다고 했습니다. 태어난 지 얼마 되지 않은 아기를 두고 며느리가 전세 돈까지 빼서 도망갔다며 하소연했습니다. 눈물이 그득한 할머니 목소리는 분노로 떨리기도 했습니다. 집집마다 그만그만한 이유가 있겠지만, 할머니가 참 안타까웠습니다. 어린 유선이는 그렇게 할머니와 살다가 이제 아빠와 살게 되었습니다.

현장체험학습을 가는 날이었습니다. 학교 앞에 버스가 대기하고 있었고, 간식을 가득 담은 배낭을 멘 어린이들은 소풍 가는 기대로 들떠있었습니다. 배웅 나온 학부모도 몇 분 있었지요. 야외에 나가서 주의해야 할 일을 설명하고 출석 점검을 하는데, 유선이가 아직 오지 않았습니다. 출발 시간은 다가오는데…. 여러 번 통화 끝에 아이 아빠와 연결되었습니다.

"도시락 때문에 늦었어요. 곧 도착할 거예요."

유선이가 올 때까지 기다리느라 우리 반 차만 출발하지 못하고 있었습니다. 전날 아홉 시 출발이니 일찍 오라고 몇 번을 일렀고, 알림장에도 안내를 해주었건만. 나는 유선이에게도, 아이 아빠에게도 화가 났습니다.

조금 후, 아이가 달려오고 있었습니다. 유선이는 헉헉거리며 겸연쩍은 얼굴로 내게 다가왔습니다. 다 떠나고 우리 차만 기다리고 있었으니 아이는 무척 당황해했습니다. 뛰어오느라 얼굴에는 땀이 나 있었고, 미안해 어쩔 줄 몰랐습니다. 그러니 야단을 칠 수도 없었습니다.

"유선아, 기다리고 있었어."

'도시락은?' 하고 물으려다 멈칫했습니다. 아이 손에 검은 비닐봉지가 들려 있었습니다. 봉지에 담긴 김밥 두 줄. 아빠가 말한 도시락이었습니다. 아침 일찍 문을 연 가게가 없어 여차저차 찾은 김밥집에서 산 것일 터였습니다. 아이는 미처 가방에 담을 새도 없이 손에 들고 뛰어온 것이었습니다.

"아빠가 도시락을 싸 주셨구나, 완전 맛있겠다. 난 소풍 갈 때 한 번도 아빠가 도시락을 싸 준 적이 없는데. 좋겠다. 얼른 차에 타자."

아이는 그때서야 불안했던 얼굴이 풀렸습니다. 가볍게 차에 오르는 아이를 보니 나도 마음이 가벼워졌습니다.

차 안에서 생각했습니다. 만일 아이가 처한 상황을 몰랐더라면 그런 말을 할 수 있었을까. 난처한 상황을 적절하게 대처하려면 아이에 대해 잘 파악해야 한다는 것을 다시 한 번 생각하게 했습니다. 할머니가 미리 언질을 준 것이 다행이었습니다. 그런 사실을 알지 못했다면 늦었다고 야단을 쳤을지도 모르고 아이에게 또 한 번 상처를 얹어주었을지도 모를 일이었습니다. 그날 유선이는 '아빠의 도시락'을 맛있게 먹었고, 친구들이 나누어 준 간식을 같이 먹으며 시간이 가는 줄 모르게 재미나게 보냈습니다.

2학기가 된 어느 날, 화정이가 최신 휴대폰을 샀습니다. 원칙적으로 휴대폰을 학교에 갖고 오지 않도록 했지만, 전원을 끄고 책가방에 넣었다가 방과 후 필요할 때 쓰도록 했습니다.

그날 아침, 학교에 갔더니 어린이들이 심각한 얼굴로 내게 왔습니다. 전날 화정이가 휴대폰을 잃어버려 엄마와 학교를 온통 찾아다니고 감시카메라 녹화까지 모두 확인했지만, 허사였다는 말을 들었습니다. 화정이를 불러 어제 방과 후에 있었던 일을 물어보았습니다. 마지막 수업은 체육이어서 운동장에 나갔고 수업이 끝났을 때, 유선이에게 윗도리를 부탁했고, 유선이는 화정이 가방에 넣어주었다고 했습니다.

아침 이야기 시간에 어제 화정이가 새로 산 휴대폰을 잃어버린 말을 했습니다. "맞아, 나도 봤어." "그거 완전 비싼 건데." 하는 소리가 여기저기서 들렸고, 모두 측은한 얼굴로 화정이를 돌아보았습니다. 화정이는 시무룩한 얼굴로 앉아 있었습니다. 어제 엄마에게 엄청나게 혼이 난 상태였거든요.

보통 교실에서 아이들의 관심을 끄는 물건이 사라졌을 때는 어린이들에게 찾도록 합니다. 그러면 신기하게도 금방 찾아냅니다. 아이들 중에서 물건이 나올 때가 많습니다.

"얘들아, 이제부터 우리가 탐정이 되어볼까? 원래 어린이들이 잃어버린 물건을 잘 찾거든. 누가 제일 먼저 찾아오나 보자."

아이들은 수업을 하지 않고 탐정놀이를 한다니 신이 났습니다. 더러는 운동장으로 달려 나갔고, 몇 명은 교실 이곳저곳을 뒤졌습니다. 사물함도 열어보고, 청소함도 열어보고, 쓰레기통도 뒤적거렸습니다. 밖으로 나간 어린이들은 운동장 구석구석 돌아다니고, 막대기로 화단을 헤쳐보기도 했습니다. 남자아이들 몇몇은 그새 '특수 임무'도 잊어버리고 뛰어다니며 잡기 놀이를 하고 있었습니다.

얼마나 시간이 지났을까요. 유선이와 수진이가 뛰어 들어왔습니다.

"선생님, 누가 화장실에 버렸어요."

유선이의 손에는 수건에 싼 휴대폰이 들려 있었습니다. 탐정놀이가 빛을 발하는 순간이었습니다. 아이들이 운동장을 향해 찾았다고 소리를 질렀고, 어린이들이 우르르 들어왔습니다. 유선이와 수진이가 문제를 해결하면서 탐정놀이는 해피엔딩으로 막을 내렸습니다.

만일 찾지 못했다면 우리는 모두 서로를 의심했을 것입니다. 유선이에게 옷을 맡긴 화정이는 유선이를 의심하고, 유독 화정이 휴대폰에 관심이 많던 재혁이도 의심의 대상이 되었을 것입니다. 수진이는 작년에 짝의 핫팩을 가져간 지아를 의심했을 것이고, 어린이들은 서로의 행동에 끝없이 의심의 눈초리를 보냈을 것입니다. 어린이들을 바라보는 내 눈 또한 예민해졌을 것이고, 우리는 서로를 의심하는 불행한 일이 생겼을 것입니다. 그런 쓸데없는 오해와 의심을 하게 되지 않아 참 다행이었습니다. 휴대폰을 찾은 화정이는 하루 동안의 악몽에서 벗어난 기쁨에 젖어 있었습니다.

수업이 끝나자 어린이들을 집으로 보냈습니다. 일부러 유선이에게 심부름을 보내고 남겼습니다. 의자에 앉게 하고 물어봤습니다.

"유선아, 어떻게 된 건지 자세히 말해줄래? 아까는 바빠서 못 물어봤네?"

아이는 미적거렸습니다. 눈치가 빠르고 똑똑한 아이여서 내가 왜 그런 말을 하는지 금방 이해한 듯했습니다.

"괜찮아, 유선아, 이제 휴대폰도 찾고 다 잘 되었잖아. 선생님은 다만 궁금해서 그래."

"……."

고개를 숙인 유선이는 말이 없었습니다. 조용히 기다렸습니다.

"… 사실은…, 어제 화정이 잠바를 가방에 넣고 닫으려는데 휴대폰이 보였어요…."

유선이는 달리기 선수입니다. 교실에 제일 먼저 뛰어와 잠긴 문을 열었습니다. 화정이 책가방을 열고 잠바를 넣었는데, 반짝이는 분홍색 새 휴대폰이 눈에 들어왔습니다. 순간적으로 고개를 돌려보았는데 교실에는 아무도 없었습니다. 유선이는 휴대폰을 가져가 자기 가방에 넣었습니다. 어린이들이 우르르 들어왔고, 회장이 인사를 했습니다.

"선생님께 인사!"

어린이들은 선생님, 사랑합니다~ 친구야, 사랑해~를 외치면서 교실 밖으로 빠져나갔습니다.

집에 가져가면 재미있게 전화기로 놀 수 있을 것 같았지만, 유선이는 불안하기만 했습니다. 그때서야 엄청난 잘못을 한 것을 깨달았습니다. 휴대폰을 잃어버려 울고 있을 화정이 얼굴도 떠올랐습니다. 화정이에게 돌려주고 싶었지만, 용기가 없었습니다. 유선이는 잠도 제대로 자지 못하고 새벽같이 학교에 왔습니다. 집에서 수건에 싸고 온 '물건'을 화장실 맨 안쪽 칸 휴지통에 '버렸습니다.' 휴지통에 있는 것을 누가 뒤지지는 않을 테니까.

선생님이 왔고, 탐정놀이를 했고, 수경이와 함께 화장실을 뒤졌고, 기가 막힌 탐정이 된 것이었습니다.

"화정이에게 너무 미안했어요. 가져다주려 했지만…. 선생님, 잘못했어요. 다시는 안 그럴게요…."

수건에 싸서 화장실에 버린 것도 그렇고, 수경이와 알리바이를 만든 것도 지능적이고 교묘했지만, 사실대로 다 털어놓으니 마음이 놓였습니다.

"유선아, 선생님에게 다 말해주어서 정말 고마워. 어제 잠도 잘 못 잤지?"

"네…."

유선이는 더 크게 울었습니다. 손으로 얼굴을 가리고 울었습니다. 엄마도 없이 크는 아이…. 휴지로 눈물을 닦게 하고 젖은 아이 손을 꼭 잡아주었습니다. 절대 남의 물건에 손대면 안 된다고 하고, 언제든 무슨 일이 있으면 선생님께 의논해도 좋다고 말해주었습니다.

"선생님은 학교에서 너희들 엄마야. 자식이 스물네 명이나 있어."

아이는 그때서야 울음을 멈추고 웃었습니다.

해가 바뀌고 5학년이 되자, 학급 부회장이 되었다고 친구들을 데리고 제일 먼저 나에게 자랑하러 왔습니다.

벌써 고3이 되었겠네요. 수능을 치르느라 힘들어하겠네요. 많은 선생님들을 만나며 나를 잊었는지도 모릅니다.

명랑한 유선이는 선생님들께 사랑받고 밝게 잘 자랐을 것입니다.

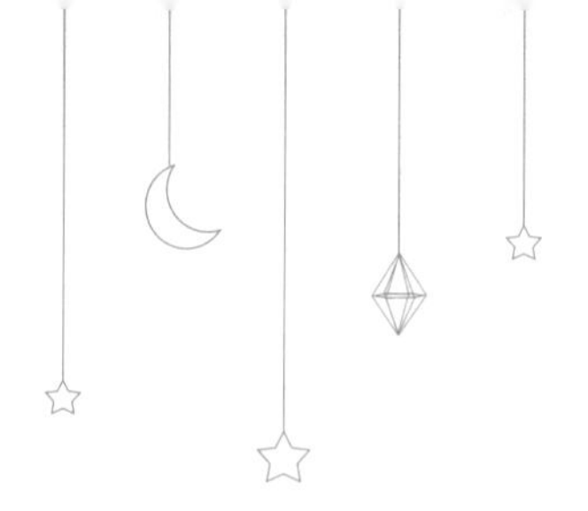

그 일로 무엇을 배웠니?

영화를 볼 때 사람들의 실수를, 특히 아이들의 잘못을 어떻게 다독이는지 유심히 봅니다. 잘못에 대한 훈계보다 그 일을 통해 무엇을 배웠는지를 묻는 장면이 눈에 들어옵니다.

어린이들과 생활하다 보면 화영이의 휴대폰 사건처럼 그런 도난 사건이 가끔씩 생깁니다. 소소한 학용품을 잃어버렸다는 것부터 휴대폰처럼 값비싼 물건까지. 어린이들은 자기가 가진 신기한 물건을 동무들에게 자랑하고 싶어 학교에 가져오면, 호기심에 다른 사람의 물건을 가져가기도 합니다. 그것이 나쁜 행동이라는 것을 잘 모르기도 합니다.

아이들은 흔히 실수를 저지릅니다. 그릇에 담긴 음식을 만졌다가 뜨거운 것을 알고 함부로 만지면 안 되겠구나, 뜨거워서 상처를 입을 수도 있구나, 하는 것들을 경험으로 알게 됩니다. 유리나 도자기를 함부로 다루면 깨지게 된다는 것도, 때로는 아주 비싼 대가를 치르고서야 깨닫기도 합니다. 아이들은 그렇게 실수를 하면서 배웁니다.

모든 일을 경험으로 익힐 수만은 없습니다. 돌이킬 수 없는 사고로 이어질 수도 있기에, 간접 경험으로 혹은 직관이나 상상으로 배우기도 합니다. 그렇더라도 옳고 그름에 대한 올바른 판단을 하지 못할 때가 있습니다. 판단의 근거나 몸으로 체득한 경험이 적기 때문이지요. 잘못된 일을 통하여 자신이 어떻게 행동해야 하는지 상황에 맞는 판단을 어떻게 했어야 했는지를 배우려면 어쩌면 실수는 자라면서 필수 불가결한 것일지도 모릅니다.

경험을 많이 축적한 어른들의 경우는 좀 다릅니다. 경험도 있고 판단력도 있지만 빠르게 대처하지 못해 엄청난 실수를 저지르기도 하고 돌이킬 수 없는 결과를 만들기도 합니다.

"그 일을 통해 무엇을 배우는지가 중요해."

실수나 잘못을 했을 때, 그 일을 통해 무엇을 알게 되었는지 배우고 반복하지 않게 하는 것이 중요합니다. 앞으로 수많은 실수와 잘못이 비슷하게 일어날 것이고 만일 최초의 일로부터 배우지 못하면 같은 행동을 반복할 것이기에 그렇습니다.

어느 날, 우유대금을 받아 봉투에 담고 서랍에 넣어 놓고 교무실에 다녀왔습니다. (그 시절에는 교사가 우유대금을 받아 행정실에 냈습니다.) 점심시간이 끝나고 우유대금을 내려고 했더니 봉투가 없었습니다. 분명히 서랍에 넣었는데…. 선배들이 사용했다는 방법들을 써볼까 고민도 했습니다. 쪽지를 써내거나, 인주를 찍어 본다거나…. (거짓말을 하면 손가락이 검게 변한다고 했다네요.) 그런 방법들은 어린이들과 교사 사이에 거리감만 주고 어린이들을 믿지 못하는 앙금으로 남을 수밖에 없습니다. 조용히 어린이들을 지켜보기로 했습니다.

다음 날, 우리 반 어린이들을 유심히 관찰했습니다. 새 물건을 가진 아이는 없는지, 군것질을 갑자기 많이 한다거나, 동무들에게 뭔가를 사 주지는 않았는지…. 수업시간에 천천히 어린이들 물건을 살피며 책상 사이를 돌았습니다. 새 필통이 눈에 띄었습니다.

"모람아, 새 필통 샀니?"

"네."

모람이가 대답한 것이 아니라 다른 아이가 대답했습니다. 살 때 같이 있었던 친구였지요. 그 아이를 불러 자초지종을 물어봤더니 어제는 친구들에게 아이스크림을 사 주고, 오늘도 과자를 사 주었다는 것이었습니다.

수업을 끝내고 모람이 2학년 동생을 불렀습니다. 어제 형이 이것저것 사 주었다면서 돈을 많이 가지고 있었다는 말도 들었습니다. 모람이를 불러 무엇을 새로 샀는지, 누구에게 무엇 무엇을 사 주었는지 확인했습니다. 쓴 돈이 적잖아서 돈은 어디서 났는지 캐어 물었더니 엄마가 용돈을 주셨다고 했습니다.

"엄마께 용돈을 얼마 주셨냐고 물어봐도 될까?"

아이는 대번에 얼굴이 흐려졌습니다. 이제 기다릴 순간이 왔습니다. 아이는 순순히 서랍이 조금 열린 틈으로 봉투가 보였고, 가져갔다는 말을 했습니다. 점심시간에 사 먹고 집에 가면서 사 먹고 어린이들을 사 주고 나머지는 집에 숨겨 놓았다고 했습니다. 거짓말하지 않고 사실대로 말했으니 모두 용서해 주겠노라 하고 가져오게 했지요. 모람이는 남은 돈을 가지러 헐레벌떡 집에 다녀왔고, 동생도 함께 왔습니다. 아이들은 남의 물건에 손대지 않기로 나와 굳게 약속했습니다. 아이는 비로소 얼굴이 밝아졌습니다.

어린이들은 대부분 정직합니다. 책상 위에 무엇이 있어도 손대지 않고 친구들의 물건도 잘 지켜줍니다. 사실 그것은 아이 잘못이기보다 내 잘못이 컸습니다. 우유대금을 잘 보관하던지, 받는 즉시 행정실에 내던지 했어야 했는데, 내 불찰이 그런 일을 부른 것입니다.

어느 해 6학년을 가르칠 때였습니다. 교문에서 하교 지도를 하고 복도 끝에 있는 우리 교실로 가려고 막 계단참을 도는데 교실에서 달려 나와 황급하게 사라지는 아이가 있었습니다. 뭔가를 놓고 간 물건이 있었나 보다 하고 교실에 들어가 뒷정리를 하고 오후 사무를 봤습니다.

퇴근길에 남편 와이셔츠를 사려고 매장에 들어가 물건을 고르고 계산하려는데 가방에 지갑이 없었습니다. 교실에 두고 왔나? 갑자기 머릿속이 하얘졌습니다. 지갑에 온갖 것이 들었는데…. 마음을 가다듬고 역추적을 해보았더니 하교지도 때 가방을 의자에 두고 문도 잠그지 않고 다녀온 일이 기억났습니다. (그땐 교사용 사물함이나 캐비닛이 교실에 없었습니다.) 일단 카드 분실 신고를 하였지만 황당한 마음은 갈피를 잡을 수 없었습니다. 문득 나를 보고 황급하게 사라지던 아이가 떠올랐습니다. 내 잘못인데 옳지 않았습니다.

다음 날, 학교에 가서 할 일이란 어린이들을 관찰하는 일이었습니다. 그런 일이 생겼을 때 가장 기분이 안 좋은 것은 모두를 의심하게 된다는 점입니다. 내 부주의로 인한 일인데 어린이들에게 떠넘기는 것만 같아 미안하고 죄책감이 들기도 했습니다.

방과 후 그 아이를 불러 이야기를 했습니다.

"어제 교실에 뭐 놓고 갔었니?"

"네."

자두는 천연덕스럽게 대답했습니다.

"아, 사실은 선생님 지갑을 잃어버렸어. 하교 지도할 때 문을 잠그지 않아서 누가 왔었나 봐. 혹시 너 들어올 때 누구 없었니?"

"없었어요."

그런 상황이 너무 싫었습니다. 아이를 취조하는 것만 같았습니다. 그러면서도 얼굴 가득 슬픔을 담고 간절한 목소리로 말했습니다.

"자두야, 혹시 어제 교실에 왔을 때, 선생님 지갑 보지 못했니? 정말 큰일이다. 거기 우리 아파트 입주권이 있거든. 그거 잃어버리면 우리 가족은 집에 못 들어가게 생겼어. 이제 나는 어떡하니?"

아파트 입주권이라니? 지갑 안에 있던 아파트 출입증을 그렇게 말했습니다. 어쩌다 그런 황당한 말을 만들어냈는지, 스스로도 어이가 없었습니다. '우리 선생님이 길바닥에 나앉게 되었다.'는 말이 아이를 흔들리게 했을까요. 아이 얼굴에 어떤 빛이 잠깐 흐르는 것을 감지했습니다. 나는 아이가 솔직하게 말해줄 것이라는 믿음이 생겼습니다. 아이는 조금 주저하더니 가방이 열려 있어 지갑을 집에 가져갔고, 화분 밑에 숨겼다는 말을 했습니다. 나도 모르게 아이를 와락 안았습니다.

"자두야, 고맙다!"

그것은 아이가 나를 온전히 믿고 말해준 것에 대한 고마움이었습니다. 아이가 가져온 지갑에는 모든 것이 그대로 들어 있고, 돈만 조금 비었습니다. 얼마를 썼냐고 물었더니 2만3천 원을 썼다고 했습니다. 사실대로 말해주어서 고맙다고 했고, 덕분에 선생님은 곤란한 상황에서 벗어날 수 있었다고 했습니다. 다시는 이런 일을 하지 않겠다고 다짐도 했습니다. 아이는 밝은 얼굴로 집으로 갔습니다.

일은 해결되었으나 나는 새로운 고민이 생겼습니다. 그 일을 부모에게 알려야 하나 말아야 하나 결정할 수 없었습니다. 아이는 이전에 그런 일이 없었다고 했지만, 처음이 아닐 수도 있었습니다. 하지만 나를 믿고 사실대로 말해준 아이와 약속을 저버릴 수 없었습니다. 평소 아이를 통해 들은 바로는 아버지가 술을 마시고 행패를 부리는 등, 부모가 교육적으로 접근할 확률이 적어 보였습니다. 선생님을 믿고 사실대로 말했는데 다시 부모에게 알려 2차 피해가 되지는 않을까. 나쁜 일을 했다고 아이를 다그치고 절망으로 몰아갈 것이 분명했습니다. 부모가 교사와 아이 사이의 믿음을 지켜줄 리 없었습니다. 갈등이 되었습니다. 만일 그렇게 된다면 나를 믿었던 아이와의 신뢰는 영원히 사라지게 될 것입니다.

내가 부주의하게 물건을 관리하지 못한 탓에 아이로 하여금 갈등 상황에 빠지게 만들고, 나쁜 행동을 키우게 한 원인을 제공한 책임도 크다는 생각이 들었습니다. 그 아이를 잘못된 유혹에 빠트린 것에 대해 많은 반성을 했습니다. 아이는 순간의 잘못으로 저지른 일이었고, 고백하고 용서를 비는 일을 믿기로 했습니다. 자두는 자신의 행동이 잘못된 것인지도 알고, 행동이 어떤 결과를 가져올 것인지 그것으로 인한 책임이 어떤 것인지를 충분히 깨닫고 있었습니다. 누군가에게 솔직하게 털어놓는 그 순간에 동시에 자신의 잘못된 행동을 반성하는 시간이 되었을 것입니다. 어떻게 해야 할까요. 그것을 부모에게 알려야 했을까요. 계속 고민이 되었습니다.

아이들은 천 번을 변하며 자란다는 것을 믿기로 했습니다. 결국 나는 부모에게 알리지 않았습니다. 아이는 충분히 반성했고, 잘못을 뉘우쳤습니다. 그리고 다시는 그런 일을 하지 않겠다는 굳은 약속을 믿어주기로 했습니다. 그 일은 자두와 나만의 비밀로 남겨두기로 했습니다.

그 후, 아이는 더 착실하게 학교생활을 했습니다. 물론 그런 일이 다시 생기지도 않았고요. 다만 그 아이가 자라면서 다시는 그런 유혹에 빠지지 않았기를, 그 일을 계기로 다시는 그런 일을 하지 않았기를 진심으로 바랄 뿐입니다.

누구나 잘못을 저지르며 삽니다. 그리고 후회도 합니다. 어린이들이 순간적인 잘못을 하였을 때, 그 상황에서 자신을 돌아보고 잘못을 통해 무엇인가를 배웠기를 바라는 마음이 되곤 합니다. 그것은 어른인 나 자신도 예외는 없습니다.

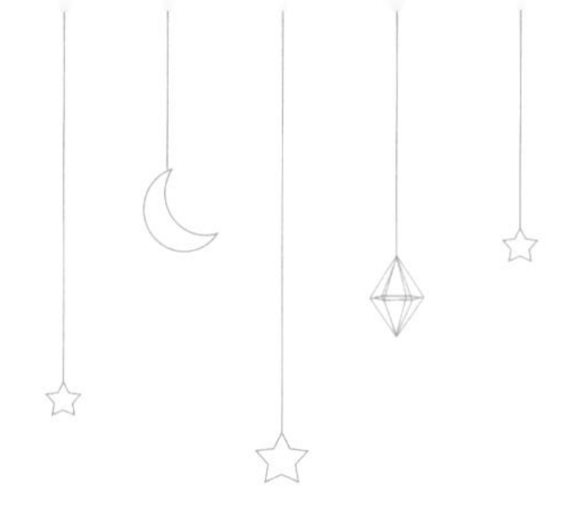

해 뜰 때 한 일을 해 질 때까지?

- 좋은 일로 하루를 시작하기

언제부턴가 좋은 그림책이나 동화책을 사 모으고 있습니다. 그림책을 좋아하기도 하지만, 나중에 내게 작은 천사들이 생기면 그들에게 한 권씩 읽어주려고 합니다. 사 모은 그림책을 한 아름 가져다가 옆에 쌓아놓고 아이를 끼고 앉아 책을 읽어주는 그림을 생각하며 그림책을 읽곤 합니다.

그림을 오래도록 들여다보며 읽어도 금방 읽어지는 그림책은 몇 번이고 다시 보고 읽습니다. 소설처럼 줄거리가 급박한 것도 아니고 이야기가 어떻게 이어질 것이라는 결말이 미리 다가오지만, 문장 하나하나 그림 하나하나가 밥을 먹고 꼭 집어 먹어야 하는 초록색 나물, 노란색 계란부침, 달큰하게 조려진 장조림 같은 반찬이 되곤 합니다. 그림 속의 작은 풀 하나에도 그렇게 정이 갑니다. 사소한 것에도 작가는 이야기를 담아 그렸기에 그렇습니다.

신문에서 제목을 확 끌어당기는 그림책 소개 기사에 눈이 쏠렸습니다.

> 유럽의 북쪽에는 에스토니아라는 작은 나라가 있어요. 독립한 지 불과 30여 년밖에 되지 않은 에스토니아는 800여 년간 스웨덴, 폴란드, 러시아 등 외세의 지배를 받은 역사를 지니고 있어요. 과연 어떤 저력이 이 나라 사람들을 버티게 해주었을까요? 이 책은 에스토니아에서 아주 옛날부터 전해 내려오는 이야기를 담고 있어요. 그래서 이들의 태도와 철학을 엿볼 수 있지요.

여기까지 읽고 이 책이 에스토니아 작가가 쓴 책인 줄 알았습니다.

주문한 책 『해 뜰 때 한 일을 해 질 때까지』가 왔습니다. 에스토니아 동화는 어떨까 생각하며 책을 펼치는 순간 깜짝 놀랐습니다. 우리나라 작가가 쓴 글이었네요. 에스토니아에 내려오는 이야기를 동화로 다시 쓴 책입니다.

에스토니아는 성남시만 한 땅에 43만 명이 사는 발트 3국 중에 가장 작은 나라입니다. 뾰족한 지붕을 가진 건물이 그려진 책 표지를 만지며 에스토니아 탈린에 갔던 일이 그림처럼 펼쳐졌습니다.

어느 해 여름방학, 북유럽 여행 중에 상트페테르부르크로 가기 위해 크루즈에서 내린 우리는 탈린Tallinn으로 건너갔습니다. 덴마크 마을이라는 의미도, 겨울 마을이란 의미도 들어 있는 그곳은 너무나도 깨끗하고 소박한 아름다움이 있었습니다. 제정 러시아 때는 귀족들의 휴양지였다는데 그럴만 했습니다. 코투오차 전망대에 올라 찬란한 하늘 아래 있는 시가지를 보니 내려가기 싫었습니다. 시청 광장 기념품 가게에는 북유럽 요정인 트롤이 서 있고 거리마다 바이올린을 들고 연주하는 버스커가 있었습니다. 돌이 박힌 골목길을 돌 때 얇은 신발 바닥에 닿는 오돌토돌한 돌의 감각이 되살아났습니다. 한두 시간 안에 시가지를 다 돌았습니다. 그곳에 외세에 핍박받았던 역사가 있었다는 것을 그때는 몰랐습니다.

그곳에 다녀온 생각을 하며 책장을 넘겼습니다.

'찬바람이 쌩쌩 부는 겨울밤이었어.'로 시작하는 그림 동화는 짙은 갈색을 배경으로 한 어둠 속에 나무들은 가지들만 남기고 추위에 떨고 있어요. 허름한 옷차림의 한 나그네가 흰 수염과 흰머리를 휘날리며 지친 발걸음을 옮기고 있네요. 한 발자국 걷기도 힘들어 보입니다. 나무 위에 앉은 부엉이는 나그네를 걱정하느라 눈이 더 커지고 있네요. 어서 쉴 곳을 찾아 따듯한 수프라도 한 숟갈 먹고 잠을 자고 싶은 표정이네요. 멀리 노란 불빛이 가득한 으리으리한 집이 보이네요.

이야기는 정해진 스토리를 쫓아갑니다. 부자 노인은 힘든 나그네를 내치고 맙니다. 부자들은 인색하고 얼굴이 사납게 표현하는 천편일률적인 이야기가 여기에도 드러납니다. 부자들도 너그러울 수 있는데 말이죠. 옛이야기 속에 가난하고 착한 사람들과 대비시키느라 그랬을 거예요. 요즘에는 존경받는 부자들이 많아져서 다행입니다.

당연히 마음씨가 고운 사람이 나타날 차례입니다. 남편은 죽고 아이 셋을 키우고 있는 가난한 여인은 나그네를 거두어 음식을 주고 잠자리를 제공합니다. 나그네는 고마운 마음을 보답할 차례입니다.

"오늘 당신은, 해 뜰 때 한 일을 해 질 때까지 하게 될 것이오."

이 말을 들었을 때 가난한 여인도 고개를 갸우뚱했지만, 읽는 나도 갸우뚱했어요. 해 뜰 때 한 일을 해 질 때까지 하게 될 거라니. 무슨 일을 하게 될까.

그녀는 남루한 옷을 입었다는 나그네의 말이 신경이 쓰였습니다. 아이들에게 새 옷을 만들어주려고 고이 아껴둔 옷감을 꺼내 치수를 재는데 찬란한 아침 해가 떠오릅니다. 여인은 하염없이 해가 질 때까지 자를 대고 재어야 하는 옷감으로 돌려받았지요.

당연히 부자가 질투할 차례입니다. 제비 다리를 일부러 꺾어 치료하듯 나그네를 찾아 보답할 일을 재촉합니다.

"당신도 오늘 당신은, 해 뜰 때 한 일을 해 질 때까지 하게 될 것이오."

부자는 나그네의 뒷모습이 채 사라지기도 전에 당연히 돈을 세겠지요. 그러면 세상에서 으뜸가는 부자가 될 테니까요. 궤짝을 열다가 먼지 때문에 재채기를 하고 말았어요. 만일 부자가 그동안 궤짝을 자주 열어 가난한 이웃들에게 베풀었다면, 먼지가 쌓이지는 않았겠지요. 부자 영감이 얼굴이 벌게지면서 간지러움을 참지 못해 콧구멍이 벌렁거리며 기침을 하는 얼굴에 웃음이 나옵니다.

이야기가 참 소박하고 따뜻합니다.

부자 영감이 엄청난 벌을 받아 지옥으로 떨어지는 잔인한 장면도 없고 재채기를 하다가 골이 지끈지끈 아프고 말았다고 끝을 냅니다. 또 가난한 여인도 고대광실 부자가 되는 것으로 만들지 않습니다. 그래서 이 이야기가 아름답고 재치 있습니다. 왜 이제야 이런 책을 만나게 되었을까요. 좋은 동화책을 뒤늦게 읽으면서 어린이들에게 그때 읽어주었더라면, 하고 아쉬운 생각이 듭니다. 어린이들 가르칠 때 만났더라면 좋았을 것을. (하긴 그때 출판이 안 되었으니 읽어줄 수도 없었겠네요.)

그런 이야기가 오랫동안 외세의 핍박 속에 힘든 시간을 보내야 했던 에스토니아인들에게 버틸 수 있었던 힘이 되었는지도 모릅니다. 힘든 세월을 이겨내려면 이렇게 아름다운 이야기가 필요했을 거예요. 이야기는 모든 어른에게 하는 아주 멋진 말로 마무리를 짓습니다.

"좋은 일로 하루를 시작하라. 그러면 온종일 복이 깃들리라."

아침에 일어나 제일 먼저 화장실에서 거울을 봅니다. 오늘 하루를 생각합니다. 좋은 일로 하루를 시작해야지. 그러면 당연히 하루가 복되지 않을까요.

책을 읽는 내내 아이들에게 동화책을 읽어주던 생각이 납니다. 교실 가운데 폭신한 블록 방석을 들고 나와 모여 앉아 읽어주는 동화책을 귀 기울여 듣는 어린이들 얼굴이 어제인 듯 떠오릅니다.

한동안 학교에서 아침마다 6학년 언니들 두 명씩 짝을 지어 저학년 교실에 와서 일주일에 두 번 책을 읽어주는 프로그램이 있었습니다. 정말 좋은 아이디어였습니다. 당번을 맡은 선배들이 교실에 들어와 실감 나게 이야기를 읽어주면 교사가 읽어주는 것보다 백배 효과가 있었습니다. 어린이들은 선배들이 읽어주는 내용을 놓치지 않으려고 눈을 반짝이며 들었습니다.

6학년 언니들도 자신들이 읽어주는 책을 귀담아듣는 동생들이 예뻐서 신이 났습니다. 어떤 책을 읽어줄 것인지 도서관에서 신중하게 고르는 과정에서 선배들에게도 많은 공부가 되었습니다. 언니들이 책을 읽어준 다음 질문도 하고 대답을 잘한 동생들에게는 사탕 같은 작은 선물을 주면서 어린이들을 기쁘게 했습니다. 참 아름다운 풍경이었습니다.

비록 어렵지만 타인에 대한 진심을 잃지 말라고, 이 책은 따뜻하게 '경고'합니다. 우리가 관심을 기울이지 못한 옆에 있는 누군가는 천사일지도 모릅니다. 주변에 가난하고 어려운 상황에 빠진 천사가 길을 잃고 헤매고 있는지 모릅니다. 책 속의 부엉이처럼 눈을 크게 뜨고 살펴볼 일입니다.

3

꽃잎처럼

사랑하는 마음은 한결같습니다.

아니, 변하면서 점점 커지고 단단해지는 것이겠지요.

우리 옆에 있는 관심을 기울이지 못한 누군가는 천사일지도 모릅니다.

내가 만난 어린이들이 천사였음을

잠깐씩 잊고 지나친 것은 아닌지 모르겠습니다.

혜원 신윤복을 닮은 혜원이

안녕하세요.
예전에 책 중간에 일러스트를 그렸던 혜원이예요!
선생님 정말 뵙고 싶었어요. 지금은 벌써 중학생이 되었어요.
그 책에 그림을 그릴 수 있도록 좋은 기회 주셔서 정말 감사합니다. 그리고 새로운 책 출판하신 것도 진심으로 축하드립니다.
앞으로도 사람들 마음에 와닿는 아름다운 책 쓰시길 바라며 행복한 나날 보내세요^^
감사합니다.

혜원이가 문자를 보내왔습니다. 4학년 혜원이는 여린 코스모스 같은 아이였습니다. 늘 웃는 얼굴로 생활하는 이 아이, 엄청나게 공부를 많이 했는데 부모가 시키는 대로 잘 따라 했습니다. 스스로도 욕심이 많았습니다.

깨알 같은 글씨로 한바닥을 넘기는 일기 사이사이 그림을 그려 넣었습니다. 그림을 무척 잘 그렸는데, 인물표현을 특히 잘했습니다. 디테일하고 특징이 드러나게 표정과 움직임을 표현했습니다. 세밀하고 현장감이 살아 있는 생생한 장면묘사가 살아 있는 혜원이 일기를 읽는 것이 참 재미있었습니다. 혜원이가 써온 동화는 아이들이 좋아했습니다.

그러나 과한 사교육 때문에 학원 숙제가 많아 늘 시간이 부족했습니다. 수업시간에 엎드려 있기도 해서 부모님께 정식으로 학원을 줄여달라고 부탁하라고도 해보았습니다. 상담 주간에 오면 그런 말을 해 주려 했지만, 부모는 바빠서 오지 못했고, 대신 전화로 의견을 전달했지만 달라지는 것은 없어 보였습니다. 부모는 두 딸의 교육에 올인했습니다. 아이도 잘 따라 주었고 어떤 과목이든 평가에 실수하는 법이 없었습니다. 그림이나 악기, 글쓰기도 잘했습니다. 심지어 체육활동도 잘했습니다. 몇몇 말썽꾸러기들이 끊임없이 사고를 치는 와중에도 혜원이는 힘이 되는 응원군이었습니다. 점심시간에 어린이들이 운동장으로 나가면 빈 교실에서 '오버 더 레인보우' 같은 명곡을 리코더로 연주해주기도 했습니다.

당시 나는 1학년을 두 해 연속으로 하고 나서 그동안 여러 번 담당했던 1학년의 정보를 모아 1학년 학부모를 위한 안내서를 쓰고 있었습니다. 봄방학 때 문득 1학년 어린이들을 생각하다가 한 아이가 들고 다니는 책가방이 떠올랐습니다. 통조림처럼 지퍼를 빙 둘러 뚜껑을 열었다 닫는 책가방이었는데, 통신문을 주거나 뭘 꺼낼 때도 가방을 열고 닫느라 불편하고 힘들어했습니다. 엄마들은 왜 아이들이 쓸 물건을 자기 기준에 맞추어서 준비할까 하는 생각에 이르렀고, 벌떡 일어나 노트북을 두들기기 시작했습니다. 1학년의 준비물은 이렇고 저렇고…, 하다 보니 27페이지가 넘어갔습니다. 1학년만의 특수한 상황을 쓰다 보니 챕터가 정해지고 구체적인 교육 안내서가 만들어졌습니다.

그렇게 책을 써나가고 있었는데, 삽화에 혜원이 그림을 넣으면 어떨까 하는 생각이 들었습니다. 어린이들에 관한 책이니 어른의 일러스트보다 아이가 그린 그림이 훨씬 더 살아 있고 아기자기할 것이었습니다. 입학식에 관한 글 한 꼭지를 설명해주고 거기에 어울리는 그림을 그려보라고 했더니, 꽃다발을 들고 자식을 응원하면서도 한편으로는 걱정스럽기도 한 부모의 분위기를 살려 그렸습니다. 쉬는 시간 모습도 아주 실감 나게 잘 그렸습니다. 학기 말에 통지표를 받아 든 어린이들 표정과 그들의 대화도 살아 있었습니다. 그림이 썩 마음에 들었습니다.

1학기가 끝날 무렵 기획서를 작성하여 여섯 개의 출판사에 보냈습니다. 한동안 연락이 없더니 어떤 출판사에서는 자신의 출판사에서는 기획의도가 맞지 않는다는 메일을 보내왔습니다. 그러면 그렇지, 이름도 없는 사람이 쓴 글을 누가 보겠어! 자조 섞인 푸념이 흘러나왔습니다. 여름방학이 되어 떠난 여행지에서 출판사에서 연락이 왔다는 소식을 듣게 되었습니다. 내가 책을 낸다니. 여행하는 내내 뜬구름을 탄 듯했습니다.

책 속에 혜원이 일러스트를 써도 되겠느냐고 물었습니다. 출판사에서도 좋다고 하여 아이의 그림이 들어가게 되었습니다. 책날개에 혜원이 소개도 들어갔습니다.

그림 그리는 것을 좋아하는 유쾌한 소녀다.
그림을 그리고 이야기를 만들어 친구들에게 들려주는 일에 뿌듯함을 느낀다. 그림 작가나 의사가 되겠다는 꿈을 품고 있다.

혜원이가 그린 그림이 책에 실린 것을 보니 정말 예뻤습니다. 그 아이 그림을 넣은 것은 정말 잘한 것 같습니다. 혜원이는 초등학교 4학년에 자신의 삽화를 넣은 저서가 생기게 되었습니다. 혜원이가 자기 그림을 넣어 책을 만든 것을 고마워하니, 나는 그저 보람이 될 뿐입니다.

책이 나온 후에 혜원이가 그린 그림에다 이야기를 넣어 『좌충우돌 교실 이야기』를 쓰려고 기획하고 있었습니다. 생생한 그림에 매일 생기는 교실 이야기가 뭔가 될 것 같았습니다. 그림을 모으고 이야기를 쓰다가 흐지부지되고 말았습니다. 의욕만 앞섰지 남아 있는 힘이 부족했습니다.

어느 날, 혜원이가 활짝 웃는 내 모습을 그려왔습니다. 밑단 부분에 학 그림이 있던 옷을 입은 것도 자세히 그려 넣었습니다. 당시 나는 혜원이 그림처럼 잘 웃지 못했습니다. 웃을 여력이 없었어요. 몇몇 힘든 어린이들로 인해 에너지가 고갈되는 것 같았습니다. 내 능력의 한계가 왔고 도무지 가르치는 기쁨이 없었습니다. 어린이들도 나를 좋아하지 않는 것 같았습니다. 학교에 가는 것이 행복하지 않았습니다. 이러면 나는 학교에 있으면 안 되는 것입니다. 마침내 한 방울의 힘도 남아 있지 않게 되었을 때, 결국 명퇴를 신청했고 적절한 시기에 학교를 떠났습니다.

어린이들의 능력을 볼 줄 알고 키워주는 것이 어른들이 할 일입니다.

재능을 발견하고 키워주는 일이야말로 가르치는 사람이 제일 먼저 해야 할 일이기도 합니다. 학창 시절 선생님께 들은 한마디 말로 진로를 결정하기도 하고, 꿈을 키운 사람들이 많습니다. 국민학교 시절 선생님이 내가 쓴 극본을 읽고 '글을 참 잘 쓴다.'는 한마디에 지금 이렇게 글을 쓰는 힘이 되었습니다. 혜원이도 지금은 학교 공부에 바쁘겠지만, 언젠가 자신이 가지고 있는 여러 가지 특기를 빛낼 날이 올 것입니다.

나는 그림 못 그려요

혜원이처럼 뭐든지 슥슥 그려내는 친구도 있지만, 그림 때문에 힘들어하는 어린이도 있습니다. 1학년 교과활동에는 그림으로 표현해보는 활동이 많습니다. 결과적으로 그림 솜씨가 있는 어린이가 눈에 띄게 마련입니다.

"오늘은 친구 자랑을 할 거예요. 짝을 그리고 꽃종이에 짝 자랑을 써서 붙여주세요. 글씨를 모르는 어린이는 선생님이 도와줄 거예요. 짝에게 어떤 자랑이 숨어 있을까? 찾아볼까요?"

짝을 관찰하고 특징을 발견하는 활동을 하는 날이에요. 학문의 가장 기초적인 단계가 관찰입니다. 그다음에 무엇이 같고 다른지 발견하는 분류입니다. 관찰하는 힘이 좋은 아이는 묘사하는 능력도 우수합니다. 관찰은 자세히 오래 보는 습관에서 시작합니다. '자세히 보아야 예쁘다, 오래 보아야 사랑스럽다.'는 시도 있잖아요. 어린이들에게는 모든 사물을 관찰하는 단계부터 공부가 시작됩니다.

짝의 모습을 그리고 난 빈 곳에 짝의 자랑을 꽃종이에 써서 붙이는 활동을 하기 전에 짝 자랑을 하라고 했더니, 열심히 짝을 들여다보고 짝 자랑을 합니다. 안경을 꼈어요, 점이 있어요, 이가 빠졌어요, 고춧가루가 묻었어요, 머리가 길어요, 눈이 커요…. 너도나도 할 말이 참 많습니다. 일어나서 짝을 살펴보고, 머리도 만져보고. 짝의 입속까지 관찰하느라 손으로 입을 벌리려 한다고 뛰어나와 이르기도 합니다.

어린이들이 하는 말을 칠판에 써 주고 색도화지와 꽃 모양으로 오린 꽃종이를 나누어 줍니다. 종이를 받자마자 "가로로 그려요? 세로로 그려요?" 질문합니다. 그리고 싶은 대로 그리라고 합니다. 어린이들은 B4 색도화지를 받자마자 관찰한 짝의 모습을 그리기 시작합니다. 갑자기 영진이가 난처한 얼굴로 나옵니다.

"난 그림 못 그려요."

"괜찮아, 영진아, 짝을 잘 쳐다보고 나와 뭐가 다른지 살펴보고 그리면 돼. 제일 잘 보이는 것부터 그려볼래?"

영진이는 그림을 그릴 시간만 되면 아주 난처한 얼굴로 선생님에게 하소연하곤 했어요. 아이는 그림에 손을 대지 못하거나 그려도 아주 작게 그리곤 했습니다. 어떻게 그릴지 아이는 아직도 생각이 나지 않나 봅니다. 친구들이 하는 것을 쳐다보며 손톱으로 크레파스만 다듬고 있습니다. 선생님은 도와주기로 합니다.

"짝을 보니 뭐가 보여?"

"머리가 길어요."

"그래, 잘 찾았어, 그걸 그리자."

아이 손을 잡고 먼저 얼굴을 크게 형태를 잡아줍니다. 머리를 그리고 눈 코 입도 그리라고 말해줍니다.

어린이들은 자기가 그린 그림을 짝에게 보여주며 설명한 다음, 친구들 앞에 나와서 누구를 그린 것인지 말하게 합니다. 그려놓고도 말로 표현하지 못하는 친구들도 있습니다. 선생님은 무언가 말할 수 있도록 하나씩 상기시켜 줍니다. 한참 만에 영진이가 그림을 가져왔습니다. 아이의 그림은 대단했습니다. 머리는 종이 큰 반을 차지하고, 눈 코 입은 콩알만 했습니다. 짝의 눈이 작기는 했습니다. 짝을 자세히 보고 특징을 살려서 열심히 그렸다고 칭찬을 듬뿍 해줍니다.

사실은 그 아이에게 더 작은 종이를 주었어야 했습니다. 그러면 훨씬 쉽게 그렸을 텐데. 하지만 같은 크기의 종이에 그려야 전시하기가 편해서 그리한 것입니다.

그림 그리기에 자신이 없는 아이는 아무것도 없는 흰 종이가 두려움의 대상입니다. '백색공포'에 직면하게 되는 것이죠. 크기를 줄여주면 훨씬 마음에 안정을 찾습니다. 또 어린이들이 그린 그림이 어른의 성미에 맞지 않아도 수정하거나 어른의 생각대로 요구하지 않도록 해야 합니다. 어린이들은 아무렇게나 그린 선 하나에도 많은 이야기를 담고 있기 때문입니다. 그리는 활동도 중요하지만, 그림을 통해 무엇을 말하고자 했는지 말로 표현하게 하는 활동이 더 중요합니다. 글로 표현하는 것이 자유롭지 못하기에 그림 속에 마음을 표현하고 그림으로 말합니다. 그래서 어린이들의 그림에 담겨 있는 소중한 마음을 읽을 수 있어야 합니다.

짝 자랑 표현하기를 마치고 '무지개도깨비'를 보고 있었습니다. 조용한 공기를 가르고 선희가 소리쳤습니다.

"야, 이영진 엉덩이 보여!"

책상 위에 엎드려 보던 영진이 바지가 반쯤 내려간 것입니다. 어린이들이 와 웃고. 영진이도 웃고. 나도 웃고. 교실은 웃음바다가 되었습니다. 바지가 내려와도 어린이들은 부끄러운 일이 아닙니다. 늘 내려오게 옷을 입는 영진이. 가끔 옷을 올려주면 금세 배꼽 아래로 내려옵니다. 아이들은 배꼽 아래로 내려 입는 것을 좋아합니다.

나중에 학교사랑 그리기를 하는 날, 영진이는 제법 학교사랑의 의미가 담긴 그림을 그려 다행스럽게도 상까지 받게 되었습니다. 그 일로 그림을 그리는 공포로부터 조금은 벗어날 수 있었습니다. 2학기가 되자 영진이는 그림을 그릴 때 못 그리겠다고 나오지 않았습니다. 그림 그리는 시간이 오면 예전처럼 크레파스를 손톱으로 뜯는 일도 사라졌습니다. 이런 것이 1학년 어린이들을 가르치는 보람입니다.

엄마 보고 싶어요

학교에 가고 싶어요

동생들은 언니나 오빠를 따라 학교에 가고 싶어 합니다. 우리 반 수정이 동생은 매일 학교로 쫓아와 울면서 교실에 들어오겠다고 언니를 난처하게 했습니다. 수정이는 떼쓰는 동생 때문에 난감한 얼굴이 되곤 했어요. 잠깐 교실에 들어오게 하고 색종이를 주고 아이를 달래 보낼 때마다 어린 시절이 떠오르곤 했어요.

나도 학교에 가고 싶었습니다. 오빠가 책가방을 가지고 학교에 가는 것을 보면 막 따라간다고 떼를 썼습니다. 어느 날은 오빠를 따라 학교에 갔습니다. 화단 턱에 발을 올려 까치발로 서서 창턱을 붙들어야 겨우 유리창 너머로 오빠 교실이 보였습니다. 칠판을 보며 쓰느라 고개를 들었다 숙이는 모습이 경건해 보였습니다. 공부하는 오빠 언니들을 보며 어서 일곱 살이 되기를 기다렸습니다.

드디어 입학식 날, 엄마 손을 잡고 나는 신이 나서 학교로 갔습니다. 흰 블라우스에 검은 원피스, 흰 스타킹을 신고 가슴에 흰 가제 손수건을 달고 청보라빛 빌로드 한복을 입은 엄마 손을 잡고 서 있었어요. 교장 선생님이 조회대에서 훈화를 할 동안 한참을 운동장에 서 있어야 했어요. 무슨 말인지 모른 나는 엄마 옷자락을 손바닥으로 한쪽으로 쓸었다가 다시 반대쪽으로 쓸면서 청보랏빛이 달라지는 것을 신기하게 보고 있었습니다.

드디어 교실로 들어가 우리는 자기 의자에 앉았고, 부모님들은 교실 뒤에 빙 둘러섰습니다. 우리 엄마가 가장 예쁘고 우아해서 나는 좀 들떴습니다. 선생님이 이름을 부르면서 뭔가를 나눠 주는데, 몇몇 아이들의 이름이 불릴 때마다 언제 내 이름이 나오나 고대하고 있었습니다.

"오설자"

드디어 내 이름이 불렸습니다. 나는 손을 번쩍 들고 큰 소리로 대답했어요.

"나!"

그 순간 '와' 하고 교실 안에 웃음이 터졌어요. 분명 '네'라고 했는데, 언제 '나'로 바뀌었는지 몰랐습니다. 홍당무가 된 얼굴로 나가서 선생님께 이름표를 받았어요. 그다음 무슨 일이 있었는지 아무 생각이 나지 않습니다. 그 일이 있고부터 나는 그만 부끄러움을 많이 타는 아이가 되고 말았어요.

어느 날, 교장선생님이 화단에서 풀을 뽑다가 나를 부르셨습니다. 교장 선생님이 나를 알고 있다는 것만으로도 우쭐했지요. 온화한 표정의 그 선생님. 웃을 때는 하회탈같이 주름살이 얼굴에 가득하던 분이었어요. '덕수초등학교 교장 류우익'이라고 상장 끝머리에 새겨진 이름. 언제나 아이들을 보면 환하게 웃으며 인사를 해주시고 손에는 운동장에서 주운 휴지가 들려 있었습니다. 나중에 페스탈로치를 알았을 때 그 교장선생님이 떠올랐습니다.

2학년 때 나이 지긋한 남자 선생님은 공부 시간에 질문을 많이 했어요. 상상력을 키우는 질문들이었죠.

"하늘에 해가 떠 있지? 저것이 활활 타는 불덩어리거든. 언젠가는 다 타고 없어질 텐데… 그러면 세상이 캄캄해질 텐데… 그때가 되면 어떻게 할래?"

선생님은 아주 걱정스런 얼굴로 말씀하셨어요. 나는 너무 걱정이 되었어요. 며칠 후에 진짜 태양이 다 불타버리면 시커먼 숯검댕이처럼 하늘에 매달려 있지 않을까요. 꼬맹이들도 걱정스러운 얼굴로 눈만 말똥말똥했습니다. 그 질문에는 그만 얼어붙고 말았지요. 정말 하늘의 해가 다 타서 없어져 버리면 깜깜한 세상에 엄마 얼굴도 보지 못하고, 더듬으며 집으로 가야 할 텐데. 밥 먹을 때도 반찬을 찾지 못해 숟가락끼리 부딪칠 텐데…. 나는 가슴이 조마조마했거든요. 선생님은 우리 마음을 읽었는지 웃으며 말했어요.

"걱정 마. 과학자들이 타지 않는 커다란 전등을 하늘에 매달아 놓을 거야."

선생님의 기발한 처방을 듣고 그때서야 숨이 쉬어졌어요. 아, 우리에겐 그런 과학자가 있겠구나, 그런 전등을 매달아 놓으면 걱정이 없겠구나, 안심이 되었어요. 까맣게 타 버린 해 대신 커다랗게 매달아 놓은 환한 전등을 바라보는 모습이 그려졌어요.

그 선생님 얼굴은 기억나지 않지만, 정말 좋은 선생님이었다는 생각이 듭니다. 아이들에게 허무맹랑하게 사실을 왜곡하거나 거짓된 이야기를 하면 안 되지만, 그와 같은 질문은 상상력을 자극하는 좋은 질문이라고 생각합니다. 좋은 질문은 상상력과 창의력을 키웁니다.

나는 학교가 좋았습니다. 학교는 가고 싶은 곳이 되어야 합니다.

엄마 보고 싶어요

5교시 하는 날 소꿉놀이를 합니다. 1학년은 일주일에 3일 동안 5교시가 있습니다. 생각보다 수업 시수가 많습니다. 만지락과 색깔 고무찰흙으로 음식들을 만듭니다. 이것으로 상차리기를 할 것입니다. 만지락은 굳지 않아서 만들었다가 합체하여 다른 작품을 만들 수 있는 신기한 찰흙입니다. 아이들이 그것을 가지고 활동할 때는 독성이나 오염물질이 없었으면 하는 마음이 되곤 합니다. 어린이들을 위한 물건에는 더욱 강력한 법적 제재가 있어서 해롭지 않은 물건을 만들었으면 좋겠습니다.

오물딱 조물딱. 작은 손으로 김밥도 만들고, 햄버거 피자도 만듭니다. 음식을 만들고 상을 차리고 소꿉놀이를 할 예정입니다. 어린이들은 저마다 가져온 소꿉놀이 도구들을 꺼냅니다. 모둠끼리 가족을 정하고 놀이를 합니다. 엄마는 앞치마를 두르고 아기 역할을 맡은 남자아이 머리를 세 갈래로 묶어줍니다. 할아버지는 지팡이도 있습니다. 소꿉놀이에서도 엄마들은 여전히 바쁩니다. 아이들을 챙기고 가족들 식사를 준비합니다. 모두 왁자지껄 놀이를 하고 있는데, 아빠와 할아버지는 신문을 보거나 어슬렁거립니다.

소꿉놀이 정리를 하고 공부를 하는데 하영이가 소리 없이 웁니다. 아이에게 다가가 달랬더니, 눈물을 그렁그렁한 채 말합니다.

"엄마 보고 싶어요."

아이를 다독여주니 더 흐느끼며 웁니다. 소꿉놀이를 하면서 하영이는 엄마 역할을 했습니다. 그러다 엄마가 생각난 것이지요. 1학년 어린이에게 5교시는 힘이 듭니다. 집에 갈 시간이 멀고 멀기 때문입니다. 엄마와 헤어지고 오랜 시간이 흐른 것처럼 여겨집니다. 어린이들에게는 잠깐의 시간도 삼천 년처럼 느껴지거든요.

하영이는 항상 모범적으로 생활했습니다. 제일 먼저 가방을 메고 의자를 정리하고 아직도 알림장을 다 쓰지 못한 짝을 도와주고 가방까지 챙겨주던 똑순이입니다. 눈동자를 반짝이면서 선생님의 말을 한마디도 놓치지 않으려 했습니다. 몇 년이 지난 어느 날, 하영이가 편지를 손바닥에 올려놓은 사진을 보내왔습니다.

> 너무너무 보고 싶은 오설자 선생님께
> 선생님 안녕하세요?
> 카톡으로 하려다가 손편지가 더 정성 있고 의미 있는 것 같아 직접 적었어요. 으엥, 벌써 선생님과 멀어진 지 5년이 되었네요. 선생님과 헤어진 지 얼마 안 된 거 같은데. 모든 거엔 처음 시작이 제일 중요한데 1학년 때 너무 기초 탄탄이 돼서 학년이 올라가면서 힘든 것도 별로 없고 오히려 즐거웠어요.^^ 그게 모두 저를 기초 탄탄이가 되게 해주신 우리 오설자 선생님 덕분입니다. 1학년 끝날 때 이젠 다시 선생님과 연락 못할까봐 집에서 많이 울었는데, 연락할 수 있어서 넘 행복하네요.
> 선생님 건강하시고 사랑해요♡

제자들이 보내온 이런 편지를 받을 때 선생으로서 보람을 느낍니다. 노력을 많이 하는 아이여서 열심히 공부하고 스스로 잘 해내고 있을 것입니다. 잘 자랄 것입니다. 하영아, 나도 사랑해!

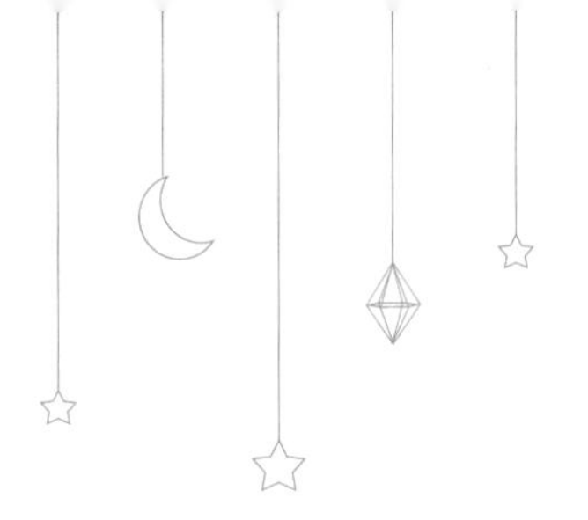

남은 우유로 플레인 요거트를

학교 급식은 어린이들에게나 부모님들에게 일대 역사였습니다. 몇 개씩 도시락을 싸곤 하던 어머니들은 학교에서 급식이 나오자 대한독립을 맞은 것처럼 자유로워졌습니다. 급식비를 내기는 했지만, 어머니들은 해방감을 느꼈습니다.

영양학적으로 균형을 맞춘 급식으로 인해 어린이들 신체 건강이 좋아지고 체력도 향상되었습니다. 급식을 시작하자 선생님들은 어린이들이 골고루 먹을 수 있도록 신경을 써야 했습니다. 맛있는 것만 골라 먹거나 싫어하는 것을 몰래 버리는 아이들이 있었지요. 모든 어린이에게 적당량의 음식을 골고루 먹이느라 점심시간은 늘 부족했습니다.

우유도 급식으로 지급되었습니다. 신선할 때 먹이기 위해 우유는 2교시 후 마시게 했습니다. 우유를 싫어하는 어린이들은 책상 속 같은 데 숨겨 놓았습니다. 어린이들이 가고 나면 우유가 교실 이곳저

곳에 돌아다녔습니다. 우유를 먹을 때 초콜릿을 같이 주기도 하고, 칭찬표를 나눠주는 등 이런저런 방법으로 마시게 했지만, 아이들은 집에서 먹는 우유와 맛이 다르다는 것이었습니다. 학교에 납품하는 우유와 가정에 배달되는 우유가 다를 것이라고 생각해본 적이 없지만, 그런 말이 돌기도 했습니다. (사실이 아니길 바랍니다.) 모두 우유를 먹게 하려고 우유곽에 이름을 써넣게도 하고 모둠별로 확인을 하기도 했지만, 그래도 우유는 교실 구석구석에 한두 개씩 남아 있었습니다. 어떤 어린이들은 몰래 책가방에 넣어 가기도 했고, 보이지 않는 곳에 숨겨 놓거나 슬쩍 책상 속에 밀어놓고 가기도 했습니다. 구석진 곳이나 사물함 속에 숨겨 놓아 오래된 우유는 썩어서 냄새가 나기도 했습니다. 오래된 우유가 터져 흘러나오는 냄새는 정말 참을 수 없이 고약했습니다.

고학년 어떤 아이는 남는 우유를 모아 학교 앞 문방구에 팔기도 했습니다. (나중에 사업가로 이름을 날릴 것입니다.) 그런 일이 생기자 학교에서는 어떤 일이 생겨도 우유를 먹이라고 날마다 주문이 내려왔습니다. 마시기 싫다는 어린이들과 마시게 해야 하는 교사 사이에 끊임없는 실랑이가 벌어지기도 했습니다. 날씨가 더워지면 냉장고에 넣어 두었습니다. 운동장에서 놀다 오거나 체육시간이 끝나면 우유를 찾았습니다. 어떤 아이는 남은 우유를 세 개나 먹기도 했습니다. 그러다 날씨가 추워지면 다시 교실에 우유가 굴러다니기 시작했습니다.

어느 날 남은 우유 다섯 개를 책상 위에 올려놓고 고민하다가, 발효시키기로 했습니다. 플레인 요구르트 종자를 가져가서 사기그릇에 우유를 붓고 잘 저어 뚜껑을 덮고 교실에 두었습니다. 따뜻한 기운이 남아 있는 교실에서 밤새 발효가 되어 출근하여 뚜껑을 열어 보면 순두부처럼 몽글하게 플레인 요거트가 되어 있었습니다. 거기에다 딸기잼을 조금 섞으면 딸기 요플레가 되었지요.

수업 전에 요플레 타임을 가졌습니다. 먹고 싶은 사람은 줄을 섰고, 종이컵에 나눠주면 한입에 다 먹고 혀로 낼름 핥고는 또 먹고 싶다고 줄을 섰습니다. 우유는 잘 먹지 않던 아이도 잘 먹었습니다. 조금씩 딸기잼을 줄이다가 나중에는 꿀을 넣었습니다. 컵으로 들이켜 입술에 흰 수염을 남기며 먹으니 다른 어린이들도 덩달아 먹었습니다. 요플레 전용 컵과 작은 숟가락을 가져오는 아이도 있었습니다. 아침을 먹고 오지 않은 아이도 그것을 먹고 기운을 냈고, 주말이 되면 멈추었다가 화요일부터 다시 먹을 수 있었습니다.

요플레를 만들면서부터 교실에 남는 우유가 사라지게 되었습니다. 덕분에 집에 있는 잼과 꿀은 동이 났지만, 어린이들이 맛나게 먹는 것을 보면 흐뭇했습니다. 당시 「꿀맛닷컴」이라는 어린이들 학습도우미 사이트가 있었는데, 우리도 꿀맛을 입안에서 녹이며 수업을 시작했습니다. 아침마다 교실에서 요플레를 같이 먹으며 우리는 더욱 돈독해졌습니다.

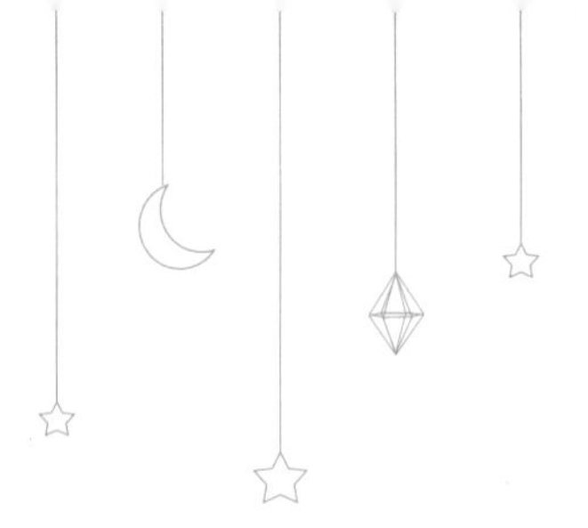

1반 선생님과 다니지 마세요

스물세 살. 6학년을 맡을 때였습니다. 모두 착한 아이들이라 어린 여선생을 잘 따르고 좋아했습니다. 나는 그 아이들과 생활하는 것이 즐거웠습니다.

우리 집에서 2킬로미터 정도 떨어져 있는 학교 동네에 사는 어린이들이 주말이 되면 가끔 우리 집에 놀러 오곤 했습니다. 하필이면 구멍 난 양말을 신고 와서 선생님이 볼까봐 발가락을 꼼지락거렸다는 아이도, 교실에서는 부끄러워 발표도 못하는 아이도 마당에서 자치기할 때는 목소리가 컸습니다. '계란 탁, 파 쏭쏭' 라면을 끓여서 같이 먹곤 했습니다.

어느 날, 한 아이가 교무실로 와서 드릴 말씀이 있다고 했습니다. 교실에 갔더니 남학생 대여섯 명이 집에 가지 않고 교실에 남아 있었습니다. 어린이들의 굳은 표정을 보니 뭔가 심각한 일이 일어난 줄 알고 나는 긴장이 되었습니다. 평소에는 말이 없던 조숙한 경식이가 조용히 그러나 힘 있게 말했습니다.

"선생님, 1반 선생님과 같이 다니지 마세요!"

이 무슨 뚱딴지같은 엄포인가요. 사연은 이랬습니다.

출퇴근 때마다 동학년 남자 선생님과 같이 다니게 되었습니다. 출근할 때, 버스에서 자주 만나게 되었고, 같이 학교로 들어오게 된 것입니다. 웃으며 교문으로 들어오는 모습을 어린이들은 늘 지켜보았던 겁니다. 교실에서 아침자습을 하다가 누군가 "선생님 온다." 하면 다들 유리창에 다닥다닥 붙어 남자 선생님과 깔깔거리며 걸어오는 나를 유심하게 보곤 했습니다.

30대 중반인 그분은 깔끔한 인상에 조용하게 웃곤 했습니다. 항상 바지에는 줄이 서 있고 사관학교 생도처럼 절도 있게 걷는 걸음걸이가 어린 여선생에게는 매력으로 보였던 걸까요. 늘 같이 일하고 의논하면서 합리적으로 일을 처리하는 모습에 마음을 빼앗기기도 했던 것 같습니다. 그러니 그분과 이야기를 주고받으며 웃는 모습이 어린이들에게는 예사롭게 보이지 않았던 거예요. 선생님을 저희만 독차지하고 싶었던 거였지요.

"너희들을 어떻게 하면 잘 가르칠까 의논하며 오는 거야."

나는 그렇게 둘러대고 아이들을 달래고 돌려보냈습니다. 마음 한 구석으로는 도전을 받은 것처럼 당황하기도 했지만, 막 사춘기로 발을 내딛는 어린이들이 선생님에 대한 연정을 그렇게 표현한 것에 웃음이 나오기도 했습니다. 선생님을 지키려는 기사들 같았습니다. 그 일로 나는 어린이들이 더 좋아졌습니다.

세월이 흐르고 흘러 제자들도 중년을 넘긴 어느 날, 그때 제자들이 모인다면서 나를 초대했습니다. 설 연휴가 되어 고향에 내려간 틈에 시간을 내어 만나기로 했습니다. 그때의 어린이들은 그때 나이의 자식들이 있는 아빠 엄마가 되어 있었습니다. 나와 같이 공부할 때 먼 길을 걸어 선생님네 집에 가서 놀던 이야기를 하며 웃었습니다. 만났을 때는 모두 중년의 얼굴이었으나, 지난 이야기를 하는 모습을 보니 다시 6학년으로 돌아간 얼굴이었습니다.

심각한 얼굴로 내게 엄포를 놓던 경식이를 40대가 다 되어 만나게 되었으니 어떻게 변했을까 너무 궁금했습니다. 늦게라도 올 줄 알았지만, 그날 경식이는 오지 않았습니다. 바쁜 일이 있다고 했다는데 아마도 부끄러워서 못 왔나 봅니다. 그때 그 말을 꼭 물어보고 싶었는데….

그 일은 물어보지 말고 그저 추억으로 두는 것이 나을 것 같습니다.

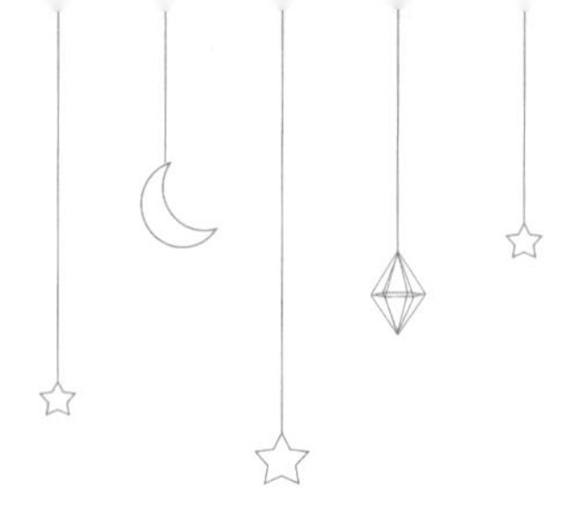

진짜 무대에 선 영숙이

모리스 라벨의 '볼레로'를 듣고 있습니다. 슬프고도 비장한 듯 조용하고 가늘게 시작하다가 관현악기들이 더해지며 크레센도로 장중하게 이어집니다. 이 곡을 들을 때마다 쿵쿵 울리는 리듬이 나를 질책하는 것만 같을 때가 있었습니다.

초임교사 시절, 일본에서 열리는 동계 스포츠 행사 개막식 중계방송에서 볼레로 공연을 보게 되었습니다. 피치카토와 스타카토로 떨어지는 가락과 반복되는 리듬, 복잡하지 않은 군무가 어린이들도 따라 할 수 있을 것 같아 저것을 가르쳐서 학예회 때 무대에 올려야겠다고 마음먹었습니다. 초등학교 학예회에 볼레로라니. 지금 생각하면 어이없는 일이지만, 무엇이든 가능할 것만 같던 의욕적인 시절이었으니까요.

오디션을 거쳐 몇 명의 어린이를 뽑았습니다. 말이 오디션이지 형식적인 절차였습니다. 무용을 잘 따라 할 수 있을지, 키도 엇비

숫해야 하고. 거의 선착순 수준이었지만, 무대가 작았기에 몇 명은 떨어졌습니다.

그런데 제외된 한 어린이가 무척 무용을 하고 싶어 했습니다. 나를 잘 따르고, 항상 웃음 짓는 활달한 아이였습니다. 소질이야 거기서 거기지만, 스팽글이 달린 무용복 드레스를 주문해서 만드는 가격이 만만치 않았습니다. 아버지 혼자 고만고만한 여섯 자녀를 돌보며 살고 있는 형편 생각만 했습니다. 인원이 넘친다는 설명을 듣고 수긍을 했지만, 연습이 있는 날마다 교실 뒤에서 골똘하게 지켜보는 아이가 눈에 띄었습니다. 어느 순간 뒤를 보면 구경하는 어린이들 틈에 그 아이는 없었고요. 시간은 바쁘게 지났고 학예회는 끝이 났습니다.

세월이 흘러 나는 결혼을 하면서 서울로 직장을 옮겼고, 아이도 낳았습니다. 어느 해 추석날, 시댁에 있는 나를 만나러 오겠다는 영숙이의 전화를 받았습니다. 빨간 승용차 문이 열리고 주홍색 재킷을 입은 그녀가 내렸습니다. 훤칠한 키에 멋진 숙녀가 되어 있었습니다. 함박 웃으며 다가오는 하이힐 소리가 또각또각 경쾌했습니다. 어른이 된 영숙이와 함께 서귀포까지 드라이브하며 많이 웃었습니다.

그동안 영숙이는 열심히 살았다고 했습니다. 미용기술을 배워 직원을 여럿 거느린 미용실을 서울에서 운영하고 있었습니다. 그녀는 자신의 이름을 건 미용실 열 곳을 내는 것이 꿈이라고 했습니다. 아버지에게 땅도 사드리고 미용과가 있는 고향의 전문대학교에 장학금도 보낸다고 했습니다. 자신의 꿈을 키우고 멋지게 사는 제자가 정말 자랑스러웠습니다. 열심히 살면서 자신이 인생 무대의 주인공이 되어 성공가도를 달리고 있었습니다.

해마다 그녀는 잊지 않고 안부전화를 해왔고 가끔은 만나 술 한 잔 하기도 했습니다. 헤어질 때마다 자신의 미용실로 머리를 손질하러 꼭 오라고도 했고요. 영숙이를 만날 때마다 볼레로 음악이 들리는 것만 같았습니다.

다시 또 몇 해가 흘렀습니다. 어느 날, 우리는 초밥집에서 만났습니다.

"영숙아, 학예회 때 말야. 뽑히지 못한 거 서운하지? 널 생각하면 항상 그때 일이 마음에 걸렸어. 정말 미안하다."

"아유, 괜찮아요. 선생님, 하긴 그때 좀 서운하긴 했어요. 엄마가 없어 선생님이 그러는구나 생각했었어요."

서글서글한 성격의 그녀는 가볍게 대답했지만, 나는 '엄마'라는 말에 또 가슴이 철렁했습니다. 무용에 끼지 못한 좌절에 더해 엄마 없는 상처까지 덤으로 얹어 준 것이었습니다. 교실 한쪽에서 연습하는 아이들을 부러운 시선으로 바라보았을 그녀를 생각하니 내 젊은 날의 실수가 한없이 부끄러워졌습니다. 아버지의 형편을 생각한다는 선부른 생각이 아이에게 이중의 상처를 준 것이었습니다.

밝게 웃는 그녀의 얼굴을 보니 마음이 놓였지만, 미안함은 가시지 않았습니다. 영숙이는 화사하게 웃으며 장식으로 얹어진 청보랏빛 난 꽃을 내리고 생선초밥을 내게 내밀었습니다. 세련된 매너가 묻어났어요. 그것을 보며 마음에 담았던 푸른 멍도 그 꽃과 함께 내려놓았으면 좋겠다고 생각했습니다. 나는 맛도 모른 채 초밥을 먹었습니다.

어느 날 그녀가 카톡을 보내왔습니다.

'선생님, 이번 추석에 내려가실 거죠? 영은이가 반창회 소집한대요. 추석날 전세기라도 띄워 저도 갈게요. 선생님, 사랑해요.'

'사랑해요'라는 글자가 볼레로 리듬처럼 출렁거리고 있었습니다.

지금도 영숙 씨는 연락을 해옵니다. (이제는 중년이 되었으니 제자에게도 존대해야 할 듯합니다.) 그녀는 제주도에서 부동산 사업을 합니다. 아이들을 국제학교에 보내고 자식을 키우는 데도 온 힘을 기울입니다. 당당하게 인생을 살고 있는 그녀를 보면 뿌듯함이 넘쳐 오릅니다.

어린 시절, 그 작은 무대에 오르지는 못했지만, 지금은 온 세상이 그녀의 무대입니다. 인생무대에서 열정적으로 세상을 살아가는 영숙 씨. 그녀가 무척 자랑스럽습니다.

평생 은사, 평생 제자

올해도 스승이 날이 어김없이 돌아왔습니다. 학교에 있을 때 이 날이 가장 싫었습니다. 어린이들이 나를 앞에 세워 놓고 꽃을 달아 주며 "스승의 은혜는 하늘 같아서~" 노래를 부를 때, 나는 몸이 오그라들곤 했습니다. '스승'이라는 말을 들을 때마다 어색하고 쑥스러웠습니다. 아직 '스승'이 되지 못해서 그랬습니다. 그렇게 오래 선생을 했건만, 스승이 되기에는 멀어만 보였습니다.

현직에서 물러난 지 4년이 되어가지만 나는 아직도 '스승'이라는 말, '하늘 같다는 말'도 어색하고 불편합니다. 스승이라는 의미가 너무 크고 깊어서일 것입니다. 35년 동안 가르친 제자들이 참 많습니다. 같이 생활할 때는 수많은 일들이 일어난 것 같았는데, 지나고 나면 그냥저냥 하루하루를 보낸 것 같습니다. 더 깊이 어린이들을 살피지 못한 점도 있습니다. 해마다 새로 어린이들을 만날 때마다 최선을 다해 가르치고 어린이들을 보살피리라 결심하지만, 학년이 끝날 때는 늘 아쉬움이 남곤 했습니다.

나를 만난 어린이들이 언젠가 학창 시절을 되돌아보면 따뜻한 기억이 하나쯤 남는 선생이길 바라기도 했지만, 어린이들에게 그냥저냥 흘러가는 선생님이었을 수도 있습니다. 그런 생각에 스승의 날이 되면 마음이 더 무거워집니다. 어디서 무엇을 하고 있을까, 다들 잘 자랐겠지요. 삶에 가장 바쁜 삼사십 대이니. 변변치 못한 선생. 나를 기억하기나 할까요.

> 선생님~~~
> 잘 지내고 계시지요?
> 오늘 정신없이 지내다 퇴근길 라디오에서 흘러나오는
> "기억나는 은사님들 계신가요?"
> 진행자의 멘트에 선생님 생각이 나서요^^;
> 스승의 날 잘 보내고 계시죠?
> 퇴직하고 여행 다니고 좋아 보이십니다.
> 저한텐 평생 은사님이십니다.
> 요즘 코로나로 인해 전국이 힘든 시기인데
> 선생님도 건강 챙기시면서 즐겁고 행복한 나날 보내세요.~~ 나중에 시간 내서 찾아뵙고 인사 올리겠습니다.
> 평생 제자 민호 올림

반가웠습니다. 특히 성인이 된 제자들에게 받는 소식은 더욱 특별합니다. 평생 은사라니…. 나는 그럴 말을 들을 자격이 있는 것일까요.

20여 년 전이었습니다. 어느 날 학교로 전화가 걸려왔습니다.

"선생님, 저 민혼데요. 선생님 찾아뵈려고요."

제주에서 민호를 졸업시키고 그해 서울로 발령이 났고, 결혼하고, 애들 낳고 키우며, 정신없이 학교 다니느라 제주의 일을 삭 잊고 있었습니다.

동쪽 건물이라 해도 잘 들어오지 않는 1층 음침한 1학년 교실에서 오후 업무를 보고 있었는데 잘생긴 군인이 성큼 들어왔습니다.

"저 민호예요."

민호는 많이 변해 있었습니다. 어릴 적 얼굴은 남아 있었으나, 키가 훌쩍 크고 몸도 탄탄했습니다. 갓 휴가 나왔다면서 웃는 민호와 악수를 했습니다. 손도 다부졌습니다. 첫 휴가인데, 며칠 되지도 않은데, 엄마부터 만나러 가지 않고 나를 먼저 찾아온 민호가 너무 고마웠습니다.

민호는 항상 나를 옆에서 지켜주는 배경처럼 바라보던 듬직한 아이였습니다. 6학년 때 학예회에서는 배역을 맡지 않고 스태프를 자처하며 뒤에서 어린이들이 공연을 할 수 있게 도와주곤 했습니다. 소풍 갔다 오면서 남자 어린이들과 따로 오면서 이야기도 많이 했습니다. 어찌 보면 예민한 감수성으로 반항적이 될 수도 있던 시기에 내게 마음을 기울이며 다듬을 수 있었던 것도 같습니다. 사우디아라비아에 인력파견으로 오랫동안 집을 비운 아빠를 대신해서 어린 가장으로 엄마에게 효도를 많이 하던 민호. 왠지 더 마음이 쓰여 곁을 내어주곤 했습니다.

"그래, 여친은 있니?"

검게 탄 얼굴로 앉아 나를 바라보는 민호에게 물었습니다. 민호는 부끄러워하면서도 자신 있게 네, 하고 대답했습니다. 고향에 있는 동창들 이야기, 엄마 이야기를 하다 보니 아쉬운 시간이 흘렀지요. 민호는 몇 번이고 인사를 하고 갔습니다.

우리 아이들이 고등학교에 가고 대학에 가고, 그 사이 나는 세 학교를 옮기고 복닥복닥 하루하루가 지나며 15년이 흘렀습니다. 간혹 문자로 안부 연락을 하곤 했습니다. 어느 날, 민호와 제자들이 나를 만나러 왔습니다. 40대 중년이 다 된 병석이, 덕영이, 민호. 우리는 식사도 하고 좋은 술도 마셨습니다. (이제는 중년을 넘긴 그들에게 강민호 군, 김병석 군, 이덕영 군, 이렇게 부르는 것이 맞겠죠?) 아직도 총각인 金 군은 사람 좋은 웃음으로 나를 맞았습니다. 여전히 넉살이 좋았습니다. 학교 다닐 때 개그맨 뺨치게 웃기고, 학예회 때 남자 주연을 할 만큼 활동적이던 李 군은 많이 차분해졌습니다.

그들을 가르칠 때 쓴 교단 일기와 내게 보낸 편지를 가져가서 읽어주었습니다. 다들 조용히 듣다가, 웃기도 하고, 맞아 그랬었지, 하면서 들었습니다. 그걸 아직도 가지고 있느냐면서 놀라워했습니다. 소풍 다녀오는 길에서 같이 걸으며 나눈 그 일을 이야기하면서 어른이 된 어린이들은 모두 즐거워했습니다. 姜 군이 말했습니다.

"선생님이 일기를 매일 쓰라고 해서 좀 힘들었죠. 하하."

"그러게, 왜 내가 그렇게 일기 쓰기를 강요했나 몰라. 미안하다 야."

그래도 열심히 큼직한 글씨로 시원하게 써 왔던 기억이 납니다.

옆에서 李 군이 거듭니다.

"선생님이 우리를 많이 사랑했죠."

난 李 군이 한 그 말이 좋았습니다. 그때 내가 가르쳤던 어린이들에게 애정을 많이 쏟았습니다. 우리는 살아가는 이야기를 많이 했습니다.

姜 군이 첫 휴가 나와 나를 만나러 갔을 때, 여친이랑 데이트하며 맛있는 것 사 먹으라고 용돈을 주머니에 넣어주셨다는 말을 그때 했습니다. 나는 기억하지 못했는데…. 제자를 밝은 얼굴로 맞아줬다니 다행입니다.

가끔 제주도에서 제자들 여럿이 만나 술 한 잔 할 때면 사진을 보내옵니다. 발그레해진 중년의 얼굴들. 모두 몰라보게 변했습니다. 자세히 들여다보니 어릴 적 얼굴이 남아 있습니다. 그리곤 통화를 합니다.

"선생님, 저 철수예요."

"선생님, 저 경훈이예요."

"선생님, 저 종훈이예요."

한 사람씩 바꾸며 통화를 하다 보면 다시 예전의 6학년 교실로 돌아간 기분이 되곤 했습니다.

그때 제자들이 참 착했습니다. 시험 보고 결과가 좋지 않아 화를 내고는 모두 손바닥을 때리고 잔뜩 잔소리까지 하고 아이들을 보내고 마음이 좋지 않았습니다. 하루 종일 마음이 어두웠습니다. 어쩌면 내가 잘 가르치지 못해서 성적이 좋지 않았던 것인지도 모릅니다. 그런 반성을 많이 하면서 다음 날 무거운 마음으로 출근했습니다.

교무실에 갔더니 한 선생님이 "오 선생, 교실에 얼른 가 봐요. 애들이 서프라이즈 했던데?" 하며 빙그레 웃으셨습니다. 교실에 올라가 보니 교탁 둘레를 귤로 장식하고 가운데는 초코파이를 놓고 더 열심히 공부하겠노라고 모두 편지를 써서 놓았더군요. 문을 열고 놀라는 나를 모두 조용히 앉아 바라보았습니다. 나는 전날 일을 후회했습니다. 그 일은 나를 더 나은 선생이 되도록 만들었습니다.

그때 제자들이 대학을 졸업하고 직장에 막 다닐 때 모여 나를 만난 적이 있습니다. 모두가 듬직하고 세련되고 듬직한 미스 미스터가 되어 있어서 정말 기뻤습니다. 그들은 이제 내게 배우던 나이의 아이들을 키우고 있는 엄마 아빠들이 되었습니다. 중년이 된 그들이 만나 살아가는 이야기 끝에 꼭 6학년 때 담임선생님 이야기를 하면서 그 시절로 돌아가는 모습이 그려져 흐뭇해졌습니다. 어릴 때부터 진중하며 듬직했던 姜 군은 '아빠 민호'가 되어 가족도 잘 챙기고 든든한 남자가 되었습니다. 그의 진심이 담긴 문자로 오늘 가슴이 빼근했습니다.

평생 은사이십니다.… 평생 제자 올림.

그 말은 평생 내가 선생으로 있으면서, 나의 날들을 되돌아본 중에서 최고의 찬사입니다. 이제 그들의 어린 모습은 간 곳 없으나, 그들은 내 평생 제자이며 나에게는 여전히 어린 천사들입니다. 평생 은사로 남으려면 나도 열심히 닦는 날들이어야 하지 않을까 생각해봅니다.

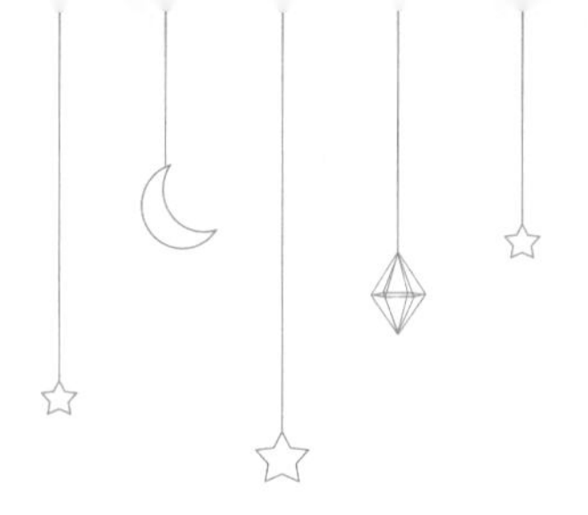

따뜻한 엄마가 된 주경이

교대를 갓 졸업하고 6학년을 가르칠 때 주경이를 만났습니다. 6학년 어린이들 중에서도 키가 큰 편이었고, 갸름한 얼굴에 하얀 피부가 농촌 어린이들과는 달랐습니다. 궁금한 것도 많아 질문을 할 때마다 눈빛은 반짝였지요. 이성에도 관심이 많아 남자 어린이들 앞에서 소프라노 목소리로 웃으며 특유의 여성성을 보이곤 했습니다. 아이에게 사춘기가 막 시작되고 있었습니다.

주경이에겐 엄마가 없었습니다. 할머니 손에서 자란 아이는 엄마가 미국에 있는 줄 알고 있었습니다. 사실은 주경이가 아기일 때 부모는 이혼을 했고, 얼마 안 되어 엄마가 돌아가셨다는 말을 다른 사람에게 들었습니다. 주경이는 나에게도 엄마가 미국에 있다고 말은 했지만, 엄마와 아버지에게 생긴 일을 모두 알고 있는 것 같았습니다. 좀 유별나기는 했지만 할머니는 교육열이 높았고 아이에게 관심이 많아 도시 아이처럼 예쁘게 키웠습니다. 집안 형편도 좋아서 어려움 없이 생활했습니다.

신학기가 지나고 얼마 후 주경이 아버지가 학교로 찾아왔습니다. 그는 시내 지방 신문사에 근무하고 있어 그 동네에서는 인텔리에 속했습니다. 양복을 단정하게 입은 주경이 아버지는 공무원 같았습니다. 햇병아리 선생에게 와서 정중하게 인사를 하고 자기소개를 하는 학부모를 대하자 나는 어렵고 당황스러웠습니다. 발령 나고 상담을 위해 만난 최초의 학부모이기도 했습니다. 농사일로 바쁜 시골이라 자식들을 담당한 선생이 누구인지 관심은 있었지만, 시간을 내어 상담을 오거나 하는 일은 거의 없었습니다. 그저 사는데 바쁜 시절이었으니까요. 학부모 설명회도 없던 때라 어떻게 상담해야 하는지 준비도 없었습니다. 나는 그저 주경이 아버지가 하는 이야기를 듣고 있었습니다.

"…엄마 없이 자란 아이입니다. 선생님께서 따뜻하게 보살펴 주시면 고맙겠습니다."

그런 말을 들으니 어리둥절했습니다. 그때까지도 주경이에 대해 모르고 있었습니다. 잠깐 동안 상담을 하고 주경이 아버지는 교실에서 나갔습니다. 또 정중히 인사를 하는 학부모를 경황없이 배웅하고 한숨을 내쉬었습니다. 비로소 그때 나는 아이들만 가르치는 교사가 아니라 학부모도 만나야 하는 위치에 있음을 실감했습니다. 스무 살 갓 넘은 나와 어린이들은 겨우 열 살밖에 차이가 나지 않았습니다. 긴장이 풀리고 나서야 책상 위에 교무수첩 사이에 흰 봉투가 보였습니다.

'寸志'

봉투 겉면에 붓펜으로 단정하게 쓰여 있었습니다.

'촌지? 촌지가 뭐지?'

처음 듣는 말이었습니다. 상담을 온 학부모도 처음이었지만, 이런 봉투도 처음이었습니다. 봉투를 열어보니 편지와 접어진 편지지 속에는 만원 지폐 석 장이 들어 있었습니다. 깜짝 놀랐습니다.

다음날 메모와 함께 그것을 책 속에 끼우고 서류봉투에 넣어서 아버지께 갖다 드리라고 주경이에게 주었습니다. 주경이 아버지는 다시 장문의 편지와 함께 아이를 통해 그것을 또 보내왔습니다. 편지에는 부디 어린이들을 위해 써달라고 간곡히 적었고요. 다시 보낼까 고민을 하다가 어린이들을 위해 써 달라니 그걸 다시 보내는 것은 예의가 아닌 것 같기도 했습니다.

'무엇을 할까.'

우리 교실에는 커튼이 없었습니다. 창문 쪽에 앉은 어린이들은 유리창으로 들어오는 햇살에 눈을 찡그리곤 했습니다. 나는 그 돈으로 커튼을 달면 되겠다고 생각했습니다. 마침 환경정리 심사도 있으니 교실을 포근하게 꾸미고 싶었습니다. 창문 길이를 재고 모슬포 시장 포목점에 가서 아이보리색 천을 사고 재봉을 맡겼습니다. 커튼을 달았더니 교실 분위기가 훨씬 부드러워졌습니다. 해가 올라와도 커튼을 치면 눈이 부실 일이 없었습니다.

교실에 필요한 물품은 학교 서무실(행정실)에 물품구매요구 품의를 올리고 정당하게 청구하면 된다는 것도 몰랐습니다. 참 어리숙했던 때였습니다. 커튼을 맡기고도 돈이 남았습니다. 뭘 할까 하다가 어린이들 간식을 사고 상품으로 줄 학용품도 잔뜩 샀습니다. 촌지 3만 원을 그렇게 썼습니다. 내 첫 봉급이 보너스를 합해 33만 원 받았던 시절이니 3만 원은 꽤 큰 돈이었지요. 시골 학교에서 근무하는 동안 유일무이한 일이었습니다.

어느 날 토요일 일을 마치고 퇴근을 하려는데 주경이가 교실에 남아 있었습니다. 문득 아이 아빠가 했던 말이 떠올랐고, 이내 주경이에게 마음이 쓰였습니다.

"주경아, 선생님네 집에 갈래?"

아이는 가는 눈을 붙이며 좋아했습니다. 아빠에게 허락을 받고 아이를 데리고 집으로 왔습니다. 주경이와 나는 방에서 책도 보고, 호박 부침개를 부쳐서 같이 먹었습니다.

내가 중학교 시절일 때 가정 선생님과 친했습니다. 이십 대인데다 아직 미혼인 선생님은 열성적으로 수업을 하고 우리들 공부에도 관심을 가지고 상담을 해주셨습니다. 담임이 아니어도 아이들과 가까이 지냈습니다.

언니가 없던 나는 선생님이 언니 같기도 했습니다. 친구들과 놀러 가면 완자탕도 끓여주고 동네 언니네 집에 놀러 간 것처럼 편했습니다. 선생님은 이런저런 이야기를 하면서 사춘기를 거치며 세상을 향해 돋아나는 가시를 잘 다듬어주셨습니다. 나는 선생님께 비밀을 털어놓는 편지를 쓰기도 하고, 그 집에서 자고 학교에 간 적도 있습니다. 우리는 선생님 자취방에 수시로 몰려가 선생님을 귀찮게 했습니다. 그 선생님이 잘 대해주었던 추억이 있었기에 이 아이에게도 잘해주고 싶었습니다.

세월이 흘러 나는 학교를 옮겼고, 서울로 오게 되었습니다. 내 아이들이 어린 주경이만큼 자랐을 때, 주경이를 다시 만났습니다. 아름다운 성년으로 완전히 변해 있었지만, 여전히 한 옥타브 높은 낭랑한 목소리는 그대로였습니다. 일본에서 일하다가 그곳에서 호주 사람을 만나 결혼도 했고, 아이도 둘이나 있다며 사진을 보여줬습니다. 우리는 저녁을 먹고 소주도 한 잔씩 했습니다.

"선생님, 그때 선생님네 집에 가서 선생님과 같이 자고 다음 날 같이 학교에 갔던 일 기억나요."

잊지 않고 있었습니다. 아마 나는 그때 '엄마처럼' 따뜻한 기억 하나 만들어주고 싶었던 거였겠지요. 주경이에게 좋은 추억으로 남아 참 다행입니다.

어릴 적에 형제도 없이 할머니랑만 살아서 그런지 가족에 대한 정이나 사랑이 그리워서 결혼하면 아이도 많이 낳고 북적북적 살고 싶었던 주경 씨는 지금 호주에서 그 꿈을 이루고 살고 있습니다. 가정적이고 따뜻한 남편을 만나서 아이도 셋이나 낳아 가족이라는 울타리 안에서 서로 사랑하며 잘살고 있습니다. 따스한 엄마가 되어 어린 시절 자기에게 없었던 부분을 아이들에게는 부족함 없이 베풀고 있습니다. 이웃과 가든파티를 하거나, 엄마들 모임에서 활짝 웃는 모습이나, 아이들이 수영하는 모습을 담은 사진이 올라오곤 했는데 벌써 두 딸은 대학생이 되었다고 합니다.

"아이들 다 키우면 남편과 손잡고 세계여행이나 다니는 게 꿈이에요."

따뜻한 엄마로 살아가는 그녀. 가끔 카톡으로 안부를 물어옵니다.

"선생님, 호주에 놀러 오세요."

격리의 시대가 끝나면 꼭 가서 만나고 싶습니다.

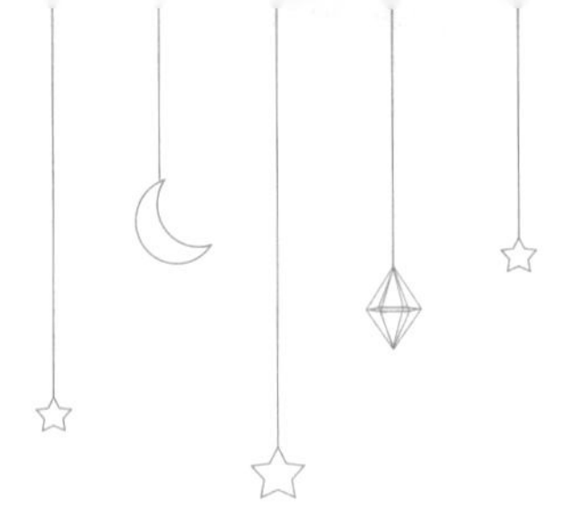

책 치료하는 날

학기말이나 연말이 되면 꼭 하는 일이 있습니다. 책을 돌보는 일입니다. 너무 오래되고 낡은 것은 가려내고, 상처 난 책은 수선하여 정리합니다. 교실 뒤에 있는 색색의 도서함에는 이 교실을 거쳐 간 형님들이 보던 책, 어린이들이 가져온 책, 학교에서 빌려준 책, 새로 산 책들이 뒤섞여 있습니다. 어린이들이 수시로 보는 책들은 책 등이 찢겨 올라가 뱅글 말려 있거나, 안쪽이 뜯겨 실이 나오고, 찢어지고 귀퉁이가 해져 너덜거립니다. 그렇게 너덜거릴수록 사랑을 많이 받은 책입니다. 『WHY』 시리즈 만화책은 인기가 많아서 가장 많이 해져 있습니다. 어린이들은 좋아하는 책은 읽고 또 읽습니다. 그러기에 파손이 많이 된 책은 어린이들의 애정을 많이 받은 흔적입니다.

책을 넘길 때는 위로 넘기고 침을 묻히지 않게 하지만 어느새 침이 묻은 손이 갑니다. 책을 보다가 엎어 놓거나 접지 말라고 색종이를 접어 책갈피도 만듭니다. 그렇게 가르치지만, 정작 나는 책을 깨끗이 보지 못합니다. 밑줄을 긋고 메모를 하고 그림을 그려놓습니다. 식탁에서 읽다가 물이 묻기도 하고 김치 국물 흔적이 묻어 있기도 합니다.

재량활동 시간에 책을 돌보기로 합니다.

"얘들아, 이번 시간에는 의사가 되어볼까?"

재미난 활동을 기다리던 아이들 눈빛이 반짝입니다. 어린이들은 물 약통에 주스를 담고 비타민을 알약으로 작은 봉지에 넣어 청진기를 대며 의사놀이를 했던 생각에 빠집니다. 의사놀이는 언제 해도 재미있습니다.

"저 뒤에 있는 책들이 아파하고 있어. 우리가 도와줘야 할 것 같아. 오늘은 아픈 책 치료하자."

무슨 말인지 척 알아들은 어린이들은 엉덩이가 들썩입니다. 경준이는 벌써 도서함으로 뛰어갑니다.

"먼저 어떻게 치료할지 보여줄게."

선생님은 미리 골라 둔 책등이 너덜거리는 책을 종이테이프로 아랫면을 반듯하게 붙이고 손으로 꼭 누르는 것을 보여줍니다. 책에 비닐테이프를 쓰면 안 되는 것도 알려줍니다. 안쪽이 뜯어질 듯 헐거워진 종이도 풀칠을 하고 반듯하게 붙여 꼭꼭 눌러 줍니다. 뱅글 말아진 귀퉁이도 잘 펴서 무거운 책으로 눌러 놓습니다.

선생님의 시범을 본 어린이들은 어서 책을 치료하고 싶어 앉아 있지 못합니다. 모둠별로 책장을 할당해 줍니다. 어린이들은 우르르 도서함 앞으로 갑니다. 자기들이 맡은 도서함으로 가서 책들을 꺼내 모두 교실 바닥에 늘어놓고 어떤 것을 고쳐야 할지 의논하느라 바쁩니다.

눈치 빠른 영이는 벌써 종이테이프와 가위를 가지고 갑니다. 날날이 떨어진 내지에 풀칠을 하고 책을 수선하느라 교실은 어수선합니다. 책 보존가처럼 책등을 붙이고 꽃띠를 이어주는 정교한 작업은 아니지만, 찢어진 것을 붙이고 접어진 끝을 풀어줍니다.

수선하지 못할 정도로 해진 책은 다른 바구니에 옮겨놓습니다. 이제 우리 교실에서 이별할 책들입니다. 쉽게 해지는 책을 볼 때마다 어린이들을 아끼는 마음으로 단단한 책을 만들어주었으면 하는 생각이 듭니다. 어린이들은 교실 바닥에 두 다리를 펴고 앉아 아픈 제비 다리에 붕대를 감아 주듯 정성을 다해 치료합니다. 고사리손으로 상처 난 책에 반창고를 붙여주며 새 살이 돋아나게 합니다. 저들이 치료한 책에서 마침내 피가 도는 것을 느낍니다. 책을 치료하면서 '책이 가진 시간의 흔적을, 책이 가진 추억의 농도'*『어느 책 수선가의 기록』까지는 생각하지 못할지라도 저들이 수선한 책을 읽으며 애정을 가지게 되었을 것입니다. 이 어린이 중에 '책 보존가'라는 직업을 가진 아이가 나올지도 모릅니다.

깨끗한 새 책도 좋지만, 스스로 고친 책에 더 애정을 느낍니다. 너덜해지고 찢어진 책을 이어 붙이며 저희들이 본 책이 이렇게 아파하고 있다는 것을 알고, 그동안 책을 대한 태도를 반성합니다. 형님들이 읽고 물려준 책들을 다시 동생들에게 예쁘게 물려줘야겠다는 생각도 합니다. 아이들은 고친 책을 읽으며 소근거립니다. 열심히 치료한 책을 읽고 있는 어린이들을 보니 흐뭇해집니다.

치료가 끝난 책들은 책꽂이에 가지런히 키순으로 꽂아 놓습니다. 물론 아이들이 가고 난 후 선생님의 손길이 다시 필요합니다. 준이가 책을 꽂다가 달려와 이릅니다.

"선생님, 우리 집 책도 치료할래요."

준이는 벌써 책 치료사가 되었네요.

책을 치료하는 날이기도 하지만 사실은 책과 친해지는 날이기도 합니다. 간혹 자녀가 책을 읽지 않는다고 걱정하는 부모님이 있습니다. 책과 친해지는 방법은 여러 가지가 있습니다. 책을 사다 안기는 것으로 안 될 때는 책과 노는 방법이 있습니다. 책을 가지고 장난감처럼 사람 찾기 놀이도 하고 이렇게 고치기를 하면 책을 싫어하던 아이가 관심을 가지게 되고 흥미가 생겨나기도 합니다.

책을 치료하다가 책에 빠져 있는 어린이도 있습니다. 읽었던 책을 다시 읽기도 하고, 못 보던 책을 읽어보기도 합니다. 가까이하지 않아서 관심이 없었고 재미를 느끼지 못했던 것입니다. 책을 만지고 고치면서 책과 친해지게 된 것입니다. 여기저기서 그새 수선한 책들에 얼굴을 묻고 교실 바닥에 엎드려 짝과 다정하게 책을 읽고 있는 친구들도 있습니다. 참 아름다운 모습입니다.

어느덧 종이 울리고 알림장을 쓸 시간이 되었습니다. 다 못 고친 것은 다음 기회에 치료하기로 합니다. 앞으로 책을 조심히 읽고 물건을 아끼는 마음이 부쩍 커졌기를 바랍니다. 찢어지고 뜯긴 것을 고치며 연민을 체험한 날입니다. '주변의 물건을 소중히 다루고 고쳐 쓰는 태도를 가진다.'가 수업목표였는데 덩달아 책을 사랑하는 마음까지 얻을 수 있었으니 수업목표는 이백 프로 달성입니다.

책 치료하는 날. 어린이들이 책을 돌보는 모습을 보며 내 안의 어수선한 마음, 갈라진 마음, 더러워진 마음도 고쳐 보는 시간이 되었습니다. 가끔씩 수선하는 날을 만들어 우리의 마음을, 행동을 돌아보면 어떨까 생각해 봅니다.

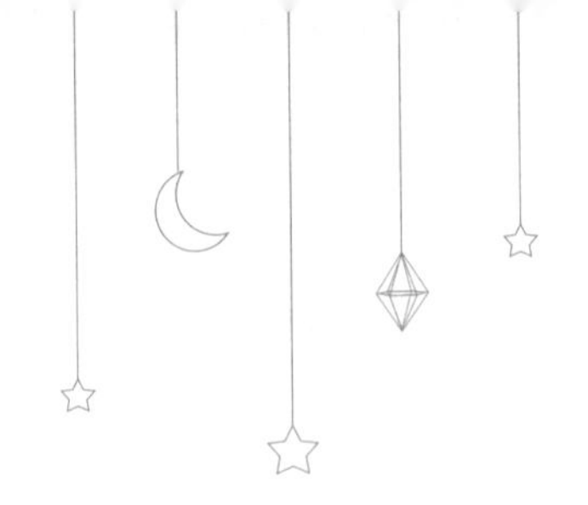

너의 이름을 불러주면
- 우리는 모두 무엇이 되고 싶다

그에게로 가서 나도
그의 꽃이 되고 싶다.

우리들 모두
무엇이 되고 싶다.

너무도 잘 알려진 김춘수의 시 「꽃」의 일부분입니다. 하나의 몸짓으로 명명되지 않던 것이 이름을 얻어 꽃이라는 실재로 존재하고, 그것은 꽃으로 비유된 나에 이르고, 우리들은 모두 무엇이 되고 싶은, 모든 것은 언어를 떠나서 존재할 수 없다는 것을 말하고 있습니다.

어린이들을 가르치며 적어도 하루에 한 번은 이름을 매일 불러

주리라, 했습니다. 시간마다 어린이들을 골고루 말하게 하느라고 이름이 쓰여진 막대를 옮겨놓는 통을 마련해 놓기도 했습니다.

"과학자 동민아, 주희 좀 도와줄래?"

"꼼꼼이 나미야, 수니랑 같이 정리할래?"

이렇게 아이의 장래 희망을 넣어 불러주기도 했습니다. 반 어린이가 5-60명 할 때도 있었고, 30명 내외일 때도 있었고, 겨우 18명이었던 적도 있었습니다. 그래도 한 번씩 이름을 불러주는 것이 쉽지 않았습니다.

하루 종일 학교에 있으면서 선생님에게 어떤 이유로든 이름 한 번 불리지 않고 지나간 어린이들에게 나는 너무 미안합니다. 너무 자주 부른 어린이에게도 미안합니다. 너무 적게 불린 어린이는 얌전히 학교생활을 하여 교사의 눈에 띄지 않았을 가능성이 높고, 너무 자주 불린 이름은 좋은 일로도 불렸겠지만, 말썽을 많이 부렸거나 공부시간에 자주 지적을 받았을 가능성이 더 높기에 그렇습니다.

학기 초 며칠 동안만 부르고 이름을 다 외우면 출석 부르는 것을 생략했습니다. 날마다 다정한 마음으로 출석을 부르며 어린이들 한 명 한 명 이름을 불러주는 시간을 가졌더라면 좋았을 것을.

어렸을 때, 담임선생님은 아침마다 출석부를 보면서 이름을 불렀습니다. 숙취로 이름을 부르지 못하면 반장을 앞에 세워 이름을 부르게 하였습니다. 서른두 명의 아이들 이름을 외우지 못해 날마다 이름을 부르나 의아했습니다. 돌이켜보니 아침마다 그렇게 출석부에 있는 이름을 정식으로 불러주는 시간이 좋았던 것 같습니다. 그것은 어떤 소속감과 평화로운 마음을 불러일으켰습니다. '어린이'였던 개체가 이름을 부르는 순간 '오설자'라는 고유의 존재가 되는 순간이었습니다. 그 안에 나의 존재가 실재한다는 생각을 가지게 했습니다.

"자, 이름 부를게요."

이름을 부르며 하나하나 아이들의 대답하는 목소리를 듣고 얼굴을 쳐다보고 그날의 기분을 알 수도 있었을 터입니다. 아이는 '네'라고 대답하며 잠시 고개를 들고 그 짧은 시간 교사와 눈을 맞추며 무언의 대화를 나눌 수 있을 것입니다.

이름이 불린 순간, 아이는 지금 이 장소에서 자신이 무엇을 해야 하는지 정신을 차리고 주변을 헤아릴지도 모릅니다. 자기를 부르는 선생님의 목소리를 들으며 아이는 친밀감을 더 느꼈을지도 모릅니다. 이름을 불러주세요. 이름을 부르는 순간 비로소 '꽃'이 됩니다.

신문과 티비에 날마다 수백 번 오르내리는 이름 중에는 범죄를 저지른 사람들의 이름이 있습니다. 신상공개 결정이 내려지고 얼굴이 화면에 뜬 것을 보면 아직 여드름이 채 가시지 않은 앳된 청년들도 많습니다. 얼핏 보기에는 순한 인상이라 얼른 범죄와 연결이 되지 않습니다. 흔히 생각하는 범죄자의 인상인 광대뼈가 튀어나오지도 않고 눈이 사납게 째지지도 않았습니다.

훌륭한 연구로 업적을 남기거나 스포츠나 예술 활동에서 이름을 알려 국위를 선양한 자랑스런 이름을 들으며 어깨가 올라갑니다. 하지만 심각한 범죄에 연루된 이름들이 나올 때마다 나는 이름에 더 관심이 갑니다. 혹시 내가 가르친 아이들은 아닐까, 하고요. 내가 가르친 아이들 중에 그럴 만한 성정을 가진 아이는 없었지만, 어린 시절에는 순진무구했을지라도 자라는 과정에서 다양한 요인으로 인해 뒤틀리고 왜곡된 심리가 형성되어 그런 일을 저지를 수도 있기 때문입니다. 만일 내가 아는 이름이거나 내가 가르쳤던 아이 이름이 나온다면 잘못 가르쳤다는 죄책감에 시달렸을 것입니다. 한 번은 어느 때 가르쳤던 제자 이름이 나왔습니다. 깜짝 놀라 나이를 계산해보니 그 아이가 아니어서 가슴을 쓸어내린 적이 있습니다.

그러다 그 이름을 낳아준 부모가 되곤 합니다. 그토록 잔인한 사건에 연루된 아이를 낳은 부모는 어떤 마음일까. 아이를 낳았을 때 기쁘게 미역국을 끓여 먹고 세상에 나온 아이를 축복했을 것입니다. 그들이 태어났을 때 잘되라고 훌륭한 뜻으로 작명소에 가서 돈까지 주면서 지은 이름일지도 모릅니다. 역사에 이름을 남기는 훌륭한 성인이 되지는 못할지언정, 자신이 나은 아이가 나쁜 일에 연결되기를 바라는 부모는 없습니다. 모두가 잘 자라서 복되게 살기를 바랐을 것입니다.

학교에서 아이들을 만나 보면 대체적으로 사랑을 많이 받고 자란 아이들은 문제적 행동에 노출되지 않습니다. 대개 그렇습니다. 아이들을 사랑해주시기를.

매스컴에서 나쁜 일로 이름이 오르내릴 때, 아직까지 내가 가르친 제자는 없어서 정말 다행입니다. 정말 고맙습니다. 잘 자랐다는 증거이기에 그렇습니다. 어디선가 자신의 일을 열심히 하며 이 사회의 필요한 구성원으로 착실하게 살고 있을 거라 생각합니다.

'우리는 모두 무엇이 되고 싶기'에 부끄럽지 않은 이름이었으면 좋겠습니다.

이웃의 천사들, 니꼴라 이모와 동네 이모들

직장에 다닐 때 늘 시간이 없어 허덕였습니다. 학교에서 어린이들을 가르치랴 아이들을 키우랴 살림하랴, 매일 정신없이 돌아가던 시절이었습니다. 아이들을 키울 때 주변에서 보살펴 주는 힘이 컸습니다. 주위에서 알게 모르게 도와준 덕분에 아이들이 무탈하게 자랄 수 있었습니다.

큰아이가 1학년에 입학하고 소풍을 가는 날, 아침부터 미열이 있었습니다. 걱정스러웠지만 아이가 너무도 가고 싶어 해서 해열제를 먹이고 보냈습니다. 아니나 다를까, 소풍지에서 아이는 기운이 없었고, 같이 따라가신 학부모님이 아이를 들쳐 업고 소풍지를 따라다녔다고 합니다. (그때 우리 딸을 업고 소풍지를 따라다녀 주신 학부모님! 정말 고맙습니다.)

아들은 동네의 모든 아줌마들을 엄마처럼 대했습니다. 현관을 맞대고 사는 앞집 이모네 오누이는 우리 아이들과 나이가 비슷했습니다. 희영이는 딸보다 한 살 어렸고, 진호는 아들보다 한 살 어렸습니다. 학교가 끝나고 학원까지 돌고 집에 와 엄마가 없으면 아들은 희영이네로 갔습니다. 거기서 목욕도 하고 간식도 먹었습니다. 준비물을 챙겨주지 못하고 출근한 날에는 희영이 엄마에게 준비물 살 돈을 받아 가곤 했습니다. 가끔 아이가 땀에 절어 집에 오면 데려가서 씻기고 간식을 먹여 주기도 했습니다. 직장에서 무슨 일이 있어 집에 늦을 때면 앞집에 부탁하곤 했습니다.

학구에서 선생을 하던 나는 조심스럽기도 하고, 다른 엄마들과 허물없이 지내지는 못했습니다. 하지만 앞집 이모는 달랐습니다. 이런 이웃이 있어 아이는 안심하고 자랄 수 있었습니다. 아들은 아무 데나 들어갔고, 그러면 이웃이 아들을 보살펴 주었습니다. 그런 이웃이 있었기에 아이들은 무럭무럭 자랄 수 있었습니다.

아이들이 학교에 입학할 때만 해도 1학년에게는 급식 제공이 되지 않았습니다. 아이들 밥이 해결되지 않는 것은 큰일이었습니다. 아이들 점심 때문에 정말 마음 아픈 일도 있었습니다.

같이 근무하던 동료의 딸이 1학년이 되었습니다. 6학년 담임을 하던 동료는 아이 수업이 끝나면 교실로 오라고 해서 자신의 밥을 나누어 먹였습니다. 급식은 양이 많았고 잔반이 남는 날이 많았습니다. 급식음식이 학교 밖으로 나가는 것을 원칙적으로 금지했지만, 버려지는 것이 아까워 쉽게 상하지 않는 반찬은 가져가고 싶은 아이들에게 조금씩 싸 주기도 하던 때였습니다.

동료가 자리를 비운 어느 날, 어린이회의가 열렸습니다. 그날 어떤 아이의 제안으로 '선생님은 한 사람분 급식비를 내고 둘이 먹으니, 우리도 둘이 먹고 1인분 급식비만 내자.'라는 의제가 정해졌습니다. 아이를 데리고 와서 같이 밥을 먹이는 것은 옳지 않습니다. 엄마가 먹는 밥을 나누어 먹인 것인데, 아이들이 그렇게까지 회의를 하고 결정하였다는 것에 동료는 무척 상처받았습니다.

결국 교문 밖에서 삼각 김밥을 사 먹게 했는데, 피아노학원 원장님이 그것을 보고 학원에서 밥을 먹여주기로 한 것입니다. 그 후부터 교사 자녀들은 거기서 밥값을 내고 점심을 먹게 되었습니다. 이듬해 입학한 우리 아이도 학원에서 밥을 먹게 되었지요. 당시 교사 자녀들이 대여섯 되었는데, 그분은 찌개를 끓여 밥을 해주고 아이들을 돌봐주셨습니다. 정말 고마운 일이었지요.

학교 급식이 시작되자 아이들은 학교가 끝나면 학원으로 가는 생활을 해야 했습니다. 아무도 없는 집에 아이들만 있는 것이 불안하기도 하고 남는 시간을 '유용하게' 보내려고, 내가 퇴근할 때까지 무언가를 배우게 프로그램을 짰습니다. 지금은 방과 후 프로그램이 다양하게 있어서 학교에서 많은 시간을 보낼 수 있지만, 그때는 학교 수업이 끝나면 아이들은 어딘가를 헤매고 와야 했습니다. 피아노학원, 태권도학원, 영어학원…. 그렇게 학원을 전전하다 오면 내가 퇴근하는 시간과 맞물렸습니다.

아이가 학원으로 가는 중간 시간에 꼭 들르는 곳이 있었습니다. 학교 후문 근처에 있는 책방이었습니다. 서점이 없는 동네는 동네도 아니라지만*『섬에 있는 서점』 다행히도 우리 동네에는 번듯한 서점이 학교 후문에 떡 버티고 있어서 아이는 학원가는 사이 틈나는 시간을 책방에서 보냈습니다.

책방 주인은 나이가 지긋한 중년부인이었는데, 목소리도 크고 눈도 부리부리하여 얼핏 보면 쌀쌀해 보였습니다. 뭘 물어볼 때마다 딱딱하게 대답할 때는 찬바람이 불었습니다. 아이와 책 사러 자주 서점에 드나들며 주인아주머니와 친해지고 이야기를 하다 보니, 말투가 그래서 그렇지 실상은 따뜻한 분이었습니다.

온라인 거래가 활발하지 않은 때라 책은 주로 거기서 샀습니다. 일반도서도 다뤘지만, 중고등학생 문제집을 주로 팔고, 어린이용 다달 학습 같은 문제집과 학습서들 위주로 판매했습니다. 초중고 학교가 몰려 있는 곳이라 장사가 잘되었습니다.

그곳은 아들이 '길거리 소년'시절일 때 도서관이나 다름없었습니다. 학원에 가기 전 중간 틈을 서점에서 보냈습니다. 책방에는 학교 도서관에는 없는 신간 도서들이 있었습니다. 아들은 게임에도 정신을 놓았지만, 책 읽기에도 정신을 놓곤 했습니다. 어린이 책은 기다란 서점 맨 안쪽에 있었는데, 거기서 책을 꺼내 읽곤 했습니다. 어쩌다 아이를 데리러 가면 안쪽 바닥에 퍼져 앉아 책을 읽고 있는 모습이 보였습니다.

책방에 와서 새 책을 걷어보고 이리저리 만지는 것이 주인 입장에서 좋지 않았을 텐데도, 아이가 책을 읽을 수 있도록 허락해 주었습니다. 행여 새 책을 더럽힐까 봐 걱정이 되곤 했지요. 책을 흐트러뜨리지 말고 책에 침 묻히며 넘기지 말고 조심하여 읽으라고 당부했습니다.

내게 전화할 일이 생기면 책방 전화를 썼습니다.

"아줌마, 엄마에게 전화 좀 써도 돼요?"

언제나 흔쾌히 전화를 쓰게 했습니다. 책방 주인의 그런 호의 때문에 나는 서점에 갈 때마다 한 아름씩 책을 사고 왔습니다. 내가 가면 책방 주인아주머니는 아이가 책을 참 많이 읽는다는 칭찬을 아끼지 않았습니다. 어린 아들은 이곳이 내 집인지 남의 집인지 모르고 드나들었습니다.

아들이 많은 시간을 보내던 책방 옆에는 아이들이 자주 가는 곳이 또 있었습니다. 직장에서 회식이 있거나 늦을 일이 생기면 아이들 저녁을 대놓고 먹이던 곳입니다. 엄마가 늦게 와도 그곳에서 저녁을 먹을 수 있으니 오히려 아이들에게는 또 다른 기쁨이었습니다. 이름도 귀여운 '니꼴라 분식'. 꼬마 니꼴라가 주인공인 영화를 떠올리게 하는 거기에는 니꼴라 이모가 있었습니다. 그분은 어린 손님들을 항상 따뜻하게 대해주었습니다.

작은 식탁 네 개가 놓인 분식집 '니꼴라'는 주로 학생들이 많이 왔습니다. 아이들은 맑은 목소리와 선한 인상의 아줌마를 이모라고 불렀습니다. 이모는 아주 친절했습니다. 어린이들에게는 더 친절했습니다. 이모네 대학생 아들이 가끔 분식집에 와서 밀가루 포대를 옮겨주기도 하고 식용유 통을 들어 플라스틱 통에 담아 주기도 했습니다. 엄마를 도와 서빙도 하고 어린이 손님을 응대하기도 했습니다. 엄마가 하는 일을 보며 알아서 척척 도왔습니다.

니꼴라 돈까스는 다른 집보다 더 커서 아들이 좋아했습니다.

"누나, 우리 뭐 먹을까?"

"난 돈까스 먹을래."

"나도."

맨날 뭐 먹을래? 하고 물어보지만, 답은 딱 하나였습니다. 언제나 돈까스였습니다. 아이들이 하는 말을 들으며 바쁘게 음식을 준비하던 이모가 근엄하게 말했습니다.

"누나에게 누님이라고 해야지! 누님을 잘 모셔야 해. 누님이 부모님이야."

니꼴라에 오면 아들은 3학년인 누나에게 꼭 누님이라고 불러야 했습니다. 처음에는 들릴 듯 말듯 누님이라고 하다가, 더 큰 돈까스를 준다는 이모의 말에 큰 소리로 누님! 하고 부르곤 했습니다. 누님이라고 불렀으니 커다란 돈까스가 나왔습니다. 밥 먼저 소스에 비벼 다 먹은 후, 돈까스를 조금씩 잘라 먹었습니다. 접시를 싹 비우고 이모에게 잘먹었다는 인사를 했습니다. 이모는 아이들이 갔을 때 음식만 준 것이 아니라 좋은 말로 훈육까지 해주었습니다.

어렸을 때 동네를 가로질러 학교에 오갈 때 반드시 지나는 곳이 있었습니다. 오래된 팽나무 아래 짙은 그늘에는 평상이 있었고, 동네 어르신들이 모여 한담을 나누곤 했습니다. 지나는 어린아이나 어른들 모두 어르신들에게 인사를 하고 다녔습니다. 어르신들은 지나는 사람들의 걸음걸이와 몸 매무새를 오래 지켜보며 '품평회'를 하곤 했습니다. 어른들 앞을 막 지나야 하는 나는 발걸음이 바빠지고 흩어진 매무새를 추스르며 굳어지곤 했습니다.

"두철이 딸이지? 저 아이 공부도 잘한다던데."

부지런히 땅만 보며 지나가는 내 뒤꼭지로 어른들의 말씀이 바람처럼 흘러갔습니다. 그런 말은 나의 태도를 어떻게 해야 하는지 알려주는 지침이 되기도 했습니다. 어른들이 그리 말하면 그렇게 되어야 했습니다. 부모님이 생활전선에 바빠 어린이들의 세세한 생활을 돌봐주지 못할 때, 이런 동네 어른들의 따뜻한 눈과 관심 어린 한마디가 아이들에게는 다정한 울타리가 되기도 합니다.

생각해보면 우리 아이들이 자랄 때도 주변의 어른들은 아이들이 좋은 길로 나갈 수 있도록 보살펴 주는 울타리가 되어주었습니다. 부모처럼 아이들에게 따스한 관심을 가져준 동네 어른들이 고마울 뿐입니다. 피아노학원 선생님, 미술학원 선생님, 책방 아주머니, 니꼴라 이모, 앞집 이모, 동네 모든 어른들…, 그들은 어린이들을 예뻐해 주고 바르게 자라도록 관심을 가져준 동네 천사들이었습니다. 동네에 그런 천사들이 있어 어린이들은 무럭무럭 자랄 수 있었습니다. 어린이들이 자라는 데 온 동네가 필요하다는 말은 그래서 생겨났나 봅니다.

아이가 자랄 때 주변에 어떤 어른을 만나는지 정말 중요합니다. 아이들은 이제 성인이 되었고, 분식집과 책방도 없어진 지 오래입니다. 그곳을 지날 때마다 어린이들을 다정하게 대해주고 바른길로 자랄 수 있게 관심을 가져준 그분들이 고마워지곤 합니다.

그분들은 다른 곳에서도 어린 천사들이 오면 커다란 돈까스로 허기를 달래주고, 엄마를 기다리는 동안 책을 읽게 해주며 따스한 관심을 가져주셨을 것입니다.

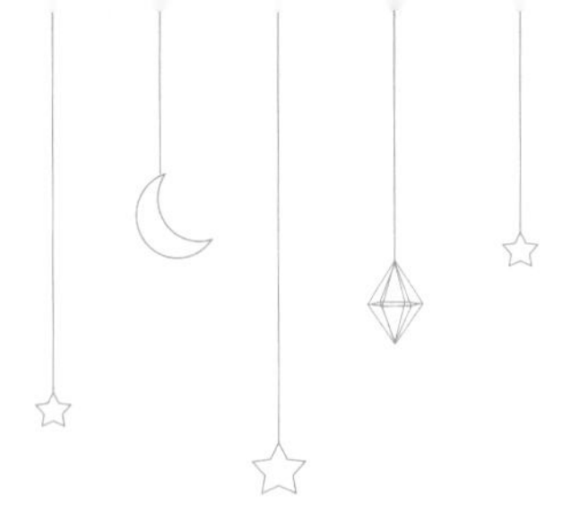

워킹맘의 비애

모임 갔다가 오는 길에 장을 보았습니다. 한 손에는 재활용 봉투에 담긴 반찬거리를 들고, 다른 손에는 핸드백과 도넛 봉지를 잡고 오는 길. 키즈 카페에서 아이와 아빠가 놀고 있는 것이 보였습니다. 아이는 방방이를 타며 즐거워하고 있었어요. 흐뭇하게 그 모습을 보고 있으려니 지난날 어린 우리 아이들이 생각나네요.

딸은 2학년, 아들은 유치원에 다닐 때 일입니다.

어느 월요일, 아들이 아팠습니다. 목이 많이 부어서 주사를 맞아야 할 것 같았습니다. 이상하게 아이들은 꼭 주말에 잘 아프잖아요. 출근 때문에 9시가 넘어야 문을 여는 병원에 아이를 데려갈 수가 없었습니다. 할 수 없이 딸아이에게 병원에 동생을 데려갔다가 늦게 학교에 오라고 했습니다. 횡단보도를 건너고 건물 2층에 있는 병원에 가서 의료보험증을 내고(의료보험증을 들고 병원에 가는 시절이었네요.) 의사 선생님께 드리라고 쪽지를 써 주었습니다. 주머니에 병원비를 넣어주고 똑딱단추로 잠갔습니다. 수업을 하면서도 교문으로 향하는 시선을 어쩔 수가 없었습니다.

1교시가 거의 끝나갈 무렵, 교문에 까만 점 두 개가 나타나더니 조금씩 움직이며 커졌습니다. 딸아이는 한 손에는 약봉지를 들고, 한 손은 동생을 꼭 잡고 운동장으로 들어오고 있었습니다. 그 모습을 보니 눈물이 났습니다. 교실 앞에 온 큰아이에게 가방을 주어 자기 반으로 보내고, 아들에게 약을 먹인 후 보건실에 데려가 잠시만 재워달라고 부탁했습니다. 빨갛게 볼이 달아 자고 있는 아이를 보고 있으려니 또 눈물이 났습니다.

급식이 없던 때라 큰아이 수업이 끝나면 동생과 함께 학교 근처에 있는 학원으로 보내 피아노도 치고 밥도 먹게 했습니다. (아이들을 돌봐준 피아노학원 원장님과 미술학원 원장님이 정말 고마웠습니다.) 퇴근하고 아이들을 '수거하러' 미술학원에 갔더니 아들은 약을 먹고 또 자고 있더군요. 저녁거리를 담은 비닐봉지와 아이 가방을 주렁주렁 들고 한 손은 아이 손을 잡고 집으로 오던 날들이 있었습니다.

십수 년이 지났지만, 직장 엄마들에게 육아의 현실은 그리 많이 달라진 것 같지 않습니다. 여전히 일하는 엄마들은 아이들을 돌봐줄 곳을 찾아 헤맵니다. 어린이집은 몇 년씩 기다려야 겨우 자리가 나고, 아이를 돌봐줄 곳이 없어 육아와 일 사이에 갈등하고 힘들어합니다. 부모들이 평화로운 마음이어야 아이들이 잘 자랍니다. 아이들을 잘 키우는 것은 부모의 일이기에 앞서 국가가 해야 할 가장 중요한 일입니다. 부모들이 육아에 온통 에너지를 빼앗기고 걱정하지 않도록 인프라가 만들어져야 합니다.

녹록지 않은 육아 현실 때문에 출산을 미루거나 아예 아이 낳기를 포기하는 부부도 있습니다. 이 시간에도 회사 일 때문에 늦는데, 출장을 가야 하는데, 야근을 해야 하는데…. 어린아이들을 어떻게 해야 하나, 온갖 걱정거리로 일과 육아 사이에서 갈등하는 젊은 엄마들이 너무도 많습니다.

요즘은 아빠들이 적극적으로 나서서 도와주는 것이 참 다행입니다. 아이 상담시간에 함께 오는 부모도 더러 있습니다. 참 바람직한 현상입니다. 하지만 워킹맘들에게 육아는 여전히 고달픈 현실입니다. 우리 때는 그러려니 하고 힘든 것도 참았지만, 엄마가 이미 지쳐 있는데 아이에게 어떻게 사랑을 나눠줄 수 있을까요.

코로나19로 학교 수업이 원격수업으로 전환되자, 남편과 번갈아 가며 재택근무나 휴가를 신청하며 고군분투해야 하는 상황이 벌어집니다. 방마다 뛰어다니며 수업을 봐줘야 하느라 개인 생활은 올스톱이 되었지요.

이 힘든 시기를 살아가느라 어린이들도 학부모들도 고생입니다. 그들에게 더 도움이 될 수 있는 시스템이 어서 마련되어야 합니다. 짧은 시간 사랑을 줄 수밖에 없는 현실이라면, 아주 짙은 농도로 사랑해주는 수밖에 없습니다. 어느 집은 '엄마를 위하자'를 가훈으로 정했다는 말을 들은 적이 있습니다. 참으로 멋진 가훈이 아닐 수 없습니다. 엄마들이 행복해야 아이가 행복해집니다. 가정도 행복해지고요. 가정이 행복해야 이 나라가 행복해집니다.

워킹맘님들! 힘내세요. 당신들은 이 나라를 책임질 아이들을 키우는 가장 위대한 일을 하고 계신 겁니다. 당신들을 응원합니다.

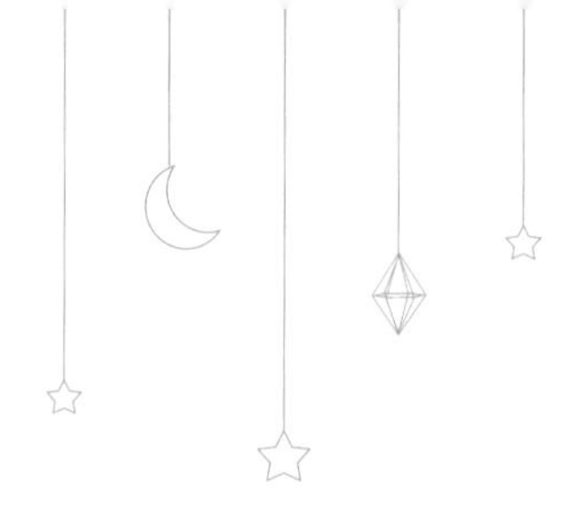

교실을 잃은 어린이들

코로나바이러스가 창궐하면서 학교 일정이 파행으로 진행되었습니다. 졸업식도 입학식도 취소되었습니다. 새 책가방과 신주머니를 준비해놓고 학교에 갈 날만 기다리던 초등학교 1학년 어린이들은 실망이 이만저만이 아니었습니다. 어서 학교에 가서 친구들과 재미있는 학교생활을 할 것이라고 기대하던 아이들은 기약 없이 기다려야 했습니다.

입학식을 미루고 전염병이 가라앉기만을 기다렸지만, 사정은 여의치 않았습니다. 결국 온라인으로 입학식을 했고, 모니터로 교장선생님을 만나고 담임선생님의 인사를 들어야 했습니다. 자동차를 탄 채 운동장에서 입학식을 하기도 했습니다. 어린이들은 마스크를 낀 채 차 안에서, 혹은 컴퓨터 앞에서 학생이 되는 상상하지 못한 때를 만나게 된 것입니다.

부모님 손을 잡고 학교 강당에 모여 선배 형님들이 달아주는 사탕목걸이를 목에 걸고 학생이 되는, 설레는 입학식은 오지 않았습니다. 꽃을 달고 교실로 들어와 학교생활을 시작하는 의식도 다 건너뛸 수밖에 없었습니다. 선생님과 함께 학교를 탐방하고 학교 시설물들을 익히고 친구들의 이름과 얼굴을 익히며 즐거운 학교생활을 하는 날들은 오지 않았습니다. 처음 학교에 가서 새로운 세상을 배우는 그 신나고 흥분되는 시간을 누리지 못했습니다. 학교와 친해지는 공부를 하면서 학교생활의 단계를 하나씩 배워가는 설레고 아기자기한 3월을 잃어버린 1학년 어린이들이 안타깝습니다. 꽃다발을 들고 '축 입학'이라고 쓴 교문 앞에서 찍은 사진도 마스크를 쓴 채였습니다.

시간이 지나도 학교는 여전히 열리지 않았고, 상황은 암울하게 돌아갔습니다. 선생님들은 교육과정을 열 번도 넘게 고쳐야 했습니다. 그렇더라도 학교가 정상화가 되길 간절히 빌었습니다. 전염의 시대에 조금씩 적응을 하면서 등교 계획이 추가되기도 했습니다. 일주일에 한 번 학교에 가게 되었지만, 친구들을 만나도 가려진 얼굴에 눈만 보니 얼굴을 모릅니다. 부르카를 쓴 것과 다름없습니다. 이름도 얼굴도 익히지 못한 채 일주일에 한 번 가는 학교는 낯설기만 했습니다. 칸막이를 한 책상에서 어린이들은 거리두기를 해야 하기에 서로 이야기를 나누는 것도 통제되었습니다.

그나마 올해는 마스크를 낀 채 입학식을 하게 된 것은 다행입니다. 하지만 코로나바이러스에 감염된 어린이들은 학교에 가지 못합니다. 얼마 전, 지인의 딸이 코로나19 확진 판정으로 입학식에 참여하지 못한다는 말을 들었습니다. 온라인으로 참여도 못한다고 하니 아이는 생애 최초의 입학식을 잃어버린 것입니다. 가족 모두 격리되었으니 집안에서 입학식을 해주라고 했습니다. 아빠 엄마가 선생님이 되어 입학하는 아이에게 축하하는 말을 해주고 일학년 친구는 최초의 학생이 되는 각오를 말하게 하고 축하 파티를 하라고 해주었습니다.

이 바이러스로 인해 어린이들이 인생에서 소중한 한 시기를 잃어가고 있습니다. 친구들과 이야기하고 놀면서 그 나이 때 겪어야 하는 또래 생활을 잃어버린 것이 그저 안타까울 뿐입니다. 쉬는 시간이면 운동장에 나가 놀이기구에서 뛰어놀 수 없습니다. 체육시간에 같이 공놀이도 하지 못합니다. 어린이들이 모일 수 있는 그 어떤 활동도 하지 말라고 교육부에서는 연일 공문이 쏟아집니다. 어쩌다 학교에 오는 날, 친구들과 자유롭게 말을 하고 장난을 칠 수 없습니다. 책상에는 칸막이가 설치되어 친구와 이야기를 나눌 수 없고 점심을 먹으면서 '너는 콩 좋아하니?''난 싫어.''오늘 핫도그 나온대.' 같은 이야기도 못하고 밥만 먹어야 했습니다. 옆 사람과 이야기를 할 수 없으니 교실이 죽은 듯 조용하다고 합니다.

전면등교를 했다가 전염이 창궐하자 다시 온라인 학습으로 돌렸습니다. 그러기를 여러 차례 반복했습니다. 그래도 학교에 오면 나름대로 관계를 만들어가고 사진으로라도 얼굴을 익혀 서로 친하게 지내기도 하고 아쉬운 대로 일상적인 아이들의 생활을 조금씩 경험할 수 있었습니다.

원격수업으로 아이들은 컴퓨터 앞에 앉아 있어야 합니다. 집중시간이 짧은 어린아이들은 가만히 있지 못합니다. 엄마는 아이를 통제하느라 진이 빠집니다. 살림을 미루고 예전의 일상을 모두 미루고 아이에게 매달려야 합니다. 학교에서 담당해야 할 몫을 고스란히 부모들이 담당하고 있습니다. 학교라는 울타리는 아이에게 행동을 자제하는 심리적인 방어선을 만들어주지만, 가정은 학교라는 공간이 만들어주는 규범의 틀을 적용하기가 쉽지 않습니다. 기계로 들어야 하는 수업을 아이들이 얼마나 집중하고 있을지 심란하기만 합니다. 교사와 어린이, 어린이들 서로와 상호작용이 없는 수업은 죽은 것과 다름없어 보입니다. 학력은 저하될 것입니다. 학교에 다니면서 자연스레 생기는 규칙적인 생활이 깨지고 맙니다.

온라인 수업의 이점도 있다고 합니다. 온라인 수업에 적응이 되자 친구들이 발표하는 소리를 잘 듣고, 교실에서는 주눅 들어 잘하지 못하던 친구들도 자기표현에 자신감을 드러낸다고 합니다. 모두의 학습활동을 동시에 확인할 수 있는 이점도 있습니다. 학교에서 생길 갖가지 생활지도상의 문제가 훨씬 줄어든 점도 있습니다.

어쩌면 미래에 다가올 모습이 한꺼번에 확 다가온 현실에 모두가 당황하고 있습니다. 언젠가 이런 세상이 올 거라고 예견은 했으나, 단계적으로 조금씩 이루어져야 할 미래가 갑자기 학교를 뒤집어 놓았습니다. 어쩌면 이 기회가 교육의 새로운 패러다임을 만들 기회인지도 모릅니다. 세상은 너무도 빨리 변하는데 학교만 변하지 않고 있었던 점이 있었습니다.

시장에 다녀오다가 마스크를 쓰고 하교하는 아이들을 보았습니다. 신주머니를 돌리며 오는 아이는 친구도 없이 혼자 오고 있었습니다. 애틋하여 눈물이 날 것 같았습니다. 마음껏 뛰어놀고 웃어야 할 아이들이 마스크 속에 갇혀 생기를 잃어가고 있는 것만 같았습니다.

우리는 잃어버린 시간을 살고 있습니다. 일상을 잃어버리고 만남의 즐거움을 잃었습니다. 낯선 곳으로 여행하는 설렘을 잃어버렸습니다. 마스크 없이 길거리를 걷고 아무나 만나던 시절은 언제 다시 올지 모릅니다. 어린이들이 자라서 어린 시절을 되돌아볼 때, 이 마스크 시대를 떠올릴 것을 생각하니 미안할 뿐입니다. 코로나바이러스가 어른들의 잘못은 아니건만….

어린이들의 잃어버린 시간이 가혹하기만 합니다. 어서 이 전염의 시대가 종식되어 모든 어린이가 마스크 없이 자유로이 호흡하며 운동장에서 뛰어놀고 교실에서 서로 이야기하며 즐거운 날들을 보낼 수 있기를 바랍니다.

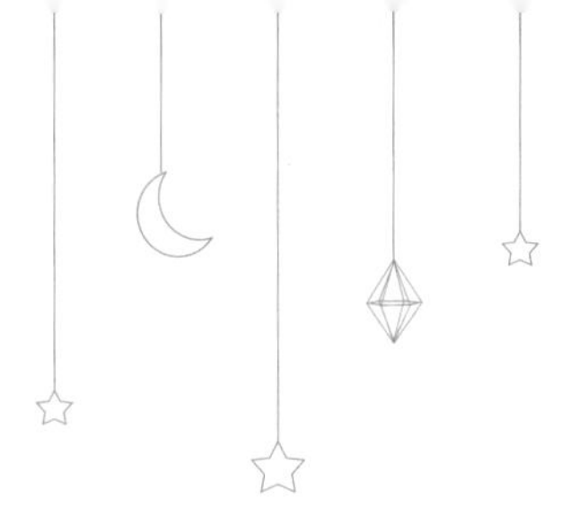

시간이 흐르면… 그러면 되겠지

시간이 흐르면 될 것이라 생각하곤 합니다. 풀리지 않던 일도 해결되고, 그 어떤 아픔도 시간이 흐르면 치유가 됩니다.

『시간이 흐르면』은 이자벨 미뇨스 마르틴소가 쓰고 마달레나 마토소가 그림을 그린 그림책입니다. 시간이 흐르면 달라지는 것들을 쓴 글이 많은 생각을 하게 합니다.

> 아이는 자라고 연필은 짧아지고, 냄비 속 양파는 부드러워지고, 손등은 쭈글쭈글 거칠어지지. 지우개는 닳아 없어지고, 카펫은 낡아 희미해져. 빵은 딱딱해지고 과자는 눅눅해져. 감자는 싹이 나고, 식물은 물이 없으면 시들고,
> … 앞머리가 자라 눈을 가리고, 눈은 곧 어둠에 익숙해져.
> … 어려웠던 일은 쉬워지기도 하지.
> 시간이 흐르면

잃는 것도 있고
때로는 얻는 것도 있어.
… 우리는 흐르는 시간을 볼 수 있어. 모든 것들이 점점 사라지거든. 하지만 어떤 친구들은 시간이 흐르고 흘러도 항상 우리 곁에 있어.

시간이 흘러도 변하지 않는 것들이 있지만 대부분 변합니다. 낡은 도시를 무너뜨리고 새로 짓고 다시 무너뜨립니다. 나이가 들어 늙어가고 사랑하는 사람들이 저세상으로 갑니다.

흐르는 시간에 다만 우리가 얹혀 같이 흘러갈 뿐이지요. 그래서 '인생은 흘러간다.'고 하는지 모릅니다. 이 짧은 그림책을 읽으며 시간에 대한 생각을 많이 했습니다.

시간이 흐르면 저절로 해결되는 것들이 있기 마련입니다.
아이들은 자라면서 어려웠던 일이 쉬워지기도 합니다.
모르던 것도 시간이 지나면 알게 되고,
싫어하던 음식도 시간이 지나면 잘 먹게 되고,
잘하지 못하던 것도 시간이 지나면 잘하게 되고.
그러니 어린이들을 기다려줘야 합니다.
시간이 흐르면 해결될 테니까요.

많은 시간 동안 만났던 어린이들을 생각해봅니다. 시간이 흐르고 나도 변했고 그들도 많이 변했을 것입니다. 우선 외형적으로 달라졌을 것이고 더 많은 경험을 거치며 더 나은 사람들이 되었을 것입니다. 어제보다 나은 사람이 되면 됩니다. 그러면 됩니다.

생각해보면 나와 함께 생활했던 모든 어린이가 천사였습니다. 그동안 나를 만난 어린이들이 천사임을 잠깐씩 잊고 지나친 것은 아닌지 모르겠습니다.

가끔 주변에서 학창시절 선생님에게 상처받은 이야기를 듣고 있으면 나는 숨고만 싶어집니다. 마치 내 잘못 같아서 그렇습니다. 그렇지만 그 선생님들도 틀림없이 어린이들을 사랑했을 것입니다.

시간이 흐르면 많은 것들이 변하지만 변하지 않는 것들도 있습니다. 사랑하는 마음은 한결같습니다. 시간이 흐르고 흘러도 사랑하는 마음은 변하지 않습니다. 아니, 변하지 않는 것이 아니라 점점 커지면서 단단해지는 것이겠지요.

에필로그

어린이는 어른의 거울입니다

어린이들과 함께 할 때, 좋은 일만 있었던 것은 아니었습니다. 업무가 쏟아지고 날마다 생기는 어린이들 사이의 갈등과 해결해야 할 일들로 골치가 아프기도 했습니다. 나는 그들에게 무엇인가를 '가르쳐 주어야 하는' 어른이었기에 늘 부담이 되었습니다.

훌륭한 선생이 되려고 할 게 아니라 좋은 선생이 되려고 했어야 했습니다. 돌아보니 그도 저도 아닌 것 같아 씁쓸합니다. '꽃으로도 때리지 마라.'는 말을 나는 지키지 못했습니다. 더 잘하길 바라는 마음으로, 넘치는 의욕에서 규칙을 들이대고 채근한 일이었지만, 분명 그것은 옳지 않았습니다. 그 일을 생각하면 부끄럽고 또한 부끄럽습니다. 어른이 된 그때의 어린이들, 어른이 되어가는 그때의 어린이들에게 진심으로 미안합니다.

부디 나로 인해 상처받은 어린이들이 있다면, 나도 실수도 하고 잘못도 하는 '어린 어른'이었다는 것을 이해해주기 바랍니다. 선생님들도 어린이들에게, 혹은 학부모님들에게 학교 관리자들에게 상처받고 깨지기도 합니다. 그들도 상처받은 영혼입니다. 그것도 잊지 말아야 합니다. 어린이들을 가르치는 모든 선생님께도 진심 어린 응원을 보냅니다.

글을 쓰면서 지난 세월 만났던 어린이들 얼굴이 생각나 울컥해지기도 했습니다. 모두 그리운 얼굴들입니다. 그들은 긴 세월 동안 내가 받은 선물이었습니다. 어쩌면 나는 어린이들을 만나 일 년을 지나며 그들의 인생에 잠깐 스쳐 지난 사람일지도 모릅니다. 그래도 떠올리면 따스한 무엇인가 한순간 남으면 좋겠습니다. 그러면 참 기쁘겠습니다. 모두 나에게는 사랑하는 제자였으나 그들의 이름을 책에 다 쓸 수 없어 미안합니다.

티 없이 밝은 어린이들의 세상! 그곳은 우리가 떠나온 세상입니다. 언제까지 어린이의 마음을 잃지 않길 바랍니다. 순수하고 맑은 영혼을 간직한 어린 날로 돌아가 지금의 나를 더 깊이 이해하고 사랑할 수 있는 행복한 어른이 되길 진심으로 바랍니다.

어린이는 어른의 거울입니다. 어린이는 어른을 보고 배웁니다.

곧 어린이날이 돌아옵니다. 그날은 모든 어른이 각성하는 날입니다. 세상의 모든 어린이가 행복하게 자라도록 어른들이 힘쓰고 있나 돌아보는 날입니다. 어린이들의 웃음소리가 넘치는 세상이 되었으면 좋겠습니다. 모든 어린이가 씩씩하고 지혜롭고 건강하게 자라나길 소망합니다.

2022년 봄이 오는 길목에서 오설자